中国政府出版品国际营销平台精选图书·文学书系　　王昕朋 主编

从陌生出发

The Unknown

象小强　著

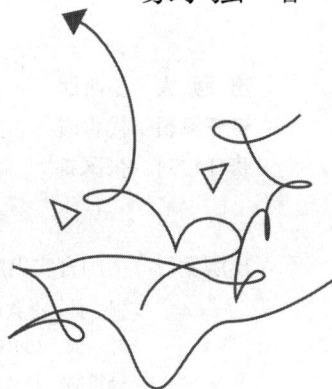

中国言实出版社

图书在版编目（CIP）数据

从陌生出发 / 象小强著 . -- 北京 : 中国言实出版
社 , 2021.1
（中国政府出版品国际营销平台精选图书·文学书系 /
王昕朋主编）
ISBN 978-7-5171-3624-8

Ⅰ . ①从… Ⅱ . ①象… Ⅲ . ①中篇小说—小说集—中
国—当代②短篇小说—小说集—中国—当代 Ⅳ . ① I247.7

中国版本图书馆 CIP 数据核字（2020）第 252742 号

出 版 人 王昕朋
责任编辑 代青霞　李昌鹏
责任校对 张国旗

出版发行 中国言实出版社
地　　址：北京市朝阳区北苑路 180 号加利大厦 5 号楼 105 室
邮　　编：100101
编辑部：北京市海淀区花园路 6 号院 B 座 6 层
邮　　编：100088
电　　话：64924853（总编室）　64924716（发行部）
网　　址：www.zgyscbs.cn
E-mail：zgyscbs@263.net
经　　销 新华书店
印　　刷 阳谷毕升印务有限公司
版　　次 2021 年 1 月第 1 版　 2021 年 1 月第 1 次印刷
规　　格 880 毫米 ×1230 毫米　1/32　9.75 印张
字　　数 202 千字
定　　价 58.00 元　　ISBN 978-7-5171-3624-8

有风骨讲美学接通全球

——"中国政府出版品国际营销平台精选图书·文学书系"总序

王昕朋

中国言实出版社是国务院研究室主管主办的国家级出版单位，出版定位是：主要出版党和国家重大政策的研究成果以及相关的辅导读物。1995 年成立以来，我们一直坚持这一出版定位，围绕党和国家中心工作开展出版活动，因而，国内外读者很少见到由中国言实出版社出版的文学类图书。但是，近几年文学界对中国言实出版社已不陌生。这源于出版理念的一次变革。习近平总书记在文艺工作座谈会上的重要讲话指出："一部小说，一篇散文，一首诗，一幅画，一张照片，一部电影，一部电视剧，一曲音乐，都能给外国人了解中国提供一个独特的视角，都能以各自的魅力去吸引人、感染人、打动人。"这给了我们启示、启迪，文学也是讲好中国故事、传播中国好声音的重要途径。所以，我们也用心、用功、用力打造文学板块，并将它推向世界。2018年8月，由中国言实出版社出版的李春雷报告文学作品《朋友——习近平与贾大山交往纪事》获第七届鲁迅文学奖，同时入选"丝路书香"出版工程在国外出版，于是文学界发现，中国言实出版社在文学出版领域同样有不俗的表现。中国言实出版社的文学图书品种少而精，中国文学的声音在通过中国言实出版社持续传播到海外，承载着文化和文学信息的《温文尔雅》翻译成英文、日文、俄文、德文、法文、意大利文、西班牙文、葡萄牙文、阿拉伯文等多种语言向全球推介，英文版、中文繁体版荣获第十三届"输出版引进版优秀图书"奖，长篇小说《京西胭脂铺》一举登榜"中国图书世界馆藏影响力图书20强"。付秀莹、金仁顺、乔叶、魏微、滕肖澜、叶弥、戴来、阿袁等8位"当代中国最具实力女作家"的作品集同时推出，之所以在名称中冠以"中国"二字，是出于对外推介的考量，其中付秀莹、魏微、戴来等人的小说集后来入选"经典中国"项目在美国出版，产生良好反响。

近年来，中国言实出版社加快国际出版步伐，与英、美、日等多家国外出版单位建立战略合作关系，近百名当代中青年作家的作品陆续推介到美国纽约、日本东京、德国法兰克福等多个国际书展，被多个国家的图书馆收藏，图书受到国外图书界关注，连续6年入选中国图书世界馆藏影响力百强出版单位。2015年经财政部批准立项，中国言实出版社建设并主办中国政府出版品国际营销平台，为推动"文化走出去"提供支持。2020年，有感于体量庞大的中国当代文学无法快捷地被全球关注所带来的传播学遗憾，有感于年度文学选本出版周期较长，有感于众多具有潜力、实力、影响力的青年作家的作品没有很好的对外传播渠道，中国言实出版社整合资源，决定专门为中国政府出版品国际营销平台的文学板块打造出一种比年度选本出版周期短、对当代文学创作反应更为灵敏的季度文学选本。《中国当代文学选本》应运而生，书名由王蒙题写，选稿编委梁鸿鹰、李少君、王干、付秀莹、古耜皆为业内名家行家，所选作品为国内新近发表的文质兼美的力作。作为一种有公信力的季度文学选本，《中国当代文学选本》因"让国外读者快捷阅读当代中国文学精品"的窗口作用，以及"为中国作家走向世界铺筑交流合作桥梁"的桥梁作用，受到作家、汉学家、国内外读者一致好评。《中国当代文学选本》传播中国声音，讲述中国故事，产生良好社会效益。有鉴于此，中国言实出版社决定打造这套"中国政府出版品国际营销平台精选图书·文学书系"。

出版社并不承担培养作家的使命，但是这套"中国政府出版品国际营销平台精选图书·文学书系"的入选作品多是出自青年作家之手，原因在于，我们始终关注着中国当代文学最具活力与实力的鲜活部分，求取风骨与审美的统一，始终在精心遴选极具当代性的中国文学好声音，始终把推动中国当代文学与全球接通作为出版人的责任，这套"中国政府出版品国际营销平台精选图书·文学书系"的入选作家和作品便是如此。有风骨、讲美学，是选取这套丛书的思考维度。"有风骨"是要对民族精神有所反映，要为人民而文学，要关怀民生，帮助读者把无病呻吟、凌空蹈虚的作品以独特筛选眼光来淘汰掉；而"讲美学"是指中国言实出版社遴选书稿时看重作品的文本质量，内容和形式互为表里，是为美。美为作品飞向全世界插上翅膀，中国言实出版社人始终认为，美是全人类可通融的共同语言，有风骨、讲美学才能接通全球，成为文学精品。这些优秀作品里，都跳动着时代的脉搏，展现着当代中国日新月异的面貌，蕴含着深厚的文化自信。出版是文学生产的终端，对于中国言实出版社而言是文学传播的开始。中国言实出版社将始终秉持"好作品主义"，重视名家不薄新人，盘点、整合中国文学资源，积极开展对外译介和推广工作，自觉地将有风骨、讲美学的文学精品作为永不改变的出版追求。

2020 年 12 月

目 录
CONTENTS

锁　心

　　天刚蒙蒙亮，赵大为就醒了，这一醒他就再也睡不着了，越躺越清醒。他像每天一样，先进了儿子的卧室。儿子早把毛巾被压在了身下，正一丝不挂、四仰八叉地酣睡着。他轻轻地从儿子身下扯出毛巾被，搭住了儿子的肚子。

　　赵大为瞟了一眼墙上的石英钟，四点刚过。其实瞟不瞟都一样，每天都是这个点儿。他轻轻打开门溜了出去。

　　等电梯的工夫，他习惯性地甩开步子走到楼道北面唯一的窗口。高层就是好，视野开阔，若是刚刮过风或下过雨，甚至可以望得见密云那边淡淡的山影。

　　一群接一群的乌鸦遮天蔽日，仿佛就从他的头顶飞过，每天都是这样。它们喜欢在长安街一带的树上过夜，一大清早，又成群结队地向东南飞去。北京乌鸦和北京人不一样，它们是住在城里，到郊区上班哩！

电梯的动静小了，赵大为回转身。就在这一瞬间，他瞥见2号门的门锁上插着把钥匙。怎么这么不小心？他心里想着，快走了两步，电梯门已经打开，他闪身进去。

早晨空气真是新鲜。零零星星有几个老人出来散步，赵大为跟他们差着起码得有一代，觉却偏偏和他们一样少了。

熟悉的绿色电动三轮从他身边驶过，每天他都能看见这辆送奶车，只是最近送奶的小伙子换了一个。

赵大为突然想起了什么，急急忙忙地往回赶。

送奶的小伙子已经进了电梯，赵大为紧跑两步，电梯门关了一半，又打了个愣怔，放他进去。他冲小伙子打了个招呼，可小伙子却没搭理。他拎着个蓝色塑料筐，有气无力地在角落里倚靠着，自顾埋头玩手机。赵大为按了电梯上最大的数：26。狭小的空间里，有些闷。小伙子中途先下去了，可他早晚也要到26层，赵大为给儿子订着酸奶呢。

出了电梯，赵大为没向南拐回家，他朝北径直走到2号门口，猫着腰看了看，原来钥匙一共有两把，钥匙环上还挂着个精致的U盘。赵大为掏出手机看了眼时间，还不到四点半，显然不方便把主人叫醒。电梯又嗡嗡地响了起来，很快，那个送奶的小伙子就要上来了吧？他赶紧把钥匙拔了下来。

赵大为和小伙子走了个头碰头，说："我是3号的。"小伙子继续玩手机，他的职责是把一瓶酸奶送到3号那个奶箱，然后锁好，至于眼前这人是不是3号的，他管不着。他说他是，可万一他要不是呢？赵大为只能等小伙子锁好奶箱，再掏出钥匙郑重其事地打开奶箱把酸奶取出来。小伙子这才抬头瞟了他一眼。

2号的钥匙怎么就到了自己手上？他有些不安，是不是有些唐突了？事实上，送奶的并没往2号那边去。要不，再原封不动地插回去？就当什么也没发生过？

离做早饭还有很长一段时间，赵大为可以坐下来好好掂量掂量。虽说是顶层，但过不了多久就会有送报纸的上来，还有那些挨门挨户发小广告的，保不齐什么时候，门上就被塞了售楼、健身、保洁、送餐的单子，甚至是特殊服务的小卡片。不行，插回去是万万不行的。

他在脑子里仔细地搜索着，力图想起2号住的是男是女，是老是少，可无论如何也想不出。一层楼住着八户，南边的四户偶尔还会打个照面，他们北边的，就算见过面，也对不上究竟住几号。哎，别管住的是谁，既然发现了，还是帮个忙的好。可要是人家起了床，却找不到钥匙，肯定会很着急，那样，自己不是帮忙倒是添乱了。嗯，还是留个字条好。

赵大为找过来半张纸，把拔下钥匙暂为保管的事情写清楚，让他来3号拿，然后签了个"赵"字。看了看，又加了个时间，"四点半"。钥匙显然是插了一夜的，四点半之前的事情，他也就没必要负责了。

他本想把字条直接贴在门上，可又怕万一被坏人看见了，找自己把钥匙取走，岂不是助纣为虐了？于是，他把字条塞到那副卷了边的对联里，露出小半截尾巴。主人找不到钥匙，一定能及时发现自家门上的异样。

做好这一切，赵大为和衣躺到了床上。他明知自己是睡不着的，睡眠不好往往是缘于压力。在机关工作这么些年，棱棱角角都给磨没了，只剩下四平八稳，别的没落下，反倒落下个谨言慎行和患得患失。每天上班耗磨得焦头烂额，下班忙活得四脚朝天，不焦虑才怪呢！现在身上又揣了邻居家的钥匙，他就更别想睡回笼觉了。

六点五十，一切收拾停当，赵大为一面催儿子动作快点，一面拎了儿子的书包、饭兜出了门。

这时候敲门就不算不礼貌了。可不管怎么敲，屋里都没人应声。难道，屋里没人？

儿子顶着个小黄帽出来，正往脖子上系红领巾，现在轮到他催赵大为了。

赵大为有点无奈，总不能带着人家的钥匙去单位吧？这钥匙在自己身上多待一分钟，自己就担着天大的干系哩。

儿子不耐烦地用屁股一下一下地撞着墙。

的确不能再耽误了，要不就把钥匙插回去？可这也太危险了，再说如果之后发生什么，他就百口莫辩了，说到底，这钥匙在自己的手里停留过。唉，他想，当初什么都没看见就好了！或者就装作是什么都没看见！

儿子责怪赵大为大老早地催自己出门，却迟迟不走。不能怪孩子着急，再不抓紧时间，就真的要迟到的。

干脆开门叫醒主人！赵大为把钥匙插进锁孔，转动了一下，门从里面反锁着。这至少说明屋子里是有人的。

赵大为又重重地敲了几下。他真羡慕里面的人，能睡得这么实，跟死猪似的。一定是个年轻人，他也是打年轻过来的，那时的觉是怎么也睡不够。

他抽出原来那张字条，掏出笔，把电话留了下来，再原封不动地塞了回去。

但钥匙怎么办？他想起了自家的奶箱，今天的酸奶已经送过了，小伙子不会返回来，就算万一他再打开一次，他也不知道这两把钥匙是谁的。赵大为锁好奶箱，又把奶箱的钥匙取下来，四处看了看，藏到了消防栓的柜子里，再反复地从各个角度瞅了瞅，确信不会被人发现。

赵大为长吁了口气，终于搞定啦！

赵大为到单位已经八点五分。还好，单位没有实行打卡，要不，就得扣工资了。

他把手机放在左手边，生怕来了电话听不见，这样的事短不了发生，可是今天不行。手机静悄悄地待在那里，有点事不关己高高挂起的模样。

他或者她还没起床吗？能够睡到这个点，也算是一种幸福。只是时间拖得越久，那两把钥匙也就越危险。如果被别人发现……赵大为越想越后怕，还是太草率了，应该会有更好的办法。可是什么办法更好呢？直到此刻，他还是什么好主意都没有。

突然电话响了，是一个陌生号码。要在过去，这种陌生电话，他是一概不接的。现如今的骚扰电话、推销电话、诈骗电话太多了，防不胜防。可现在，他盼的就是陌生来电。

"对不起，打扰您了，我们想请您在百忙之中……"

赵大为立刻挂断了电话。的确是打扰了，没准儿就这么几秒钟，钥匙主人的电话就没拨进来。

2号是两个小伙子合租的，主卧是小峰，次卧是小翔。小峰先被手机闹钟叫醒了，洗漱收拾一下，发现小翔还没醒，便敲门叫他起来，问："昨夜里加班到几点？我睡的时候你还没回来。"

小翔睡眼惺忪地说："唉，都快两点了，感觉身体被掏空，就为了赶着准备今天的风投融资谈判。"

小峰说："不错啊，你这还没出实习期，就快成主力了。"

小翔的脸微微有些发烧，解释说："我只是打打下手，做了个PPT。"

小峰已经穿戴整齐，正要出门，听到小翔尖叫了一声，忙问："怎么了？"

小翔正飞快地翻着各个衣兜，说："钥匙！钥匙不见了！"他又把床头柜、床上床下，甚至暖气片后面的犄角旮旯都找了个遍。

小峰比小翔年长几岁，头脑也要冷静一点。他说："别着急，你先静下心来好好想想。有时候就是这样，越急越找不到，等到不找的时候，它自己就不知从哪儿冒出来了。要不，咱们晚上回来再找，再不走，就得迟到了。"

小翔说："你说得轻松，那钥匙上还挂着 U 盘，就是今天谈判要用的 PPT，现在没有了 U 盘怎么办？"

小峰只得把鞋又脱掉了，进卧室帮小翔一起找，可到底没有找到。

小峰不停地看着手机，可又不能把慌了神的小翔扔在家里。成为室友也是一种缘分，有难的时候总不好袖手旁观，更关键的是，这门必须得用钥匙才能锁上。

过了片刻，小翔咬了咬牙，说："找不到也得走，再把谈判误了，就别想在公司混了！"

小峰长舒了口气，现在抓紧时间，还不至于迟到。

那张露了大半截尾巴的字条静静地守候在门上，它也不能开口说话，只能眼睁睁地看着小峰和小翔急匆匆地锁门走了。

时间一点点过去，赵大为越来越心神不定。他完全塌不下心来工作，偏偏上级机关又要一份工作报告，明天早上就要交，一天下来，他只写了个开头，就写不下去了。他接了无数毫不相干的电话，却唯独没有他迫切想接到的那个。还没到下班时间，他跟办公室的同事打了个招呼，说得去学校接儿子，那个未完成的工作报告，他只能带回家去写了。其实就算他稍晚一些接儿子也是不打紧的，儿子会在学校传达室等他。他现在不是想赶快回到家，把钥匙放到个更安全的地方吗？

小区里搭着两个遮阳篷，好些人围在那里。儿子撒了欢地挤进人群，不一会儿又挤了出来，告诉赵大为是派出所来换锁芯。

赵大为想起这些天楼道里贴着的警情提示，还有预防入室盗窃的宣传画，中心思想就是一个，让大家更换超 B 级或 C 级锁芯。

警务站的王警官看见赵大为，也叫不上名字，就问："家里换锁芯了吗？没换赶紧换。最近小区可不太平，已经连续几家被盗了。"

赵大为问："真的能防盗吗？"

王警官说："这是公安局认证的，普通锁芯只需要三五分钟就能打开，这种锁芯一个开锁高手起码需要二百七十分钟，四个半小时，或者干脆就打不开。赶紧换吧，可别存侥幸心理。"

人民警察的话由不得你不信，于是赵大为问："这种锁怎么就这么难开？"

王警官顺手拿过把钥匙，说："你看，这是内外双蛇形内铣槽结构……哎，专业术语我也说不来，反正这是最复杂的锁芯，也是最安全的锁芯。"

看到这把钥匙，赵大为立刻又想起了 2 号那把钥匙，它就是这个形状。当时他还纳闷，怎么会有这样的钥匙？

他立刻就想把钥匙的事儿对王警官说了，然后上楼从奶箱中取出来交给他，交给警察当然应该是放心的。可话到嗓子眼了，他又生生地吞了回去。万一那把钥匙已经不翼而飞了呢？

赵大为说："好，回头就换，回头就换，图个安全。"心中却想：2号倒是挺注意安全的，换了这么贵的锁芯，可有什么用呢？

奶箱钥匙还好好地在消防栓后面，2号的双蛇形钥匙也还在奶箱里静静地躺着。赵大为悬着的心放下了些，现在就去把它交给王警官吗？要不就再敲敲门，如果主人在家，就直截了当给了人家。

可还是没人应声，那张字条还藏在原地，好像整整一天什么都没发生过。

早上东南飞的乌鸦又贴着头顶飞了回来，从那片狭小的蓝天中飞向城里的中心地带。乌鸦为什么喜欢繁华的夜北京呢？

小翔在CBD一家金融公司实习，今天他第一次跟着主管同客户谈判，结果很不理想。本来谈判就是这样，不可能都是一拍即合，可主管却把气都撒到了小翔身上，怪他丢三落四没带U盘，辛辛苦苦准备的PPT没派上用场。小翔不敢还嘴，更不敢说U盘不见了，不管怎么样，一个详细的风投融资计划书都算得上是商业机密，忘记带和搞丢了完全是两个概念。

一下班，小翔就急着要回家找钥匙和U盘，他给小峰打了个电话，想去找他拿钥匙。

小峰愣了一下说："我不在公司，我来中关村这边办点儿事。"

既然如此，小翔也只能等了，他总不能从朝阳跑到海淀跨越大半个北京去取钥匙吧？

　　小峰在一家科技企业上班，去中关村是经常的事儿，可现在他正和几个同事在三里屯泡吧。他想让小翔过来把钥匙取走，可转念又一想，如果同事知道自己有这么个帅哥室友，亲密到钥匙合用一把，自己该怎么解释？会不会越描越黑？于是一个愣怔之后，他撒了个谎。

　　吃过晚饭，赵大为放儿子下楼去玩，就又跑去了2号，还是没人。这钥匙现在真成了烫手山芋。他打定主意：还是把钥匙交给王警官吧，早就该这么做！

　　王警官却已经下班，只剩下那些摆摊卖锁芯的。他们倒也穿着警服，可看他们的年纪，胡子还没长硬，身子又个顶个单薄，警服罩在他们身上都有些晃荡。交给他们，赵大为不放心。再说，一会儿等2号主人回来，这些卖锁芯的又指不定跑哪儿去了，怎么能交给他们呢？

　　一个年轻人与他走了个对头，无所事事，却不是闲庭信步，脸上满是焦灼。这人就是小翔，他仰着脖子看了看顶层自家的窗户，那里还黑着灯。

　　赵大为打开电脑，准备接着写工作报告，突然他想起了那个U盘，那里面会不会有主人的某个信息呢？比如姓名或者手机号码？他把钥匙拿出来，把U盘插到笔记本上，那里面只有一个PPT文件。他打开了，是一个公司的什么计划书。他对钱的事一窍不通，甚至连自己的工资都懒得管。

U盘里没有什么线索，他又跑了趟2号，不抱任何希望地敲着门，这扇门对他来说已经再熟悉不过了。有些不好的念头在他的脑子里闪过，比如密室凶杀案什么的。

赵大为把钥匙插进锁孔，早上他也这么干过，那时门是从里面反锁的，现在钥匙很灵巧地转了两圈，门开了。这让他吓了一跳，怎么能随便开人家的门呢！

"有人吗？"赵大为鼓起勇气喊了几声，没人应声。

他探头向里面张望着。房间的结构和自家如出一辙，只是正相反着。客厅里空荡荡的，只有一组浅色沙发和一个茶几。

要不，就把钥匙放到茶几上，也就算还给了主人。

赵大为把钥匙放到茶几上，踮着脚尖，几乎是倒退着出来，怕是要惊动了什么。他轻轻地关上门，却突然捶了捶脑袋，没了钥匙，这扇门也锁不上了。总不能不锁吧？回头万一谁一推门进来……自己的罪过岂不是更大了？罢罢罢，还是拿回来吧。

可就在此时，儿子突然出现在身后。他狐疑地看着站在邻居家门口的赵大为，问："爸爸，你还拿着人家的钥匙吗？你不是早就对我说，不能让别人碰自己的钥匙吗？现在你动了别人的钥匙，别人会怎么想？"

现在是没法取回钥匙了，总不能当着孩子的面进别人家吧？赵大为撒了个谎："我早就把钥匙还给人家了，人家很感谢我。"

儿子又问："早就还了？那你怎么还站在这儿？"

孩子也是不好糊弄的，赵大为也只能继续糊弄："我这不是刚刚还了吗？快回家洗澡吧，瞧这身上脏的！"

简直是提心吊胆！警情提示里说，近期溜门撬锁的事时有发生，自己这不是给犯罪分子可乘之机吗？赵大为没敢关房门，支棱着耳朵，听着楼道里的声音。电梯门总共开过两次，一次是北边有小两口说说笑笑地下楼，一次是自己的对门回家，没有朝2号去的人，这就算是谢天谢地！

他几乎是逼着儿子吃了水果，喝了酸奶，刷牙洗澡，躺到了床上。他强打精神给儿子讲了半个故事，小家伙就呼呼地睡着了。

终于，他再次站到了2号门前，敲门确认主人不在之后，他轻轻地推开门，闪身进去。天已经黑透了，可他不敢开灯，俗话说做贼心虚，他不是贼，可他还是心虚得厉害。好在2号跟自己家像是背靠背的兄弟。他摸索着走到茶几前，伸手在上面摸着。"啪嚓"一声，什么东西被碰到地上摔碎了，吓得他魂飞魄散，简直要跌坐在地板上。

他终于摸到了钥匙，慌里慌张地出了门，哆哆嗦嗦地把钥匙插进锁孔，转了一圈。他的腿几乎迈不开步子了，可他强迫自己必须尽快离开这个是非之地！

他没有回家，他的脑子乱极了，他必须先下楼透口气。下到一楼，他低着头冲出电梯，差点儿撞到两个年轻人。

他一味地自责着："怎么就鬼使神差地闯进了别人家呢？而

且，还是两次！现在怎么补救呢？如果人家告你个私闯民宅，会不会坐牢呢？唉！"

还没有暑伏，太阳一落山就清凉得很，正好可以让脑子也冷静下来。他想：毕竟我没有恶意，我只是想做件好事，没准儿邻居因此就认识了，可以常来常往，住得这么近，短不了互相照应一下。我一没偷二没抢，至于那个碎了的物件，大不了赔他就是。只是不管怎么说，钥匙还是要牢牢掌握在自己手上，一定要亲手交给主人，说什么也不能再横生枝节了……

六神无主的小翔终于等来了小峰，迫不及待地说："我越想越担心越害怕，想来想去，很有可能，昨个夜里回来，我就没拔钥匙。"

小峰心里责怪，嘴上却没说什么。电梯一到，俩人冲进电梯，差点儿和出电梯的人撞个满怀。

小峰的钥匙只转了一圈，门就开了。小峰心里一惊，自打他租下这房，锁门的时候从来都是转两圈的。

灯光大亮，两人打量了一下屋子，突然发现地上被打碎的玻璃杯，水还一点儿都没来得及蒸发，旁边有几个凌乱的湿脚印。他们不约而同地倒吸了一口冷气。

小翔掏出手机就要拨打 110。

小峰说："等等，咱先看看丢了啥。"

两人各回各屋，不大一会儿，又都回到客厅，你看看我，我看看你，几乎是异口同声："好像没少什么！""别好像！肯定没少什么！你确定？""确定！""笔记本在？""在！""钱也没少？""没少！"

小峰说："既然没丢东西，那就说明进来的人不是小偷。"

小翔说："那他进来干什么？或者，只是他还没来得及偷？我看还是赶紧报警吧！"

小峰沉吟了一下："报警也没用，什么都没丢，警察未必管这事，就算管，破案也不是一天两天的事，可房咱还得接着住。"

小翔问："那怎么办？"

小峰说："明天咱换个锁芯，你丢的那把钥匙也就没用了。就这么办吧。"

也只能这么办了，小翔想，退一万步讲，就算今天夜里警察就能把他抓了，他也没偷什么，咱也没丢什么，不还得把他放出来？到时候，不一样得换锁芯！

突然，有人敲门，不停地敲，越敲越响。

两人立刻定在那里，大气儿也不敢出。

过了好一阵儿，他们蹑手蹑脚地走到门口，想透过猫眼看看外面的情况。

但是，猫眼被什么东西挡住了。

被夜风一吹，赵大为头脑清醒了些，回到家里，郑重其事地拿出一张崭新的 A4 纸，干净利落地写下几个大字："你的东西在我手上，打这个电话！"

这都几点了，怎么还不回家？赵大为停止了无用的敲门，把 A4 纸端端正正地贴到了门的正中央，不信你这回还看不见！显眼是够显眼，却正正地遮住了猫眼。

赵大为怕手机铃声吵了儿子睡觉，调成了振动，放在笔记本边上。他终于可以塌下心来把工作报告一气呵成。可惜，手机屏幕一直没亮。

他再次跑到 2 号门口，A4 纸明目张胆地贴在那里，结实得很，想撕掉都不容易。

赵大为再也不敢把钥匙插进那个锁孔了。如果他这么做了，他会发现门又是反锁着的了。

这一夜，他几乎没合眼。

天刚蒙蒙亮，他再也躺不住了，他甚至忘了去给儿子盖盖毛巾被。

北边那个窗口外，乌鸦从他的头顶飞过。

那扇门还是老样子，无动于衷！

电梯门开了，是送奶的小伙子。赵大为说："我是 3 号的，你该认识了吧？"小伙子依旧例行公事地把酸奶送进了他家的奶箱。

这一夜，尽管门反锁着，但钥匙在别人手上，猫眼又被故意遮挡，小峰和小翔怎么能踏踏实实地睡觉？他们一早起来就商量好了，小峰看家，小翔出去买锁芯。换不完锁芯绝不去上班，该请假请假，该扣钱扣钱。

小峰送小翔出门，赶紧又把门反锁上了，虽说他胆子大些，可还是有些害怕。没等他走进卧室，小翔又叫他开门，他以为是小翔落下啥东西了，可开门一看，小翔正指着门上的一张白纸。

两人反锁好门，对着这张 A4 纸相面。看来，钥匙就在他手上，可瞧这口气，像极了黑社会的绑票勒索。

最终，还是小峰下了决心："打个电话，他也不能把咱怎样！"

电话里对方却很和气，简单核实了一下身份，就说让他无论如何要等着，他这就往家赶，他要亲手把钥匙还给他。

小峰和小翔面面相觑，听声音，对方不像有什么阴谋，也没有提"酬谢"的事。

小翔说："管他呢，拿到钥匙咱也不怕了。要是他敲诈个三百五百的就给他，再多，咱还不如直接换锁芯。"

小峰说："可别大意，说是这种钥匙不可复制，但万一呢？昨天不行的事，今天就成了可能，明天就成了现实。要我说，钥匙还不还不要紧，锁芯该换还得换，你弄丢的，还是你去买吧！"

赵大为刚把孩子送到学校，就又着急忙慌地骑车赶回小区，那些瘦弱的警察又支起遮阳篷开始卖锁芯。他想："不就五六百块钱吗？等还了钥匙，也来换一个。"

把钥匙交到小峰手上，听小峰满脸堆笑地说着感谢话，赵大为心里的石头终于落了地。

　　小翔觉得真是不幸中的万幸，连小区门都不用出，就买到了锁芯，还管安装。

　　赵大为挤过来，说："我也来个和他一样的。"

　　很快，工人给赵大为家装好了新锁芯。

　　万事大吉，该赶着去上班啦！等电梯的工夫，赵大为甩开步子走到北面窗口，极目远眺，心情倍儿爽。

　　好像落下了毛病，他不自觉地瞥了一眼 2 号门口，心就不禁怦怦怦地狂跳起来——那里也正蹲着一个工人换锁芯哩！

　　他回转身，想着赶紧逃离这里，免得撞见了，彼此尴尬。

　　电梯一路下行着，他安慰自己："这也没什么不好，毕竟，那扇门被我打开过，换个新锁芯，他们踏实，我也彻底踏实了。"但他还是有些难受，就像被人当头狠狠地给了一记闷拳。

　　小翔问小峰："我还是不放心，他连咱的门都敢进，我的PPT，他不会也复制走了吧？那可是公司的商业机密，现在谈判还没结果。"

　　小峰说："防人之心不可无，我用个软件给你查查。"

　　小峰把盘插进电脑，鼓捣了一番，不出所料，U 盘里的PPT 的确被打开过，就在昨晚，那时，这个 U 盘就在赵大为手上。

一整天，赵大为过得无精打采，脑袋上像被罩上了一口钢精锅，沉重，憋屈。领导又布置了一篇讲话稿，他坐在电脑前，手摸着键盘却不知从何处开始往下按。

好不容易熬到下班，再好不容易熬到儿子做完作业上床睡觉，心里想着抓紧时间赶稿子，免得连着开夜车，却还是心猿意马，他知道，这是周期性抑郁又犯了。

既然什么事都干不下去，那就干脆来点儿小酒，不管是五粮液，还是二锅头，都是给心情疗伤的良药，胜过一切百忧解药片。

正喝到微醺，猛听得楼道里吵吵嚷嚷的，这都过了十点，怎么了这是？还让不让人睡啦？

也就是因为肚里有几杯酒垫底，赵大为打算出去管管这闲事。

可刚打开门，他就打了个激灵，马上又闪到了门后。

他听到的是一个高门大嗓的女高音："啊！你们说，你们凭什么就自作主张把锁换啦！你们是吃了熊心豹子胆啦！"

不好，赵大为想起下班的时候，在楼道里碰见了一个肉墩墩的北京大妈，哭丧着脸。莫非，是2号的房东？她怎么来啦？

女高音还在继续："怎么着？你们还真当成自己家了？这房子是我租给你们的，你们跟我商量了吗？你们什么意思你们？今天敢换锁，明天是不是得把这房给卖了？"

小峰的解释低声下气："阿姨，您先别生气，是这样，昨天小翔回来，把钥匙落门上忘拔了，我们担心坏人配了钥匙进屋偷东西……"

不等小峰把话说完，房东大妈就跳着脚嚷道："什么？！还不拔钥匙？你们这不是往家里招贼吗？不是我说，你们这些大学生啊，看上去一个个灵光光的，谁知道个顶个儿是废物。得，这房我不租了，你们麻利儿地收拾收拾，给我卷铺盖走人！"

小峰小翔一听这话，急得都要哭了："不是，阿姨！我们真不是故意的……"

房东大妈却毫不留情："甭说！什么也甭说了！这房租给你们两个住，我这心里头不踏实。你们说你们是今天刚刚换的锁，哪有那么巧的事？我几个月不来一趟，偏偏今天来，偏偏你们今天就把锁换了？让我吃个闭门羹。那我过几天再来，你们是不是就该把房卖了呢！"

小翔说："阿姨，不会的，您是房主，房产证在您手里，我们怎么能卖呢？"

小峰忙想制止，可小翔的话已出口，收是收不回来了。

房东大妈更是不依不饶："嘿，果然没安好心，还惦记起房产证来了！赶紧走人吧！麻利儿点！别在这儿碍眼！"

小峰柔声细语，有点儿撒娇的味道："阿姨，您看这大半夜的，您就是让我们走，也得等我们找着住处呀。您这样把我们赶到大街上，您心里落忍啊？"

小翔却懒得哀求她，说："我们可是季付的房租，这还差着一个月才到期，就算要赶我们走，那你现在退我们一个月房租。"

房东大妈一听这话更是来气，也不顾忌是不是铁石心肠了："你们住哪儿我管不着，你们违反了合同，给我房屋造成了破坏和隐患，我就有权收房。那一个月的房租？哼！你还有脸提？回头我不还得换锁？搞不好我得连这整扇门都得换了！你们那一个月的房租？够吗？"

　　两个年轻人急得一句话都说不出来："阿姨，您……"

　　赵大为一直躲在门后偷听，这情形，再不出面解释一下，就有点儿不仗义啦，毕竟事是自己惹出来的。

　　他稳了稳神，硬着头皮向2号门走去，一边走，一边热情地招呼道："大姐，您就不要难为这俩孩子了，事情是这样的，你听我解释……"

　　房东大妈不满地瞪了他一眼："你谁呀？你知道个啥？"

　　好家伙！这俩大眼珠子瞪得，赵大为就有点儿胆战，可他还是文质彬彬地作着自我介绍："大姐，我是住3号门的您邻居。"

　　那俩大眼珠子眯缝了些，露出怀疑和审视的光："邻居？谁证明你是邻居？"

　　也是的，现在的街坊四邻，谁认识谁呀！赵大为突然一指小峰和小翔："对，他俩可以做证。"

　　小峰和小翔正心急火燎，见到了赵大为，就像见到了"救星"一样："对，我们可以证明！"

　　小峰手指着赵大为，眼却急切地瞅着房东大妈："就是他！

阿姨，就是他！就是他，从门上拔走了小翔的钥匙……"

小翔也不含糊："对！就是他，趁我们不在，拿钥匙开了房门……"

小峰绝不示弱："就是他，要不是他打碎了玻璃杯，留下了湿脚印，我们还不知道要把钥匙藏到什么时候……"

小翔越说越兴奋："还有，你，你，你不光拿了我的钥匙，溜进了屋，打碎了杯子，你还打开过我的U盘，拷贝过我的文件，那可是商业机密！还有，你，你还翻过我的东西，你老实交代，你到底从屋里拿走了什么！"

夜里还是挺凉的，赵大为却呼呼直冒汗。他那笨嘴拙舌，哪里对付得了年轻人的伶牙俐齿？

小峰换了换横眉冷对的口气，转而继续向房东大妈撒娇："阿姨，您说，在这种情况下，我们该不该当机立断，该不该马上换锁？您评评这个理儿，要不是他拿了小翔的钥匙，溜进了咱家，顺了咱家东西，拷走了小翔的U盘，我们换锁干吗？我们有钱烧的啊？一个锁芯五六百哩！"

房东大妈使劲地拍了一把肥肉乱颤的大腿："那你们还愣着干啥？真凶在这儿，你们还不赶紧报警！擅闯民宅，别让他跑了！报警！让警察来抓他！"

小峰说："对对，让警察来抓他，还要让他赔偿我们的损失！"

小翔说："对对，让他赔我换锁的那五百八！"

小峰说："还有，让他赔我们一个月的房租！"

小翔说："还有，今天咱俩请假的误工费！还有，偷走 U 盘里的商业机密，给我们公司带来的经济损失！还有还有，谈判没谈成，说不定我就得失业，这些，你全都得赔！"

小峰说："对，让他赔！"

房东大妈急了："你们都他妈嘚吧说什么呢说！就知道动嘴，没一个实干的！报警！快打 110 呀！110！兔子还不吃窝边草，摊上你这么个小偷邻居，真他妈倒了八辈子血霉啦！哎呀妈呀！"

夜色中，一辆面包车闪着刺眼的灯，呼啸而来，风驰电掣地驶进小区，径直停到了楼下。

仔细看，不是 110，却是 120。

车上冲下来几个白大褂，熟练地抽出担架，飞奔着上楼……

不大一会儿，赵大为被担架抬了下来。

此刻的他，双眼紧闭，脸色铁青。

阿立与旋风

都说只是个小手术，可从灌肠开始，旋风就感觉大事不妙。

旋风从来就不知道啥叫疼。两年前他送外卖，一辆不知从哪儿蹿出来的电驴子迎面撞过来，他不知往哪里躲闪，顺到了马路牙子上，人和车都朝着便道歪下去，右臂下意识地去撑，一股钻心的疼瞬间冲到了他的心窝子，异常锐利和警醒，之后反倒觉不出什么了。小臂骨折，把一截钢板打进胳膊里，刚开始总觉得胳膊不是自己的，可不出两天就适应了，等骨头长好，还要再遭二遍罪，重把那皮肉拉开，取出钢板，这样一来，胳膊里反倒又空落落轻飘飘的了。

疼，没有给他留下什么印象，反倒是那次的肿胀感和空落感给了他不祥的记忆。此刻，他的小腹就正经历着逆行液体的折磨，他无力控制它们，只能任凭一次次开闸泄洪……

　　说到底，痔疮手术真就是个不起眼的小手术。很快，旋风就被送出了手术室。

　　他的嘴角不自觉地扬了扬，他看见了那张熟悉的孩子气的脸，笑得微微有些紧张。

　　"还好吧？觉着怎么样？疼吗？"

　　"挺好的。小菜一碟。完事大吉。"

　　"那就好，那就好，那就好。"她频频地点着头，也不知道该干点儿啥。

　　旋风体会到了什么叫幸福。大夫说要做手术的时候，媳妇就说要请假陪他，他不同意。媳妇是老师，课外培训班的英语老师，上一堂课才有一堂课的钱，请假，意味着真金白银的损失。"不过是一个小手术，不用了。"他说。"小手术也是手术，搞不好就成了大麻烦。"媳妇坚持。他总是拗不过她，她比他小三岁，她拍板的事情就算定了。

　　媳妇请了五天假，这五天，她将如此这般小鸟依人地守在身边。这样想来，损失那十几堂课的钱也是值的。恋爱谈了小一年，却总是各忙各的。现在，虽说病房里也塞满了人，还充斥着八四消毒水和高锰酸钾溶液的混合气味，却也可以耳鬓厮磨，说些平日没说够的悄悄话。

　　"咱俩也不小了，就算现在去领证，也够晚婚标准了，你咋想哩？"

说着说着，就说到了如此严肃和重大的话题。老婆孩子热炕头，就算安定下来了，那就是旋风心中向往的正常人的生活。可哪儿那么容易啊！

"你到底咋想哩？啊？"

"这话该我跟你提啊，总得像那么回事，求婚得有个求婚的样儿，我爸妈是不是也该登门下个聘礼啥的，该走的程序不能省。"

"我不要，我就是要你今天给个话儿，你到底是啥打算？我知道，这不是一天两天能办的事，麻烦着哩，可总得有个方向吧？"

"这还用说，我当然是要娶你的，明媒正娶，八抬大轿。"

"别贫嘴，我真要你八抬大轿，你能给？说正经的，咱们总得先有个窝吧？"

旋风又何尝不想有个窝呢？他刚才说什么正式求婚啦，什么登门下聘礼啦，那些都是小问题，真正的大问题就是房。媳妇跟几个女孩合租，旋风倒是住在五星级的索菲特酒店，那是一间员工宿舍，凌乱拥挤，住着六个荷尔蒙极其旺盛的大小伙子。他在这家酒店的礼宾部工作，说白了，就是个迎来送往的行李员，每天两班倒，拴人，也磨人。小两口除去吃个饭、看场电影、逛逛公园，舍不得回回都开钟点房，只能央求着你那里或我这里的哥们儿姐们儿按时按点地回避，直奔主题一路高歌猛进，直上巅峰，就算意犹未尽，也绝不敢接着温存缠绵，赶紧手忙脚乱地打扫战场，给接下来的哥们儿姐们儿腾出地方。

那种滋味，总是不能畅快淋漓。

其实，他俩是邻村的，离城不算远，二十多公里，出了城就有高速，未必非得在城里买房不可。两三个月前，在媳妇的撺掇下，他刚刚买了车。当时她讲得有道理，买车，上下班是用不着的，约会也派不上用场，不就是为了回家方便吗？他以为买了车，也就躲过了买房这一劫。可虽说只有二十多公里，虽说有了车，但每天回家是不可能的，一两周回家一趟也是不现实的。媳妇周末最忙，平时的课也多安排在下午四五点到晚上九点，课外班，当然是要等到学校放了学才开课。为了一起回家，旋风只得跟别人调班，腾挪出一两个白天。说着容易，他愿意连着上好几个班，可人家未必乐意这么辛苦，还要躲避目光如炬的经理，总这么连着上班，难免精力不济，影响工作。所以，新车自打买来，大多数时候就停在酒店停车场里，好在不用交停车费。

"你咋不吭一声哩？"媳妇仍是笑脸相迎，可那笑容明显是强装出来的。

旋风生恐媳妇的脸说变就变，连忙挤出一点儿笑意，故作轻松地说："爸妈就我这么一个儿子，还愁房吗？窝，那不是现成的？家里的房虽然比不上城里的高楼大厦，可接着地气，晒着阳光。"

果然，媳妇的脸顿时阴云密布，山雨欲来，她把嘴一撇，说："你别揣着明白装糊涂，咱俩都在城里上班，当然要在城里安个家啦！别说回一趟家不容易，就算见天能回家，办事之前，咱也不好光明正大地住一起不是？就算结了婚，咱们也不可能再回村里扛锄头种地吧？不还得在城里打工？没有个落脚的地方能行？难不成拉扯着娃打游击？”

“可是钱哩？”这话在旋风的嘴边打了好几转，最终没说出口。媳妇闹着买车的时候，他硬着头皮跟爸妈张口要了钱，估摸着那是他们全部的积蓄了，就算现在真的厚着脸皮再张口，他们最多也只能拿个仨瓜俩枣，要是再背着自己向亲戚朋友借钱，更要把脸都丢尽了。

“哎哟，我的伤口……”

媳妇马上不再唠叨，问：“咋的啦？我去叫医生！”

“不，不用，没大事，只是有点儿疼，我想歇会儿。”旋风轻轻地闭上了眼。

这一招倒也管用，媳妇掏出手机，打开抖音，一会儿就咯咯咯地乐起来，又忍不住把手机伸到他面前，让他一起看，旋风也咯咯咯地乐起来。

媳妇削了个苹果，用勺子轻轻地刮成沫，送到他嘴里，说：“多含会儿，这样不会有渣子。”苹果好甜！旋风觉得，这一刀挨得也值了。

“哥，我知道，你是装疼哩，我也知道，你是发愁买不起房，凭咱们挣的这点儿钱，就算不吃不喝一辈子，也未见得在城里买一套房。但是，买不起，咱可以租啊！”

这一次，旋风真的觉得伤口尖锐地疼了起来。绕来绕去又绕了回来，看来今天躲是躲不过去了。

"哥，你别发愁，也别为难。我知道，就算租房，也不是个小数目，既然是咱俩共同的事，就得咱俩共同想办法。我挣的怎么说也比你多，我算过了，刨去吃喝用度，我来付房租不成问题。我跟你商量，就是想要你一句话，你愿不愿意现在就跟我住一块儿？"

这就是媳妇，旋风心里想，她读的书到底比自己多，说不过她也是理所应当。可自己毕竟是男人，是男人就该养着女人，怎么能反过来，让女人出钱租房，那他不成小白脸子了吗？

"媳妇，你真好！我累了，我想歇会儿。"

媳妇的大眼睛一眨巴，大颗大颗的泪珠就滚落下来。"一说到正经事，你就要歇会儿，我就知道，你心里根本没我！"

"媳妇，你咋说哭就哭哩！我也没说不租啊！我只是想静静，这么大的事，总得让我合计合计吧？别掉泪了啊！"

"哼，这还用想啊！你们男人都一样，根本没把人放心里去！"

电话响了，来得真是时候。

旋风摸起手机一看，是老妈邀请视频通话，犹豫一下，挂断了，回了条语音，说："妈，正上班哩，不方便接，有啥事儿吗？"

"儿，忙啥哩？"

"正在库房里找东西哩。"

"最近咋样啊？这两天也不知咋啦，心里总空落落的，老惦记着你。"

"妈，儿子好着哩，身体倍儿棒，吃嘛嘛香！"

"你爸笑话我，说是我想儿子了，让我上你那儿去看看你哩。"

"妈，你可别瞎折腾啦，这大老远的。最近我也忙，酒店接了好几个大型会议，等忙过这阵子，我再回家，你要是想来住几天，我接上你，坐着咱的车，要多舒服有多舒服，要多快有多快。"

"别自个儿回来，带上人家闺女，我和你爸就稀罕这闺女，你脾气不好，可不兴欺负人家。"

"妈，说啥哩？我欺负她？她不欺负你儿子就是好的啦！"

媳妇白眼珠一瞪，把手举过头顶，朝着他的屁股就要打。他极其笨拙地向边上挪动屁股，平时他是用不着躲的，挨两下就当是打情骂俏，可今天就大不同了，万一她没轻没重，后果不堪设想。媳妇的手却只是非常轻地落在他刚刚挨了刀的屁股上，然后再一次高高举起，说："我欺负你了吗？啥时候欺负你了？咋欺负你了？"

"儿啊，你们俩好好的，我和你爸也就放心啦，两个人都在外边，互相有个照应，有个依靠，我和你爸也盼着，要是你俩觉得差不多，也别总拖着啦，你拖得起，人家闺女可拖不起。你要好好珍惜哩，失了这个闺女，你到哪儿再找这么好的去？"

"妈，我俩好着哩，最近正商量着在城里租套房，就算安定下来了。婚事，可以慢慢操办。"

"这事靠谱。城里租房得不少钱吧？租吧，我和你爸再给贴补点儿。"

"不用，我在中法合资的大酒店打工，钱够着哩。"

旋风本以为这话说出来，媳妇一定笑逐颜开，偷眼一瞧，她的脸色却更难看了。忙问："你又咋啦？我这不是答应租房了吗？"

"你是答应我租房了吗？明明你是答应你妈租房啦！"

旋风无语，真搞不懂女人，这不是一回事吗！

走向厕所的时候，旋风像往常一样轻松，站到小便池前，抖落出再熟悉不过的"兄弟"，他突然傻了眼——明明有尿，却怎么也尿不出来。膀胱愈发地憋胀，所有水流都拥挤到"水库大闸"前，只等着"开闸放水"，便要争抢着欢腾而下，可"大闸"却纹丝不动。明明是后边受了罪，咋前边也跟着遭殃！本是再简单不过的一件事，旋风却呆呆地站了好半天。无论如何，也要打开那道"闸"，箭在弦上，不得不发。他把全部的意念都集中到"大闸"附近，却怎么也找不到拉动"大闸"的机关，反倒惊动了伤口，撕扯着，抗拒着，好不容易露出一道缝隙，千军万马好似要一拥而出，"大闸"又生生地关得更紧，只挤出几滴残兵败将……如此反复几次，旋风早已是满头大汗，"水库"的水位稍稍降了降，便无力再战，赶紧鸣锣收兵了。

"你咋去了这么久？"媳妇躺在病床上摆弄手机。

"没事，尿不出来。"

"我这正看房呢。市中心房子太贵，咱们就找地铁附近的，远点儿不要紧，上下班方便。我相中了好几套，你也参谋参谋。"

旋风接过手机，说："APP上靠谱吗？我觉得还是去中介登记一下。咱村里人要换宅基地、分家析产、承包土地什么的，不都要找个中人吗？"

"你个呆子，这能一样吗？村里人知根知底，找的中人，当然都是德高望重的，最起码也是公道正派的，自然对得起个'中'字，不偏不倚、中规中矩。这城里满大街的中介就不好说了，就算它是正经生意，可总还是要从咱们身上挣钱吧？要不他们喝西北风啊？"

旋风没有租过房，但他找工作时接触过中介，确实没留下什么好印象。可他还是说："你说得是，可咱又咋能知道，房东就不会骗人哩？我就听说过，有的人明明已经把房屋拿去作抵押还债，却又把房卖了出去……"

"你说得对，咱们得多长个心眼，比如，要看好各种材料，房本、身份证什么的，还得看面相，相由心生，所以更要直接面对房东。来喝点儿水吧，看你的嘴唇，都起皮了。"

旋风哪里还敢喝水？他抿了抿嘴唇，又用舌头偷偷舔了舔，说："不渴，不喝了，我这又想上厕所了。"

"你不是刚回来吗？我看你，就是不想跟我聊房子，真叫懒驴上磨屎尿多！"

第二天上午，大夫查房的时候，问了旋风一下情况，说："到底年轻，恢复得不错，再观察一天，没问题，明天上午就办出院手续吧。"

媳妇跟旋风一样高兴。早些出院，不仅少受些罪，少花些钱，正好还可以余出两天时间去看房。网上固然可以看图片、看视频，但房子是要住的，住进去舒服不舒服，仅凭图片和视频是远远不够的。媳妇已经请下了五天假，该调的课已经调了，不可能再重新调回来。

媳妇问："明天你出了院，我去看房，你回家歇着去。"

旋风说："你一人能行吗？咱俩一起去吧，医生都说恢复得不错，那就是不错。"旋风想过了，难不成自己回到酒店的集体宿舍里，一个人孤零零地躺着吗？哪个哥们儿要是带着女朋友回来，他不还得知趣地流落街头？就算没人打扰，血气方刚的年轻人生生在那里挺一天"尸"，也是活受罪，说不定就蹦起来上班去了。这一回，礼宾部的头头已经给了他十天假，而且是带薪的假，虽说只是底薪，歇就歇吧，把租房的事情搞定，也是划算的。

媳妇说："我一人怎么不行？咱家里还不是我说了算？"

旋风赔了笑脸说："咱家当然是你说了算。我只是想，这么大个城，四面八方的，再把你跑丢了，我上哪儿找啊？"

媳妇心里美滋滋的，却板着脸说："方方正正一座城，我咋就找不回来了？又笑话我是路痴，不理你了！所有的女孩子都分不清东西南北，有甚奇怪哩？要是女孩子都认得路，那要你们男人干什么？"

旋风当媳妇真的动了气，忙说："我可不敢笑话你，你毕竟是个女子，奔波着去看房，万一碰上坏人呢？要是哪家房东是个色狼，房子没租到……"

媳妇说："色狼有什么可怕？人家有房，总比你这个没房的穷小子强！"

旋风嘴笨，呵呵一乐，说："要是这样，我更得跟着你啦！"

于是，两人便加紧在APP上看房，这个朝向不错，可是太远；那个位置适中，价格却承受不起；这张照片一看就用了美图；那个布局不合理；这个又实在太破旧……挑来挑去挑花了眼，房子不少，物美价廉位置好适合小两口住的却少之又少。稍有中意些的，便打过电话询问，又几乎全是中介，雁过拔毛，他们便继续搜索着能找到称心如意的房子和房东……

他们从早晨看到晚上，旋风一遍遍地站到小便池前，一次次调动所有的精气神，放掉实在承受不住的尿，稍稍舒缓一下腹部的胀痛。媳妇叫了外卖，他只抿了几口皮蛋瘦肉粥，便不敢再喝。听病友们说，吃的时候爽，等到想屙的时候，呵呵，你就不爽了。

果然，即使没吃什么东西，但人体是一架不知疲倦的精密机器，它照例把废物和残渣源源不断地向大肠堆过去。第三天清早，旋风被憋醒了，他感觉到大肠强烈的蠕动。他跑到厕所蹲了下来，当向下用力的时候，他感觉伤口裂开了似的，撕撕扯扯地疼，他连忙做提肛的动作，只把蚕豆大小的一块儿挤了出去。旋风想，大概是生物钟使然，已经二十多年的习惯，忍一忍就好了。他用紫红色的高锰酸钾水仔细清洗完，只等着媳妇把出院手续办好。

正赶上早高峰，公交车一进站，不等停稳，人群便一拥而上，塞住了车门。旋风有些迟疑，媳妇说："咱不急，等最后，能上再上。"等人推推搡搡着上得差不多了，他俩这才移动到车门，刚要抬脚，打后边冲过一道人影，那过于宽大的胯骨，左一摇右　摆，便把两个年轻人甩在了两侧。

旋风顿时龇牙咧嘴，疼出一身冷汗。媳妇冲那肥硕的背影叫道："挤什么挤！赶着……"旋风一把扯住了她，不让她说出更难入耳的话来，不是他不想骂人，他看清了那是个好一把年纪的妇女，叫声奶奶也不为过，跟她吵嚷一番，又能争出个什么你长我短呢？只怪自己身子板瘦弱，人家又不知道你某个深藏不露的部位刚刚动过刀子。

车上的人并不多，车厢中部侧着的那排座位还有一个空着。媳妇让他坐，他反把媳妇按到了空座上，说："我，还是站着好。"

晃晃悠悠了两站，车厢终于被塞得满满当当，动弹不得。旋风突然被身后一股强大的力量推向前边，他被迫侵入媳妇的"领空"，这地方也没有可抓的东西，他只得用手撑住车窗玻璃。媳妇用手托住他压下来的胸膛，朝着看不见的后面正欲发火，却听身边端坐的小伙子朝着旋风背后毕恭毕敬地叫道："李主任，是您啊！"

旋风身后承受着的重压瞬间就没了，这让他可以微微回过头去，后边站着一位穿藏蓝色夹克的中年男人，二八分的头发明显染过，没有光泽，却梳得一丝不乱，手里拎着个黑色公文包。假模假式的，旋风想。

那位李主任咳了咳嗓子说："是小张啊，可真巧！"

"主任，您坐我这儿。"小张欠起整个屁股，却又不得动弹，四周都是人，还有横亘在他和李主任之间的旋风。

"没几站，你坐着吧，天天坐办公室，早就坐够了。"李主任发了话，小张便把屁股重新搁回到座位上，却又不那么实实在在，拿捏着一股不自然。

"小张，你还没买车吗？"

"买了，主任，都是老婆开，主要就是接送孩子上下学，我这边工作忙，只能让她接送了。您呢？怎么没开车啊？"

"限行。孩子在哪儿上学啊？几年级啦？……"

旋风和媳妇你挤挤眼，我撇撇嘴，突然就咯咯咯地笑了出来，笑得毫无顾忌。

媳妇把接下来的两天排得满满的，辗转在城市的边缘，终于在师大附近一个小区谈妥了一套两室一厅。说是两间卧室，其实就是一间半，说是一间客厅，其实就是稍宽些的过道。房子建了快三十年，老户型，也曾很细致地精装修过，只是时间长了，疏于打理，显得有些破败。事情就是这样，不可能心满意足，只能是妥协，不断地妥协。好在家具齐全，面积紧凑，不是中介。

房东是个大婶，一见面就说，把自己的房子交给别人住，一定得是个踏实人，钱不钱的不要紧，图的就是个省心，就当请人帮着看房了，必须得找个正经人。

为了证明自己是个正经人、踏实人，旋风和媳妇不厌其烦地回答了大婶的盘问——几口人住、俩人的关系、各自的职业、收入情况、老家是哪里的、抽不抽烟、晚上一般几点回家几点睡觉、早晨一般几点起床几点上班、有没有不良嗜好（包括打不打麻将、弹不弹钢琴、吹不吹笙管笛箫）、爱不爱干净、生不生火做不做饭、会不会招朋引类搞派对、父母会不会跟来住、原来在别处租没租过房、打算几时要孩子……

旋风实在耐不住性子，可假期就这么几天，不可能无休止地看下去，也看累了，看烦了，怎么住不是住啊？特别是大婶那句"钱不钱的不要紧"，让他看到了最大的希望。盘问就让她盘问个够吧，等她把钥匙一交，不还是哪儿凉快哪儿待着去？他瞅了眼媳妇，媳妇也是以从未有过的一本正经的态度小心对待这场"面试"。他又一次受不住肚子鼓胀和下坠的感觉了——这两天，他一直承受着越来越强烈的鼓胀感，虽然只吃一点儿易吸收的流食，但只进不出，着实让他难以忍受。他借机躲进卫生间，哪怕只是蹲一会儿，哪怕只排出蚕豆大小的一块儿，也会让他大大缓解，取而代之的是伤口被撕扯开的疼。他就在这两种疼之间徘徊着，犹豫着，酝酿着，然后选择另外一种，也只能是浅尝辄止。

房东大婶露出狐疑的目光，说："大小伙子，刚进门就上厕所，这刚没几分钟，怎么又去？一去还就是好半天，不会是肾有什么问题吧？"

媳妇说："不会的，他吃了什么不干净的东西，正闹肚子哩。"

大婶实在想不出什么好问，却还是说："你们这么年轻，我总觉得哪里不踏实。"

媳妇说："身份证您都看过了，一个二十五，一个二十二，也不算年轻了吧？"

大婶突然想起什么，问："你们的结婚证呢？"

旋风在卫生间正用力呢，听见这话，倒吸一口冷气，刚刚一切的努力全白费了。

只听媳妇不慌不忙地说："哎，谁还老随身带着那玩意儿？现在宾馆开房也不查这个了。"

大婶说："说得也是，我就是确认一下。要是咱们这就算谈妥了，你们的身份证我先拍个照片，等回去，你们再补拍一张结婚证的，微信发给我，我就放心了。"

这两天一直在外边跑，虽说双肩包里带着高锰酸钾，可总不能逮哪儿在哪儿洗吧？旋风轻轻地拭了拭，提上裤子，拉拉衣服，走出来，问："婶儿，那钱是不是可以再优惠点儿？"

大婶眼珠子一瞪，说："我可没多要，你可以打听打听这附近，有没有这个价。"

"是你说的，钱不钱的不要紧，只要人好，就当帮你看房子了。"旋风小声嘟囔着。他当然明白，人家那样说也只是说说而已，当不得真的。

媳妇说："价钱也算合理，只是这房子我们还得好好打扫打扫，还有，这几扇纱窗都破了洞，得换换吧，阳台上那块玻璃裂了纹儿，不安全，万一哪天碎了，掉下去砸了人，咱们都吃不了兜着走，洗手池的下水管漏水了，也得换一根。好好修补修补，我们住着舒服，对你的房子也是个爱护。"

大婶当然乐意，却绝口不提修补的花费问题。

媳妇接着说："这也花不了几个钱，可是需要时间，我们今天就交第一个月的房租，你就大人大量，把租房的时间给我们宽限十天，这样，我们正可以把房子收拾利索。"

大婶把嘴一撇，说："十天太多了，按理说，哪天交钥匙就得算哪天，我也不跟你计较，就多给你让五天，连收拾带搬家，足够了。"

旋风说："五天哪里够用？"

大婶倒露出了笑容，说："小伙子，别怪婶儿说你，你个大男人，倒不如你媳妇说话办事爽气。"

旋风本来下边就不通气，这一句话，把他的嗓子眼也给噎住了。他不爽气？一个月的工资，养车用去近一半，现在又拿出另一半租了房，接下来，恐怕只得吃媳妇喝媳妇的了，他爽气得了吗？

媳妇笑了笑，说："我们家老公是有点儿抠门，不过，男人不乱花钱也是件好事。"

大婶嗤笑道："是，是好事，俗话说，'男人有钱就变坏'。"

旋风觉得，他必须得换个新工作了，吃光花净是不行的。

在关于押一付一还是押一付三的问题上，媳妇说服了大婶，每个月固定一天付钱，既确保了不会错过日子，又保持了与房东大婶经常性的联系和沟通，这么一说，大婶也就不再坚持季付了。旋风佩服媳妇的三寸不烂之舌，这个看似背着扛着一般沉的小枝节，对他来说却是一个性命攸关的大问题。

一切谈妥，媳妇便要给大婶微信或支付宝转账，旋风早就打定主意，房租是必须由他来付的，连忙拦住媳妇，掏出手机。大婶却说用不习惯手机，还是转账到银行卡好，提现也不会有手续费。旋风说，这也好办，分分钟用手机银行把钱转到大婶那张银行卡上。大婶收到了银行的提示短信，却还是将信将疑地说："这就算到账了？不行，你还得容我去银行查查。"

"这就是咱们的家了！现在！"媳妇抱住旋风，跟个孩子一样跳起来，刘海蹭着旋风的脸，痒痒酥酥的。

"对啊，咱们的家了！用新闻里的话说，这件事具有重大的里程碑意义，是一次跨时代的转折，在自己的人生道路上。"他突然不再为钱愁眉苦脸了，跟着媳妇的节奏活蹦乱跳着。

媳妇把嘴凑到他的耳边，说："明天，咱们就搬过来。"旋风的耳朵实在敏感，被一股温热的气息一熏，全身都僵硬了，只是最该硬起来的地方却没有太大反应，即使是微微的湿润，也让旋风心旷神怡。媳妇的身体已经感到了它的无动于衷，更加在意地贴近它，说："你快快休息好吧，现在有了自己的家，你可有用武之地了……"旋风的嘴着急忙慌地封住了媳妇的嘴，他的身体更加僵硬了，浑身的血液胡乱地撞着，他恨不得立刻就把她裹入身下，只可惜，括约肌的一番有规律的收缩让他冒了汗，他的全身不得不瘫软下来。

现在，既然在自己家里，旋风忙找了个小塑料盆，反复洗干净，从包里掏出高锰酸钾，稀释了，好好地把屁屁洗了又洗。刚把那紫红色的液体倒掉，又觉得小腹向下坠，赶紧坐到坐便器上，静静地用力一番，直坐得两腿发麻，眼冒金星……

旋风和媳妇锁上门出来，邻居家的门正好开了，走出一个身材高挑的年轻人。他瞅了他们一眼，问："新来的吗？"旋风答了句是，便不再说话。

年轻人穿得挺正式，黑西装白衬衣，还打着条天蓝色的领带。这让旋风感觉不太舒服，怎么看怎么像是房屋中介。

年轻人却挺热情，又说："远亲不如近邻，咱们门挨门住着，又都是年轻人，以后多走动走动，相互也有个照应啊！"

原来也是住户。旋风便也微笑着回应："我们是今天刚刚租下的，你的房子也是租的吗？"

"租的，公司给租的。"

"你们公司可真好！"旋风羡慕地说。

"哎，其实就是集体宿舍，挤得跟什么似的，连个下脚的地方都没有。你是做什么的？"等电梯的工夫，年轻人继续问。

"我在索菲特酒店……"旋风没有接着往下说，礼宾部的行李员。

"牛啊！哥，今后有朋友来了，找你能优惠吗？"

旋风硬着头皮说："能，能打折。"

媳妇在旁边也不插嘴，看着从不说谎的旋风直乐。

旋风更窘了，忙反问道："你呢？你是做什么的？"

年轻人乐了乐，说："我是做销售的，一家挺大的公司，离得不远。"

旋风没话找话地说："销售，那不是得满大街跑啊？"

年轻人又是一乐，说："现在都什么年代了？电子商务，哪里还用得着腿，我们是运筹帷幄之中，决胜千里之外。"

旋风更加羡慕，说："真好！风吹不着，雨打不着。挣得肯定也不少吧？"

电梯来了，年轻人礼貌地示意旋风和媳妇先进了电梯，接着说："挣得还行吧，搞销售的，工资奖金肯定得和业绩挂钩，卖出的东西多，挣得自然就多。我刚入职不长时间，我相信，只要够努力，一定会有更好的业绩。"

这话说得不仅在理，而且还很励志。旋风说："力是必须的，那，干你们这行，学历有什么要求吗？既然已经打算换工作，就要多多了解外面的世界。"

"我是大学毕业，公司里好些同事也是大学毕业，不过也有大专的，也有连大专都没上过的。现在在社会上混，学历不重要，重要的是能力。好了，哥，我得接着上班去了，改天再聊。对了，我叫阿立，你们刚搬来，有什么需要尽管敲门。我晚上回来得晚，不过，上午出门也晚。"

天色已经完全暗了下来，旋风心想，干什么都不容易哩，只要肯下功夫。

媳妇说："想吃啥，我请客，咱们得好好庆祝庆祝。"

旋风小腹鼓鼓的，哪里有胃口？可他又不好扫媳妇的兴，便说："我啥都行，你想吃啥哩？"

这时，那个走远了的阿立又折回来，冲着他喊道："哥，刚才忘了叮嘱一句，租房第一件事，先把锁芯换了，那房子不知都住过些啥人！就这事，我走了啊！"说着又一溜烟儿地跑远了。

公司占据了整整一层的写字楼，出了电梯就是一道厚厚的防盗门，刷了门禁卡才能进出，当然这也就记下了你有没有迟到早退，有没有中途离开，这些都将与你的收入挂起钩来。进了那道森严壁垒的门，是一个不太长的过道，墙上是个宣传栏，上面贴了一张新的通知：春天已来，决定于本周六组织员工春游踏青，为便于组织实施，分东西南北四组，分别去蟒山、幽谷、锦园、秀湖，每组五十人左右，各乘坐一辆大巴车，将按报名先后顺序安排，报名晚的只能服从调剂。这是集体活动，无特殊原因不得请假。落款是群工部。阿立心想，除了自己所在的公关部，只知道有人力资源部、培训部、绩效考核部、纪律检查部、财务部、话务部、技术部、销售部、售后服务部，啥时候又冒出个群工部？让别人先报名吧，山、谷、园、湖，对自己来说都无所谓，春天来了，哪里都是人头攒动，不管去哪儿，都是看人去了。他突然明白了，公司组织春游，还专挑人多的地方，自然就是冲着人去的。

阿立回到自己的位置上，掏出那个神秘的高科技小匣子——Wi-Fi探针，刚刚走了一圈，它已经自动搜索到二十多部手机的MAC地址，通过这些地址，他得到对应的微信号，略去其中明显是女性的，向其他人发出加好友的请求。他用了"丽娜"这个微信名。

刚进公司，他就面临着这样的窘境，他必须以女性的身份去发展客户。培训部发给一个话术册子，一句一句怎么说，都给安排好了，你有来言我有去语，也都有详尽的预案，你只管照此办理。公关部的一大屋子人，全都是清一色的小伙子，却都是凭着这个话术册子，在微信和QQ上以女性身份与男人聊天。

第一天，阿立如坐针毡。他想撂挑子走人，可想想这工作一路找下来着实不易。大学毕业前，他就开始满世界找工作实习。刚开始，就跟找对象一样，心气儿高着呢，虽然不是"985"和"211"，那也是堂堂正正的大学毕业生，学的是国际贸易，多么高大上的专业啊！他一心只想着找大公司，最好是全球五百强企业，国内五百强也行，实在不行，那就找"中"字头的国企。一轮轮的碰壁之后，就成了有奶便是娘，先后进了两家小公司，干了几个月，越干越没有指望，不但没有纵横捭阖的国际视野，倒更像是一群躲着城管练摊儿的倒爷，像打一枪换一个地方的猎人，没有固定的业务，没有像样的管理，没有规矩不成方圆。那绝不是自己可以大显身手的地方。

而现在这家公司，规模不算小，看上去挺正规，招工考试像模像样，入职培训也不是走过场，员工们都忙忙碌碌，精神状态算不上饱满，但也不算懈怠。

正拿不定主意呢，下楼抽烟时就碰上了老闵。老闵说："小伙子，过几天就适应了，女人干销售有得天独厚的优势，发发嗲撒撒娇，再天花乱坠地那么一说，先把男人忽悠晕，那时候智商就归零了，你卖什么都能卖出去。"

装女人拉客户就装女人吧。网络世界不就是这样吗？谁也说不好网络那头是个啥。上学的时候，他不是也图好玩，扮演成女孩子和好朋友调侃过吗？就算不扮演女孩子，和网上陌生人聊天的时候，不也把自己说成是高富帅吗？只是后来觉出了谎言的无趣，闲得蛋疼去逗贫，还不如去"吃鸡"呢。

既来之，则安之，试一试再说吧。技术部很给力，一下子就给了阿立好几个微信和 QQ 号。等任务分配下来，阿立才觉得这活儿一点儿也不轻省。公关部总监说，每天至少要加三百个有效的好友。阿立问，那啥叫有效啊？总监说，起码，他得通过好友申请吧。阿立倒吸一口冷气，十比一，几十比一，还是一百比一啊？老闵拍了拍他的肩膀说："别担心，这就是个熟练工，再说，还有技术部呢！"

果然，技术部发给他一份 EXCEL 表格，上面密密麻麻排列着个人信息，阿立根本不用动脑子，甚至连看也不用看清楚，只需一次次按 Ctrl+C 和 Ctrl+V，手指关节变得僵硬，比打游戏都累。他愤愤地想，干什么都有自己的道道，这些个人信息，也不知他们怎么搞到的，怪不得骚扰电话大行其道。又想，自己这算不算是骚扰呢？听说已经有不少智能机器人进入了拨打骚扰电话的行列，机器比人更具优势，它不吃不喝不嚷累，就算关了机，切断电源，只要已经输入指令，它可以"白加黑""五加二"地骚扰你没商量。那就不是三百个有效好友，可能会是三千个，三万个！这么一想，他又有点儿庆幸，他还可以坐在这里冒充女人聊天，要是老板知道这个信息，说不定大家都得散伙。

久居兰室不闻其香，久居鲍市不闻其臭。在复制粘贴的过程中，在一遍遍按着话术册子勾引各色男人的过程中，在耳濡目染上百名清一色大小伙子扭捏作态地用文字打情骂俏之后，阿立麻木了，好像工作本来就是这个样子。

"大家都在吧？来来来，都过来集中一下！"绩效考核部总监和财务部总监一起出现在公关部的办公区。

人群呼啦就围上来了。老闫告诉阿立："这是要发工资了，一般情况下，本月前三甲也要新鲜出炉啦。"

果然，两大"财神"郑重其事地宣布：业绩季军"佳佳"，奖金一万；亚军"夜来香"，奖金一万五；冠军"寂寞独上西楼"，奖金两万。叫的都是网名，上前领钱的碰巧都是五大三粗，仨人往那儿一站，跟黑社会似的。那个冠军"寂寞独上西楼"，不仅有个大肚腩，还是个秃头，两边稀稀疏疏地留着几根头发，证明这绝不是剃头师傅的杰作。阿立暗想，自己的奋斗方向不会就是这样子吧？

绩效考核部总监把奖金递到他们手里，刻意提高了嗓门，说几句祝贺和鼓励的话，又扯着嗓子对大家说："他们的今天就是你们的明天，只要你们够努力，够加油！我始终说，年轻不是用来挥霍的，要吃苦，要奋斗，要忠于我们的事业！要有理想，有目标！他们就是你们的目标！下面，我带着大家喊几句。"

什么努力啦、吃苦啦、斗志啦之类的口号声此起彼伏，阿立的血液也被鼓荡得沸腾，跟着呼喊起来。近一个月来，这样的场面经历了不止一次，过去阿立还觉得有点儿滑稽，可是今天，他有了一种真正融入集体的感觉。

在财务部总监的主持下，开始发工资了。总监叫到一个人的名字（当然都是网名），再报出这个月的工资数，那人便上前领奖一样，等着总监把一沓子或厚或薄的人民币交到他的手上，说几句感恩戴德的话。

阿立问身旁的老闵："这都啥年代了，咋还这么老土，直接打卡里多方便啊？"

老闵神秘地笑了笑，说："仪式感，仪式感很重要。"

当叫到"半夜鸡叫"的时候，没人应声，总监再叫一遍，抬头看了看人群，老闵捅了捅阿立，问："你好像用过这个网名吧？"

阿立突然反应过来，这是他第一批网名里的一个，忙说："在这儿呢！"引起一阵哄堂大笑，阿立也红了脸。这个网名是技术部给他的，他特别反感，压根儿就没用过，此刻却偏偏在大庭广众之下被这么叫，脸上实在挂不住，可那也得上前去领钱啊。

财务总监说："不错，小伙子，新来的吧？不到一个月就破了六千，特别是后半个月，势头挺猛啊！再接再厉，下个月争取也进前三甲！"

人们领了钱，就一个个回到自己的座位上，气氛似乎有些冷落。

人力资源部的总监又进来了，朝大家招招手说："咱们都别散，趁热打铁，我再宣布一件事，根据大家的业绩和表现，经过我们开会研究，综合衡量，并报金总批准……"

老闵对着阿立的耳朵说："又有人要进销售部了，工作轻省不少，更重要的是工资高，除了底薪，还有业绩提成。妈的，可惜没老子的份儿。"

阿立奇怪地低声问："名单还没公布，你咋就说没你哩？"

老闵说："没听见吗？不光看业绩、表现，还要综合衡量，肥缺当然得留着给自己人啦。"

阿立说："想不到哪里都是这样。"

不等说完，老闵的网名"慧敏"却被点到了。

老闵欣喜若狂，问阿立："是我吗？没听错吧？"

阿立一乐，说："没错，你啥时候也成'自己人'啦？"

老闵的嘴都咧到耳朵根子了："这回，我可是咸鱼翻身喽！百年的媳妇熬成婆！"

阿立心想，销售部真的有那么好吗？就问："咱销售部到底是卖啥的啊？"

老闵还是合不拢嘴地说："卖啥不重要，重要的是咋卖。"

"那是咋卖哩？"

"咋卖？你再熬一熬，你是大学生，有灵气，有悟性，用不了仨俩月，你一准儿也能进。"

隔天清早，旋风又是被憋醒的。他似乎已经习惯了这种憋胀，也逐渐摸索出蹲在马桶上的力道，悠悠然，小心翼翼，不紧不慢。可这是员工宿舍，一哥们儿在门外等不及，把卫生间的门敲得山响："你要撸管尽管出来撸，大家一起，比比谁撸得过谁！"

旋风撅着屁股挪到门口打开门，说："你要屙要尿你先来，你屙完尿完我继续。"

那哥们儿的晨尿早就把马桶里的水打出腥臊混浊的泡沫，那叫一个畅快啊！

旋风依旧半蹲着，正正地瞅着哥们儿的神器，一脸羡慕——他多想也这么淋漓尽致地撒泡尿啊！

那哥们儿已经进入尾声，突然发现旋风奇怪的眼神，"哎呀妈呀"一声，赶紧收起没来得及抖落净的宝贝，叫道："旋风，你这屁眼儿做个手术，不会顺便给你变了性吧？"

旋风骂道："滚，哪儿凉快哪儿待着去，等我好了，爆掉你的菊花，让它也遭一回罪！"

这样一来二去，旋风就耽搁了，他胡乱地把几乎所有衣服被褥都塞进一个大纸箱，压了压，拉扯到停车场，抱进后备厢。再返身回去，取了床头挂着的那套湖蓝色西装，连衣服撑子一起，平平整整地放在汽车后座上。

天阴沉着，时常有几个雨点砸在前挡风玻璃上。已经开始堵车。旋风怕媳妇着急，给她发微信，没回，打电话也不接。他心想，媳妇怕是又耍小性了。昨天商量好，今天事情多，她下午还有课，要赶早把紧要的东西先搬过去，收拾打扫干净，把锁芯换了，晚上就可以住下。好不容易省了几天房钱，别白白浪费掉。

赶到媳妇住的地方，她却不在，同住的姐妹把两大箱子东西交给他，说："她让你把这带过去就好。"

旋风问："那她说没说去哪儿啦？"

姐妹取笑说："瞧你猴急的样儿，她一个大活人，还怕丢了不成？"

旋风说："我真是怕她丢了，她是个标准路痴。"

姐妹又笑道："路痴？还标准？这话，用不用我们转告给她呀？"

旋风忙又说："别别别，求求你们嘴下留情吧，我说错了还不成？她不接电话不回微信，我也是给急的。"

姐妹扑哧笑了："别急，她一定是没听见。早上走的时候，我们看她挺高兴的，有了新房子，她是一刻也不想跟我们这帮亲姐妹待了，肯定是提前过去等心上人啦！"

旋风开车赶过去，可房子昨天走的时候什么样，现在还是什么样。旋风自我安慰地想，也许她出去买东西了，比如说窗帘，昨天晚上吃饭的时候就提到这个，这是必需的，有了窗帘，在屋里想咋地就可以咋地哩。还有可能是锁芯，这也是必需的，那个邻居哥们儿特意提醒，要不还真没想到。旋风把几个纸箱安顿好，把屋子扫过两遍，确保所有的犄角旮旯都干净了，又把桌面台面这些平的地方都擦过，先用湿布，再用干布，最后用白手套，像酒店客房部经理检查卫生那样抹过一遍，这才放了心。

　　再给媳妇拨电话，却关了机，人也不见回来，旋风心里干着急也使不上劲，好多事还等着他干哩。得去买个新拖把，再找个换纱窗的，还有下水道的管子，对，必须得买管密封胶，有两块地脚线掉了，需要粘一粘，卫生间瓷砖有裂了的，也需要打点儿胶，灶台边上的胶也都掉了，需要补一补。

　　买齐这些，旋风又转悠了附近几个小区，好不容易逮着个换纱窗的师傅，一打听价钱又闭了口，就算最普通的塑料纱窗，一米也要六十块，几扇换下来，最起码也得两三百，省下来的那点儿房钱全搭进去还不定够。可媳妇昨天跟大婶说了，既然说了，那就得换，要不破着洞，等到入了夏，蚊子苍蝇那还了得？旋风折回建材商店，连纱窗带压条一起买了，没量尺寸，那就富裕着买，总共还没花到六十块。

　　想着容易，可真把窗框卸下来，旋风就傻了眼。先别说换新的，那旧的压条已经一小截一小截地烂在里面，又硬又腻，手边的一把裁纸刀哪里斗得过？稍一用力便绷断了一角，差点儿打到他的脸上。

旋风一屁股坐到椅子上，又一下子弹起来，他忘记了伤口的存在，伤口便尖锐地反抗。他面对那些腐烂的橡胶压条无可奈何，就好像面对他无论如何也排泄不出去的废物残渣。他绕着那扇窗框转了一圈两圈，就想起了那个邻居，想起了他叫阿立，想起了他说他上午一般都在家，便起身敲响了邻居的门。

开门的家伙只穿着条松松垮垮的内裤，身上没有一点儿肉，好似白花花的一层皮包着一堆柴火，睡眼惺忪地问："你谁呀？"

"我是新搬来的，想找一下阿立。"旋风说话也没有底气，昨天匆匆一面，就算阿立站在跟前，他也未必认得出来。

"阿立？阿立！咱们有个叫阿立的吗？"

"有，有，我，是我。"阿立一边往外迎，一边往身上套着衬衫。

"哎哟，我当是谁呢？'半夜鸡叫'啊！怎么搞的，都堵上门来啦？是不是动了真格的，小心别玩出火！"

阿立朝着他那扁平的屁股就是一脚，骂道："去你妈的！闭上你那臭嘴！没看到这是男的吗？"

那精瘦的家伙一边往屋里躲，一边朝门口喊："我当然看清是个男的啦，咱们不就是勾引男的吗？"

阿立无奈地对旋风说："甭搭理他，满嘴没句正经话。"

旋风尴尬地笑了笑，硬着头皮说："不好意思打扰了，我想借个起子，一字的，不知道你有没有？"

阿立说："我问问看啊。"

"没有就算了，我去买一把。"旋风转身要走，刚刚的对话，他听得云里雾里，却觉出了其中的诡异，咱惹不起躲得起。

阿立一把拉住他，说："哥，你进来坐，他们也吃不了你，都是嘴上的把式。"

旋风只得蹭进屋里，可也没有地儿可坐，屋子里都是"榻榻米"——一张张床垫横七竖八地直接摆放在地上，尽可能利用好每一寸空间，被褥都胡乱地堆在床垫上，也看不出里面睡没睡人，除非露出了白白的长腿或胳膊。

阿立推推这个问问那个，招致一片抱怨，终于问到了一把起子，不过是十字的。

旋风长出口气，接过起子逃出来，说："我一会儿就还你。"

阿立也跟着出来，问旋风借起子做什么用，如果十字的不好使，他再想办法找到一字的。

旋风只得把阿立让进了屋。

阿立一看这阵势，说："费这事干吗，咋不找个人换呢？哥。"

旋风说："我给想简单了，其实他们有个工具，像个小滚轮，顺着滚过去就 OK 了，不过难度倒不在装新的，就是这旧的抠不出来。"顿了顿又说："本来是想找个换纱窗的，可惜哪那么好找啊？"

阿立撸了撸袖子，说："哥，让我试试。"

旋风拦住阿立："哪能让你干这粗活？"说着，便用起子接着一点一点地往外抠，到底是比裁纸刀得劲多了。

阿立也没有走的意思，帮旋风扶住窗框，说："哥，你挺能干的，我从小到大，还真没干过这样的活儿。"

旋风咧嘴露出一口白牙，说："城里娃都幸福着哩，不像我们村里娃。"

阿立说："村里娃咋啦，倒更自由更快活，放了学，不是下河捉泥鳅，就是上树掏鸟蛋，听着就羡慕。"

旋风乐了："下河捉泥鳅，上树掏鸟蛋？这些我都没干过，你是咋想出来的？"

阿立倒不是凭空想象，前些天，他的一个客户提到小时候在村里耍，就是这么说的。他不能对旋风这么解释，只说是自己胡猜瞎想。

旋风说："要说，也不算胡猜瞎想，村里娃到底自由些，有的娃灵光得很，不光会干活，还会玩，我是只知道疯跑，没玩出什么名堂，好在干活不知道偷奸耍滑，舍得下力气。"

"玩能玩出啥名堂？就得拼谁实打实地干。你看你，在索菲特那么大的酒店工作，又体面又风光。"

旋风脸上一热，说："什么又体面又风光，我在索菲特没错，不过……我只是……你猜我是做什么的。"

阿立见他吞吞吐吐，笑道："我猜你……总不会是行李员吧？"

旋风的脸烧得更厉害了，他没打算对谁隐瞒什么，当个行李员没什么丢人的，他说不出口，只是觉得没必要说，只是觉得一个普普通通的行李员租下这么一套两室一厅的房子有点儿奢侈和不搭。他知道眼前的阿立只是说笑,他要是想继续隐瞒,只需轻轻地摇摇头,可他却说:"你猜对了。"

阿立说:"我就知道你肯定不是行李员。"

旋风这才意识自己肯定的回答引起了歧义,一本正经地说:"我的意思是,我就是个行李员。"

阿立笑得更欢实了:"哥,你可别逗啦!"

旋风放下手中的起子,掏出手机,看见有两个未接来电,都是陌生号码——自打找房时在网上留下自己的手机号,这些莫名其妙的电话便接踵而至——旋风也不理会,打开相册,翻出几张工作时的照片,递给阿立:"说,你看!我不就是个行李员吗?"

眼见为实,阿立信了,却又说:"五星级酒店就是好,一定挣得挺多吧?"

"多什么呀多?现在五星的工资还比不上四星,更比不上外边,我送过快递,跑过外卖,当过厨子,卖过烤串,都比现在挣得多。"

"不管怎么说,这是份正经工作,对吧?哥。"

"工作就是工作,有什么正经不正经?我只是想多学些大酒店的管理经验、管理方法。人家毕竟是中法合资的酒店,管理上和国际接着轨。别的不说,迎来送往的外国客人多,我就先把英语口语给练出来了,拼写也许不会,可我敢说啊,虽说只是些常用语,可也足够了。"旋风没说,这些常用语,足够把当英语老师的媳妇泡到手。

阿立赞同地点点头，说："真是个有心人啊！"

旋风不是个话多的人，今天不知咋的，跟这个阿立说话总是很熨帖，就接着说下去："咱虽然不是管理人员，可这也不妨碍咱从被管理的角度学习。最简单的一个，把行李送到客人房间，按照规定，除了帮客人安顿好，还要介绍一下房间的各项设施，灯的开关，空调的温度，不间断电源，热水冷水直饮水，吧台里哪些免费哪些收费，等等。如果客人有耐心，还要介绍一下凭房卡可以免费桑拿洗浴、免费游泳健身，有哪些餐饮服务，怎么叫 SPA 或者 Massage。可规定是死的，人是活的，真要把这一套说完，客人不把你打得满地找牙才怪。一般住酒店的客人，都是旅途劳顿，哪有闲工夫听你胡咧咧，再说，全世界的酒店都大同小异，说多了岂不是把人家当成土鳖？这就需要察言观色，知道什么时候什么该说什么不该说，适可而止。从客人进门刷卡、开灯这些细微的动作就要留意，就要看出他是否经常住店，是商人还是官员，是公差还是旅游，这样，你才好决定跟他讲什么，讲多少。"

"没想到，送个行李就有这么大的学问。"阿立并没有调侃的意思。

"这算什么学问？上学的时候我没好好学，现在再不学点儿是真的不行啦。"

"你就没想过，等以后有了钱，也开一家五星级酒店？"阿立问。

"五星级不敢想，我是想自己开个小旅店，价格便宜，干净又实惠的，毕竟，住不起大酒店的人更多。等攒下钱，可以先开一家，普通旅店的价格，五星级的管理和服务，等慢慢钱多了，就扩大规模，开第二家第三家，做连锁，全市全省，再到全国。"

旋风从来没有怀疑过自己的雄心壮志，他相信，只要脚踏实地，只要坚持不懈，一切皆有可能。

十字起子并不好使，可到底多了个搭把手的人，他们一边聊着，一边换完了四扇窗纱，只剩下最后一扇，窗纱却不够了，横着摆竖着摆都只差那么一截。旋风说："就这样吧，反正在阳台，不大碍事。你快去洗洗手，我去买菜，中午尝尝我的手艺。"

阿立这才发现手上划了好几道口子，他也不声张，说："改天吧，我也该去上班了，公司有午饭，不吃白不吃。"

"也好，改天我好好做上一桌菜，咱哥儿俩喝上一杯。"旋风这话绝不是客套，他还有好多话想跟阿立说哩！

快到午饭点儿了，还不见媳妇人影，手机也一直关机。

起初，旋风除了担心还是担心，可渐渐的，他就有些恼了，今天事情这么多，你下午还要去上课，哪是闹别扭的时候啊！也难怪他恼，过去就常常是这样，不接电话不回微信，甚至关机玩失踪，旋风拿她没办法，嘴上说不过她，更是打不得骂不得，闹到最后，反倒是旋风忍气吞声地哄她劝她。旋风是既盼着媳妇赶紧回来，又生怕她回来，他不知道她又会使出什么幺蛾子，他又该如何使出浑身解数讨好她。男人让着女人，这好像是天经地义的，那并不是因为男人弱，恰恰是因为男人强，而此时，还没有完全愈合的伤口正折磨着他，他感觉不到自己的强大，而是弱小，是无能为力。

他耐着性子去超市买了必备的油盐酱醋和一袋大米，正碰上有鲜虾促销，便装了二三十只，拿去称了重，又去拿了一袋龙口粉丝，大蒜却贵得离谱，他狠了狠心，还是买了五六头，再买了把青蒜、几根芹菜。路过大门的时候，顺便向保安打听怎么办停车位。保安说要凭房本复印件、房东身份证和租房合同去物业办理，每个月要交八十。旋风盘算了一下，问："是固定车位吗？"保安讪笑道："哪里有固定车位？谁回来得早谁就先停呗。"旋风张了张口，也不知道该问些啥了，这不等于白白往里扔钱吗？他和媳妇都不可能那么早回家。

旋风看了看时间，就算媳妇现在回来，吃完饭，再开车送她去上课，还来得及。这样看，媳妇就还有回来的可能，那就赶快吧。蒸上米饭，泡上粉丝，把虾一颗颗洗净，剪去虾枪和虾须，剖开虾背，用牙签一拨一拧挑出虾线，一颗颗整齐地码到粉丝盘子里，然后麻利地剥蒜，剁成蒜蓉，接着调汁、炒锅、浇汁、上蒸锅，如行云流水一般。这道蒜蓉粉丝蒸虾是媳妇的最爱，再炒上一盘绿油油的青蒜，和红红白白的蒸虾摆在一起，要多好看有多好看，可惜他一点儿胃口都没有。看来媳妇是回不来了，他盛了小半铲米饭，加了半碗开水，用勺子碾碎搅匀，再舀了两勺菜汤，将就着喝了，也懒得收拾，侧歪在沙发上看视频刷微信。

　　微信里有人申请加好友。头像是一个风情万种却又不失矜持和含蓄的年轻女子，长着一头褐色的卷发，那双大眼睛含情脉脉地凝视着他。旋风顺手就要删掉，可突然又收了手。这个还不熟悉的房间太静了，虽然临着街，可是街的嘈杂更让他觉着房间空得很、静得很。

　　"你谁啊？咱们见过吗？怎么有我的微信号？"

　　很快，那边就回复了："相逢何必曾相识！我正烦着呢，就想找个人聊聊天。"

　　"我也有点儿烦呢。你烦什么呀？"

　　"唉，一个人在城里打拼，每天要面对这样那样的人，这样那样的事，能不烦吗？"

　　"生活就是挺累人的，可再累，也得挺着啊。"

　　"嗯嗯，你说得对。只是女孩子家会更累，更难挺，而且，越漂亮的女孩子家就越难挺。"

　　"嘿嘿，你一定很漂亮吧？"

　　"啊？你怎么知道的？"

　　"看头像啊。"

　　"头像是美颜过的。"

　　"你刚刚还说，越漂亮的女孩子越难挺。那你肯定就是越漂亮的啦！"

　　"你真聪明！"

紧接着，那边发过来一个大大的大拇指，又发来一个手舞足蹈的女孩子。

　　"谢谢夸奖！我能叫你哥吗？我想你比我大吧？"

　　"我二十五岁，你呢？"

　　"坏，不许问女孩子家的年龄啦！我就叫你哥吧！不过，希望你不要只看重我的长相，我最憎恨那种以貌取人的人啦！"

　　"那我只好叫你妹子啦，其实你可以换个头像啊！"

　　"哥，你猪脑子啊？我是职业女性，有的客户见面不多，只能靠头像让他们记得我呢！"

　　"这个我真没想到，我女朋友也说我是猪脑子，别见怪啊。"

　　"你有女朋友啦？"

　　"嗯嗯。"

　　"你真坏，有女朋友了，还跟人家聊天，男人都一样！"

　　"不至于吧？不就聊个天吗？"

　　"什么叫不就聊个天吗？一点儿诚心都没有！"

　　"我又说错了吗？"

　　"你背着女朋友跟美女聊得火热，你敢说你歪心思一点儿没有？你说你错没错？"

　　"是不太好，哈哈。"

　　"既然聊天，那就得实话实说，真心相待，现在越是没见过面的，越是没有利害关系的，就越应该说心里话，说实在话，可你却说，不就聊个天吗？你把聊天当什么啦？你把妹子我当什么啦？消遣吗？娱乐吗？你说你错没错？"

"天啊！"旋风心想，"这位比媳妇的嘴还厉害。可不敢再跟她聊下去啦。"

"咋不说话啦？"

"理亏了吧？"

"在吗？"

"什么人啊？气性怎么那小！错了还不肯承认，不理你了！"

阿立已经不需要完全按照话术册子聊天啦，毕竟客户千变万化。他每天刻苦努力地在线上不停地与各种各样的人聊，加上那么一点儿悟性，他早就领悟了话术册子的精髓。聊天的目的，不管怎么臊性，也绝不是奔着上床去的；不管怎么纯情，也绝不是奔着结婚去的。你必须得若即若离，把对方的胃口吊得高高，撩拨得情难自禁；让想着立业成家的把你当成最佳配偶，让有家有口的感觉你就是那个红颜知己，你每天都是所有人的情感寄托、情感归宿，为了你，他们心甘情愿地付出感情，当然，更重要的是——金钱。但你必须收放自如，你毕竟不是那个红颜，你让他们为你付出一切，却连见一面的机会也不能给他们，甚至，你每天最多跟他们聊十分钟——工作指标在那儿摆着，一人十分钟，每天按十四个小时算，也只能聊八十四个人——当然，实际情况不可能用这样一道简单的算术题计算，你完全可以同时打开好几个窗口，复制粘贴一样的话，但那也只能是蜻蜓点水，仅凭着寥寥数语，你却要让他们对你魂牵梦绕、牵肠挂肚。绝不能把所有的精力都花费在一两个人身上，也绝不能把一个人的十分钟一次性用完，一会儿捅你一下，等会儿再捅你一下，每日至少三捅，阿立对于聊天的节奏和频次越来越驾轻就熟，这不能不算是"本事"！

只是阿立开始有了些困惑，在高强度的工作中，他已经习惯了女性的身份，或放荡，或妖媚，或贤淑，或体贴，或娇气，或活泼……有时候是女学生，有时候是女强人，有时候是女博士，有时候是富婆，有时候离异带孩子，有时候被男友抛弃，有时候遭老板猥亵，有时候父亲早亡母亲卧床，有时候福无双至祸不单行，有时候日进斗金赚得盆满钵满……除此之外，也就剩下睡觉了。甚至好几次醒来，他都隐约感觉梦到自己还在勾搭男人！

他使劲地摇摇晕晕沉沉的头，像是要把那些不知从哪里冒出来的稀奇古怪的念头撵出去，然后好和下一个勾肩搭背起来。

旋风躺在沙发上迷迷糊糊地睡着了。不知过了多久，手机在屁股底下振动起来，他猛地惊醒，心怦怦跳得厉害，屏幕上媳妇的头像上下跳跃着，催促他快点儿接。

"喂，媳妇！谢天谢地，你终于接电话了！咋啦？在哪儿啊？要不要我去接你？"

"是我给你打的电话，好不好！"媳妇的声音里果然藏着些愠怒，"上午给你打电话，你咋不接？"

"没有啊？我哪敢不接媳妇的电话？"

"手机丢了！我借别人的打的，身上连一块钱也没有，厚着脸皮、硬着头皮、鼓足勇气朝陌生人借了手机，你却不接，你说，你死哪儿去了？"

"手机咋丢了？丢哪儿了？"

"哎哎哎，手机丢了，你那么着急干吗？我丢了都没见你着急。"

"我咋没着急？发微信打电话，你都不回啊！"

"这还怪我啦？没告诉你手机丢了吗？"

"手机丢哪儿……唉，不管手机的事了，你现在在哪儿？我去接你吧？"

"等你接我，黄花菜都凉了！不跟你聊啦，我得上课去啦。"

"还是九点下课吧？我去接你。咱们晚上住哪儿边？"

"要不说你猪脑子呢？有房子不住，你还打算去哪儿睡？"

谢天谢地！虽说媳妇话里不爽，但不过只是因为丢了手机，不是真生气就好。唉，可一个新手机，又是一笔不小的支出，不知道她买的是啥？

天从早阴沉到晚，雨到底还是没下来，反倒起了风。

旋风早早就到了课后班的楼下，把车停在路边，下来抽了根烟。这是他术后第一根，医生说要戒烟戒酒忌辛辣忌油腻，他已经打算这么做了，不但有利于健康，还有利于省钱。可路过便利店的时候，他习惯性地走进去买了包烟，还买了个火机。小风飕飕的，直往脖领子里灌，他只得坐进车里，可肚子更胀得难受，他干脆又站到风里，使劲缩起脖子。

旋风就有些抱怨，这里守着地铁口，虽说远，三块钱也就到了，比开车还快……他不允许自己再这么想下去，冲着空中傻傻地乐了两声，自由自语道："是你自己口口声声要来接她的！"可脑子却并不那么听话，依旧沿着一个轨迹转着："那还不是为了图个安生，为了让她有个好心情，她快乐所以我快乐？旋风又大声对自己说，唉，她丢了手机，折腾一天，心里也不好过，哄哄就哄哄吧，买车不就是开的吗？"脑子里却又另样想："当时答应她买车，还不是听了她的话，想着休息的时候可以跑网约车挣点儿钱，起码可以把养车的费用省下来，可等车买下来，一了解政策，要当网约车司机，还得满三年驾龄，三年，可怎么熬啊！"

旋风又点着根烟，媳妇一溜小跑着过来："咋又抽上了你？快上车，冻死了！这鬼天气！"

旋风又猛吸了两大口，吐出浓浓的烟雾，再用手驱散开，坐上驾驶位，正要关车门，媳妇却捂着鼻子说："等等，等等，熏死人了，真讨厌。你可是说要戒的，这好几天没抽，不也挺好的，我就这么一天不看着你，咋……"

旋风还是把车门关了，一边发动车子，一边把车窗放下来，说："完全戒也没那个必要，等上了班，人家递你根烟，不接也不好，男人嘛，你不回根也不好。"

媳妇的手继续在鼻子前呼扇着："你想抽，总能找一百个理由。再说，现在是上班呢吗？这烟是谁递给你的呀还是你自己上小铺买的？"

旋风知道媳妇是为他好，可顺着这么说下去会无休无止的，就想着把话岔开，问："你买了个啥手机啊？"

"哼哼，又心疼钱了吧？"

"哪——有？"旋风嘴上这么说，心里却已经明白。

"也不是花你的钱。不过，我倒是想问问，要是花你的钱，你给我买个啥？"

这话杀机四伏，旋风干脆不答，装作非常认真地开车样子。

"快把窗户关上吧，都冻成冰棍儿啦！"

等旋风把车开进小区，满小区转了两大圈，也找不到一个可以停车的地方。甚至连垃圾桶前的一小块空地也停了辆SUV，一位大妈拎着袋垃圾，绕着车前后趸摸着。

旋风只得让媳妇先下车，自己又把车开出小区，停到路边，停在那里的车已经一辆接一辆了。锁好车，他把左侧的反光镜掰回去，又上上下下地望了望，也不知道有没有摄像头，反正大家都停，那就停吧，今后大概也只能这么停了。

垃圾桶前那辆SUV的顶上已经放着两袋子垃圾了。

媳妇正挨个屋视察，见旋风进门，就说："本来我是要去买窗帘的，结果什么也没干，这怪我。窗纱应该换那种钢丝网的，这种塑料的用不了多长时间就坏了。"

旋风说："坏了再换呗，这也不是咱的房，还能住多久？"

"你这么说我就不同意了，最起码，咱们也得住一年吧？"

"一年，坏不了。"

"不是坏得了坏不了的事，我的意思是，虽说是租的房，咱也不能太凑合吧？毕竟是咱的家，对不？"

"对，那要不要把房子重新装修一遍？花上半年时间？"

"你这是抬杠，知道不知道？我还叫你买新房呢，你买得起吗？我是那种过不了穷日子的人吗？我只是说穷日子也有穷日子的过法，穷日子也可以过得有滋有味，就说这一顿饭吧，怎么能随随便便就开伙？乔迁新居，总要挑个日子，就算咱不迷信，那也得正式一点儿，有个仪式感吧？就这么俩破菜？好，就算只吃这么俩破菜，什么仪式也不要了，那我总得在场吧？第一顿饭，也得咱俩一起吃吧？咱们是两人过日子还是你一人单过？"

这连珠炮式的狂轰滥炸，旋风哪里招架得住？终于趁着一个空当儿解释道："我也不知道你回不来吗？我做的是两个人的饭，你以为我是给自己做的吗？我肚子胀得难受，根本吃不下，不吃更好。"

"好吧，就算这饭是为我做的，可你看看这煤气灶，看看这油烟机，恶心不恶心啊？这些蒸汽一上去，那些个油污就跟下雨似的，这菜，能吃吗？"

旋风把那道粉丝蒸虾和青蒜连盘子一起塞进垃圾桶，说："不能吃就不吃！"几乎同时，他就后悔了，他说不清楚这后悔是不是因为心疼钱，还是因为别的。但生气也不该跟钱作对，不该跟食物作对。

"你什么态度啊你？还有，门锁你换了吗？这是最最要命的，知道吗？谁知道这房子住过些什么人？谁知道他们手里还有没有这房子的钥匙？还有那个房东，说不定她手里还留着钥匙，说不定随时准备着溜进来看看。在这样的房子里睡觉，不就跟在大街上睡一样，你能睡得着吗？"

旋风把门打开，说："不能睡，那就不睡！"

媳妇愣怔了一下，拎起包，说："不能睡！走！"

她快步走到门口，在那里又停住了，直盯盯地盯住旋风的眼睛问："你，走吗？"

旋风说："我能睡！"

媳妇停顿了那么一秒，说："你能睡，那你就睡！"留下这么慷慨激昂的一句话，头也不回大义凛然地走向电梯口。

门无声地大开着，就像一个惊愕的人张大了嘴。

旋风的手呆呆地握在门把手上，他听到电梯轰轰隆隆地开上来，吱吱呀呀地开门，吱吱呀呀然后"咚"的一声关上，又轰轰隆隆地走了……

怎么就搞成了这样！怎么就一句接一句地搞成了这样！

旋风松开手，门"砰"的一声撞上了，这一声把他的脑袋敲得生疼。他抿了抿嘴唇上爆起的皮，不知什么时候裂了一道道口子，生疼，却还是抵不过他的胀——无法排泄出去的胀。

他绝望地坐到马桶上，只是坐着，也不去用力，那只会是徒劳，只会让伤口再遭一回罪。

何以解忧，唯有手机，唯有手机上的短视频。看着别人的苦逼和痛楚，坐在马桶上，坐着坐着，旋风终于笑出了声。可这笑声，就像挠胳肢窝、挠脚心那样，难受。

要是回集体宿舍去，喝着啤酒打打牌，或者说说笑笑打打闹闹，就算谁也不理谁，各打各的游戏，但凡有个活人出口气儿，都会好受些。

"还生气呢？"一条微信过来，旋风忙打开了，还以为是媳妇，却是下午那个"丽娜"。也是的，每次闹别扭，还不是自己先低头认错？

"怎么可能？早没事了。"旋风回了过去，就算从不认识，就算聊得不爽，人家还能想起问候一句，不理不好。

"忙了一天，还没完事，累啊！"

"还没下班吗？"

"没。总是这样。你呢？还不知道你是做什么的呢。"

"天变了，晚上下班的时候记着多穿点儿，别感冒。"

"谢谢【玫瑰】有这话就暖心【抱抱】你呢？在干吗？哥。"

"在家呢。"

"看来你不忙，哥是什么行业？"

"酒店业。"

"【赞】酒店不是二十四小时营业吗？"

"酒店是，我不是。"

"【吐舌】"

旋风最喜欢这个俏皮的表情，他发现，跟人说说话，果然可以让心情好些。

"可以视频吗？"旋风问。

"上班，不方便。哥。"

亏了不方便，就算丽娜同意，他也不行，他还光着屁股坐在马桶上呢！

"要不，语音吧，打字太费劲。"

"哥，上班，不方便，你试试语音输入。"

"想跟你聊天，听着声音才像聊天。"

"哥，不怕你女朋友听见？"

"瞧你说的，成功的男人谁没有几个女朋友？"

旋风就不想提女朋友，下午的时候他就不该提，反正只是聊个天，怎么爽就怎么聊呗，那头的"丽娜"也未必有那么漂亮。

"笑死人啦！哪有自己说自己成功的？还有，哪个成功男人在晚上黄金时间闲得在网上跟美女聊天？"

旋风佩服丽娜的机智，一种谎言被戳穿后的无地自容，反倒让他横下一条心，把谎话继续说下去，就算是彻底穿帮，又能怎样？反正谁也不认识谁，聊完了，一拉黑，我还是我。这样想着，他也不再细细琢磨编排，径直说道：

"你是不是以为男人有钱就非得过着那种奢侈糜烂的生活？你大错特错了，这只能说明你没有接触过成功男人。你懂什么叫上流社会吗？之所以叫上流社会，就是因为不下流，反倒是高雅的，有品位的，不胡来的。我们不像一些暴发户，有几个破钱烧得不知咋好，变着法子去嫖去赌，甚至吸毒，花天酒地，胡吃海塞。我们该工作工作，该休息休息，不会天天吃山珍海味，鲍鱼鱼翅，那样身体也受不了，晚上回家最想喝的，就一碗小米粥，放几颗红枣；最想做的，就是和老婆追会儿网剧，亲亲热热地腻歪腻歪。"

旋风从来没有一下子说这么一满屏的话，这些话好像都是实话，都是从心里自然而然流淌出来的话。他也不等回复，仍用语音输入法一口气地接着说下去，说得越来越溜：

"虽说我是富二代，是沾家族的光，但实际上，我也受过苦，小时候，我也算是留守儿童，爸妈在外挣大钱，我只能在乡下跟着爷爷奶奶吃苦。这种苦头是精神上的，吃喝虽然不愁，但是亲人不在身边，那种滋味更不好受，你能懂吗？等长大了，进了城，也不像你们想的那样，过着大少爷衣来伸手饭来张口的生活，爸妈让我们从最底层做起，懂吗？最底层！我从他们那里不会拿到一分钱，所有的吃喝穿戴都得我一分钱一分钱地打拼出来，房子也不是现成的，必须得靠我自己。所以我今天的一切，都是靠我自己的努力奋斗。我不奢华、不胡来，因为我知道钱来之不易，甚至，我平时都会穿很普通的衣服，只有进出上流社会的酒会舞会的时候，才会西装革履，才会穿我那套酷炫的湖蓝色西装，震翻全场。"

阿立也从来没有接到过这么一满屏又一满屏的话，哪里有时间容他细读？可他还是一字不落地看过，看得他的脸红心热，手心发潮，这些不可能是胡编乱造出来的假话，如果没有剧本，谁说假话也不可能这么流利，这些话是没有逻辑的，正因为没有逻辑，才是带着感情和温度的。天啊，遇见这个叫"打着旋地爱你"的人是多么幸运啊！只可恨自己不是那个风情万种的丽娜。

阿立稳了稳心神，查了一下这个微信号的来源，不在技术部提供的个人信息里，那就是他用 Wi-Fi 探针匣子在街上收集到手机 MAC 地址后添加的好友，只可惜那个匣子每次用完后都要还给技术部，他也不懂怎么进一步获取更多信息。

阿立在手头的即时贴上记下这个微信号，又写了个"5+"，贴到电脑边上。想了想，又去翻看他的朋友圈，里面多是一些分享的短视频，偶尔会晒几个精致的小菜，但都没有露脸，可见此人的品位也不咋地，并不像那些外国小说中描写的上流社会中的人，便在"5+"的后面补了个问号。

根据工作流程，公关部根据初步聊天了解到的情况，给客户打出 0~5 分，基本说明客户的消费能力和水平，对于 5 分以上的客户，要继续摸清消费习惯、性格爱好、行为特征等信息，再将这些"情报"提供给销售部，由他们进行精准营销。这是一个生产线，但显然，公关部的工作要更繁重些。而没有关系没有后台的老闵刚刚调进梦寐以求的销售部，这让阿立看到了自己"升迁"的希望。

刚想到老闵，老闵就走过来，招呼道："走，下楼透口气。"

阿立抱歉地笑了笑，说："有一条大鱼，正在兴头上。"

老闵把眼睛凑近屏幕，上上下下地看了看，轻蔑地吐了口气，说："吹牛的。"

阿立说："我看不像吹牛。"

老闵把阿立拉起来："管他是不是吹牛，走，冒烟儿去。"
顺手把那张即时贴扯到了手心里。

旋风说了那么一大段话，没有等来任何回复。是她不信
吗？如果不信，她一定不会什么都不说，她是一个精明的女人，
还有点儿刻薄。凭什么这么说她呢？旋风想，我对她并不了解，
她只不过是一个听众，说不定她又忙别的什么去了，连个称职
的听众都不是。这却恰恰鼓励了旋风，让他有勇气继续唠唠叨
叨地说下去，说那些平时想也不敢想的话：

可是，成功的男人也有苦恼，身边的女人太多了，她们就
像是苍蝇围着臭狗屎一样，成天在你耳边嗡嗡嗡地飞，那个比
方不恰当，应该说是蜜蜂围着香花一样。别以为是啥好事，我
根本弄不清哪个是真心的，或者说，压根就不可能有一个真心
的。她们看上的都不是我这个人，而是我的房子，我的车，我
的钱，换作有一天，我没房没车没钱了，说不定倒能看清楚她
们的真实嘴脸。

说着解气，可旋风明白，媳妇并不是那种势利的女人，自
己明明就是没房没车没钱的穷小子，可又想，不知道她会不会
变，假设有一天，她碰到了有房有车又有钱的男人呢？她想过
的绝不是现在这样的生活。

"别这么想女人，谁都想过上更好的日子，她们有追求你的

权利。我只是不明白，你为什么突然对我说这些？"

终于等到了丽娜的回复。旋风感觉到，这一次，她是认真的。可是，怎么回答她呢？这个问题，连旋风自己也不清楚。

"和女人闹僵了？"

到底是女人，总说女人的心思难琢磨，但女人的第六感总是很准，女人也最能安慰住男人。不过，旋风并不想对她说媳妇的事，就算想说也不能说，因为前边说的都是假话，现在也只能说假话了。

"怎么会呢？女人嘛，绝不能太惯着。跟你一样，总觉得成功男人就非得怎么着怎么着，怀疑这个怀疑那个。"

"哈哈，还是闹别扭了，我没说错。"

"让我给甩了！"旋风恶狠狠地把这五个字发送了出去。

片刻，对方回了一条语音："哥，我终于下班了。"那声音透着疲惫，却还是很甜美。

接着又一条："安慰哥一下，不管是闹别扭，还是你把她给甩了，都不是一件好事，肯定会影响心情，所以必须安慰安慰。"

声音不仅甜甜的，还很知性，是普通话，却又能听得出一丝丝的口音。旋风又听了一遍，想问问她，准备怎么安慰安慰呢？可又不敢问。

又来了一条："不过今儿太晚了，我也累了，妆都花了，要不我就去找你。"

旋风心里一惊，她要真来，可就穿帮了。

接着又是一条："哈哈，放心吧，就算状态好，我也不会找你的，我可不是那种随随便便的女人，更不能让你认为我贪图你的钱你的房，听你吹几句牛，就上杆子往你身上贴，我可不是那种女人。哈哈哈哈。"

不等听完，又来了："好了，哥，我到地库了，准备开着我的车回我的房，我也是成功人士，不一定比你差。今后，互相帮助吧。哥，我要开车了，先不聊啦！"

阿立谢过话务部的妹子，立刻撤出来。今天的"十分钟"已经全部用完，再想请话务部的妹子多说几句是不可能了。

绝大多数客户都会提出视频或语音，要不客户肯定会起疑心。公司便把女孩子们集中到话务部，专门提供语音支持，只是语音，绝不视频，这些女孩子也不敢一露真容。曾经有人头脑一热，提出用变声器，立刻遭到所有人一致反对——人人都可以用变声器，那公司里可能连一个女孩子都没有了。那个提出建议的人也悔得肠子青，自己骂自己孙子。

毕竟是僧多妹子少，话务部的女孩子奇货可居，众人都争着往话务部跑，动不动就说客人要语音啦，让妹子们跟客户聊天，自顾自地站在一旁盯着妹子流口水。公司在制度上做出明确规定：每天每人提请话务部配合的通话总量不得超过十分钟，如果确实需要超长时间通话，那必须经过层层审批。同时，公司纪律检查部还做出严格规定，内部人员不得谈恋爱，据说是因为发生过争风吃醋打到头破血流的故事，阿立不喜欢八卦，人家说过去，只当是耳旁风，也不深究。

好在话务部的妹子个个敬业，对于提交过来的配合任务，她们总是一句接着一句，大珠小珠落玉盘似的，极其熟练，衔接得天衣无缝，不露一丝马脚，又能干净利落地刹住车，稳稳当当的。

做到这步，阿立本可以把这个微信提交给销售部，他确信这是一个优质客户，销售部越早上手，他也会越早得到收益。可他又舍不得，他不知道为什么会这样，满脑子都是独占他的念头，不肯轻易转手。

旋风依旧稳稳地坐在马桶上，一句接一句地听，大肠就是这时候极其自然地蠕动起来，几天来在他腹部乃至全身堆积的所有不爽，毫不费力地冲破一夫当关的隘口，他整个人便一身轻松了，甚至连那伤口被撕扯的疼也变得清爽和无畏。

他按部就班地准备清洗伤口，却再一次瞅瞅微信，那个被他唯一置顶的人，仍旧沉默着，他明明知道，她肯定是一言不发，每回闹别扭都是这样。他又想，说不定她会在朋友圈里说些什么，婉转地告诉他现在在哪里，在干什么，可还是什么都没有。

他把兑好的高锰酸钾溶液直接倒进马桶，连冲也没冲，溅得到处都是或深或浅的紫红色小水珠。

他从纸箱里翻出一件她的外套。气温还在继续下降，风穿过窗户细小的缝隙往屋里灌，发出尖锐的啸声。

他的脑门和手上都沁着汗，他摸了一把裤兜，车钥匙硬硬的，他又看了一遍手机，没有新的信息。

他吃力地推开防盗门，顶着风闪身出去，门像是被什么东西吸住一样"砰"地关上了。他手忙脚乱地把钥匙插到锁眼里左转再右转，终于确定把门锁好。

楼道里昏昏暗暗的，只有他握在手里的手机亮着，有些刺眼。

两部电梯已经有一部停运，另一部正慢吞吞地向下，他感觉站了足足有两分钟，那电梯依旧不慌不忙地向下走着，他一头扎进消防通道，使劲地跺着脚，可有的灯还是不亮，他打开手机上的手电筒，楼梯间被照得凄凄惨惨、摇摇晃晃，在他身后腾起一溜烟尘。

等他冲到一楼，看一眼那电梯，已经开始慢悠悠地爬升。

"咦？哥？你这急急火火的，出什么事了吗？都这个点儿了。"

"阿立？没，没什么……"

旋风一边继续往外跑，一边应付道。

阿立瞅了眼继续上行的电梯，跟着跑出来。

风一下子把旋风身上的汗吹得无影无踪，他的脑子也立刻清醒了。都过去多久了，哪里还有媳妇的人影？

必须还得拨电话。旋风知道这是徒劳，可除此之外，他还能做什么？

"哥！这大冷天的，你穿得太少了。到底是怎么了？"

旋风颓然地让无人接听的手机一直响着，他不知道该怎么收拾这个烂摊子。他想，还好，她没有关机，这至少说明，她还期待着他给她打电话，只要一直响下去，她早晚会接的。

"哥！是女朋友吧？闹僵了？"阿立试探着问。他不知道该不该插手，他刚刚也是一时冲动，没想到现在走也不是，留也不是，他已经累了整整一天。

阿立摸出烟来，递给旋风，说："要不，先抽根烟，冷静冷静？"他甚至搂住旋风的肩头，他诧异自己的这个举动，过去他并不常这样，特别是对刚刚认识还不熟悉的人。

旋风两只手搂住阿立拿着火机的双手，四只手仍然挡不住八面来风，无论如何，烟都点不着。他们终于放弃了。

旋风说："你回吧，我去找找看。"

"这么晚了，你到哪儿找？"

"先去她的宿舍看看吧，她也只有回那儿了。"

"远吗？你怎么去啊？"

"我有车。"

"要不，我开车吧？"阿立看着旋风焦急的样子，他是真的不放心。

旋风拍了拍搭在他肩上的温暖的手，说："你是我的福星吗？我这么落魄，就有了司机，还是公司的白领，大学生！"说着，就有些呜咽了。

阿立也有些不好受，他哪里是什么白领？

坐在车上，旋风不再拨电话，他控制不住絮絮叨叨的嘴，把对媳妇的抱怨一股脑地倒给阿立。

奇怪，他再一次感觉到从未有过的神清气爽，并不是因为阿立说了些安慰的话，又说了些分析的话，那些安慰和分析他都没有听进去，外人是无法真正了解自己的立场的。媳妇没有他讲得那么刻薄和恶毒，也没有他讲得那么讲究和奢侈，她用的化妆品都是些便宜货，衣服、鞋子、包包都是双"十一"或双"十二"折扣最大时淘的，更没有他讲的那么对他漠不关心，为了他做手术她请了整整五天的假，今天早上她没等他来接就要去忙活，不也是心疼他，想让他多睡会儿吗？

"都是些鸡毛蒜皮，都是为了这个家，不是吗？就算跪键盘，也要跪。最不该，就是不该这么晚放她一人离开家。无论如何，都该拦住她的。"

"阿立，我想换个工作。"

"你在索菲特，不是干得好好的吗？"

"挣得太少了，我得换个挣得多些的工作。"

"你不是想今后开自己的酒店吗？那不是你的理想吗？你现在不是为了学习吗？"

"理想？还是现实更重要。再说，换份工作，也能学到新的东西。你们公司还招人吗？"

"招。不过我说不上话，你知道的，我也刚去不久……"

"这我知道，我还有几天假期，想多去几家试试。就是不知道会不会考试，难不难？还有，做什么？你说过是销售，卖什么？我能做得了吗？"

卖什么？这个问题也一度困扰过阿立。过去问老闵，他总是说，卖什么不重要，重要的是怎么卖。也不知他是藏着掖着，还是不懂装懂。今天，趁下楼抽烟的工夫，他又问老闵，他已经进了销售部，不会再一问三不知了吧？

老闵却答非所问地说："动心了吧？老弟，我告诉你一条法宝，这可是我走了多少弯路才整明白的，我是真的希望你别绕路。"

"洗耳恭听。"阿立说。

"就俩字，"老闵神秘兮兮地凑近阿立的耳朵，低声道，"忠诚。"

"忠诚？"阿立有点儿意外地重复。无非就是一个工作嘛，至于搞得跟地下工作似的？

"对，忠诚。要让公司信得过你，不忠诚行吗？"

"嗯，忠诚。"阿立若有所思，这个词很简单，却又很陌生。

"明白没？"老闵看着阿立一脸茫然的样子。

阿立轻轻点点头，又连忙摇了摇，说："我是真的愚钝，还请闵哥点拨。"

老闵叹了口气，说："可怜的孩子，那我明说吧。你看，咱中国有句古话，'受人俸禄，忠人之事'，所以，忠诚就是人家让干啥就干啥，绝不说二话。我过去就是吃这个亏，总爱问这问那，结果在公关部一熬就是大半年！"

阿立越听越糊涂，那到底是卖啥呢？

"嗨，我那一大堆话是白说啦？不该问的不问，老板叫卖啥就卖啥！不是我嘴严不告诉你，要明白一个理儿，现在不管做哪行，都有潜规则，都打擦边球，水至清则无鱼，所以做人做事要学会睁一只眼闭一只眼。"

阿立证实了心中的一个猜测，销售部里有猫腻，但确如老闵所说，不是所有的经营行为都能拿到阳光下晒。

"我觉得，"阿立沉吟了一下，对旋风说，"干我们这行，确实需要伶牙俐齿，你……"

旋风憨憨地笑了："你也说我嘴笨？所以才更需要练啊。"他心里想，等他有了一张能说会道的嘴，就不愁不能哄媳妇开心了。

说话间，已经到了媳妇住的那幢楼下，旋风一阵风似的跑上楼去。

阿立坐在车里没动窝，外边的风越来越大。他不想让他变成他的同事，因为他喜欢他那种无辜的眼神，还有简单的傻笑，那是没有经过任何训练，从心底溢出来的，真不敢想象这么一个纯粹的男生，坐进那间嘈杂的写字楼，扮成个粉嫩的女生……阿立骂了自己一句，口是心非的家伙！他怎么样跟你有什么关系，你无非就是不想让任何一个陌生人知道你在做什么，你不想让任何一个陌生人知道你每天扮演女生躲在电脑后面，你不想让任何一个陌生人知道你的公司从事的是一种说不清道不明的"生意"！窥见内心深处那个真实的想法，阿立打了个寒战，起了一身鸡皮疙瘩。

旋风又是一阵风地跑回来，他迅速地拉开车门，闪进身来。

"在吗？"阿立问。

旋风长吁了口气，说："在，没开门，说是睡了。"

"在就好。"阿立发动了车子。

"嗯嗯，在就好，剩下的，只能慢慢来吧。"旋风搓了搓手心，说，"出发！"

"睡了吗？"

旋风看到了"丽娜"的微信，十几分钟前的，回不回呢？会不会只为说句晚安？

"怎么了？还有啥可纠结的？"阿立问。

一条微信。旋风抬起头，看了看正专心开车的阿立，说："太晚了，不知道该不该回。"除去这个原因，旋风不打算再和她聊天，等过几天把她删除了事。

"也不算晚，就算真睡了，也不影响。"阿立随口说道。

"还没。你刚回家吧？累了一天，洗洗早点儿睡吧。晚安！"旋风听话地回复道。

几乎就在同时，"丽娜"的微信回过来："就知道你没睡。"

阿立说："你看，我说应该回吧。"

旋风尴尬地瞅瞅阿立，只能继续回道："那就赶紧睡吧，晚安！"

"睡不着，陪我聊会儿呗！"

"我困得睁不开眼啦！"

"不会是刚和女人嘿咻完吧？"

旋风望望车窗外，城市的夜，比白天更妖艳。人也是这样吗？

他得谢谢这个女人，不是因为她真正做了什么，而是她恰好出现在他最脆弱的时候，要不是她，他可能还被好几天攒下的屎尿憋得浑身胀疼；要不是她，他可能还孤家寡人地枯坐在马桶上对着那些弱智的短视频消愁解闷；要不是她，他也不可能在凭空杜撰的故事中自我膨胀一回。可也正因为此，他已经跌回到无比真实的现实中，坐在真实的车里，行驶在真实的街道，旁边是真实的阿立，他无论如何都不可能把自己再塞回到那个"上流社会"，继续杜撰那个"富二代"的故事了。

"丽娜"的微信依旧一条接着一条：

"怎么不说话？"

"不会真睡了吧？"

"总该说声晚安吧？"

"好了，好了，我要去看走势了。"

……

旋风干脆把手机调成静音，紧紧攥在手里，不去看它。

阿立瞥了旋风一眼，笑道："哥，这是谁呀？"

旋风不知怎么回答。

阿立又说："马上到家了，一会儿加个微信？"

"来，我扫你。"阿立掏出手机，当然是自己的手机。

就是这一扫，阿立却呆愣住了——旋风的微信名竟然是"打着旋地爱你"！他简直不敢相信自己的眼睛，但是不管昵称还是头像，都是那个自称身处上流社会的富二代。他抬头看看眼前这个冻得瑟瑟发抖的旋风，这个憨厚的、笨嘴拙舌的男孩子，同那个口若悬河的形象无论如何也对不上号啊！

"扫好了吗？"旋风问。

"还没，光线太暗。"阿立不留余地，又很自然地拿过旋风的手机，装作继续扫码，却避开旋风的视线，飞快地返回微信界面，自己的头像，不，是"丽娜"的头像位列第二，而且，居然显示有十几条的未读信息！这更让他瞠目结舌！

他直接点开未读信息：

"太激动啦！今天又赚了二十万！分享一下好心情！"

"不替我高兴吗？"

"你平常都做什么投资啊？"

"要不要也跟着我投点儿？我这边有专家，理论天花乱坠，我一个女人也听不懂，我只要结果，专家说买啥就买啥，保管都赚钱，真是神了！"

……

"还没扫上吗？"旋风问。

阿立再不能再细看了，忙把手机递还给旋风，说："扫上了，扫上了。"

旋风看了看阿立发过来的申请，问："己欲立而立人，这个是你吗？好拗口，啥意思啊？"

阿立不知怎么解释，也没心思解释，他现在完全懵了：现实世界的"旋风"和网络世界的"打着旋地爱你",不知从哪里冒出来的第二个"丽娜",完全莫须有的"投资专家"！这个世界真是分裂啊！

按照公司的"生产线",公关部会将发展的客户分成等级,并对其进行精准的营销分析,然后定期不定期地移交给销售部,绝大多数情况是连同微信账户一起移交。公关部的业绩,看的就是整体移交客户的数量和质量。

就在今天晚上,阿立确实给"打着旋地爱你"打出了"5+"的高分,也一度打算把他交给销售部。可同老闵抽烟回来,他又改了主意,他想再看一看,再多了解他一些,毕竟这样的"金主"是可遇而不可求的,他不想马上就拱手相送,如果可以的话,他将成为他进入销售部的资本,他相信,如果他进了销售部,他会从他的身上挣到更多的钱。因为早就听说,销售部是直接按照销售额的百分比赚取提成的。

好在,"打着旋地爱你"并不是什么"富二代",而是一个朝不保夕的五星级酒店的行李员,一个正打算换个工作能多挣点儿钱的屌丝。销售部从他身上也揩不到什么油水。但事情不是这样说的,谁,有什么权力绕过自己半路截了呢?

和老闵抽烟回去,那个贴在电脑边上的字条没有了,他只当是掉了,也没往心里去。看来,问题就出在那张字纸上。

还不止这些,市场销售,什么时候又开始成了"看走势""做投资"了呢?老闵常挂在嘴上的"老板让卖啥就卖啥""老板让干啥就干啥",说的就是骗人呗?没错,从第一步就是骗人，公关部里坐着的，就是一群骗子，阿立自己也是这群骗子中的一员！

阿立脑子乱纷纷地和旋风告别，回到宿舍，也没开灯，把鞋袜脱在门口，摸着黑直奔自己的"榻榻米"，胡乱地脱了衣服，扯过被子蒙头就睡。

更有晚归人，将睡未睡之时，门开了，灌进一阵风来，那人也没开灯，把手机屏幕按亮了，是一个欧洲哥特式的建筑，阿立知道是老闵回来了。

往常，老闵总是和他一起上班下班，今天他却说事情多，要加班。阿立就说："那我也加会儿班，等你一起。"老闵又非说不要等他，不知要忙到什么时候云云。阿立也没多想，毕竟不是一个部门，一个部门有一个部门的辛苦。

阿立想跟老闵打声招呼，却突然噤了声，"会不会是老闵？当时只有他知道我给了一个'5+'！"阿立脑子里像放电影似的把那个时间点前后回放了几遍，就觉得有点儿心凉，亏他还说什么"忠诚"！想到"忠诚"，阿立又觉得是自己想多了，不如明天当面锣对面鼓地问个清楚明白？

旋风又来敲门，而且穿着一身湖蓝色的西装，没系领带，皮鞋擦得挺亮，不过鞋底明显磨损了。阿立从头看到脚，要不是突然想起"打着旋地爱你"说过什么出入酒会舞会时才会穿那套湖蓝色西装的话，他还真就认不出他来。

"你真的要去应聘？"阿立吃惊地问。

"是啊！上午我已经换过锁芯，买好窗帘，装上了，我估摸着你也该起床了。"

"你真的要去我们公司？"阿立差一点就要说，他已经对公司产生了怀疑。

"还不知道你们要不要我呢？先从你们公司开始吧。放心，我只要你带个路，指个门。接下来，就看我的造化了。"

阿立没有再说什么，他实在看不透眼前这身湖蓝色西装，他告诫自己，别再被他那憨憨的外表迷惑了。他要去，那就去吧，要是录取不了，他就不会知道自己的工作是装女人骗男人，勾引他的三个"丽娜"中，有一个就是自己！想到这里，阿立脸一下子红了。他又想，就算真录取了，也没什么大不了，到那时他也是公关部的人，也要扮女人，大家彼此彼此吧！他编假话的能力可一点儿也不比话术册子差！呵呵，"富二代"！

走到公司门口，阿立说："哥，我只能送你到这儿了，祝你好运吧！"

阿立先去了技术部，问怎么"丽娜"的微信号登录不上去。技术部的人翻了一下登记，说："例行的，这个号已经交给销售部了。"接着又大方地给他两个新号。

阿立装作漫不经心的样子问："能问一下具体给了谁吗？里面有个客户的细节，我得提醒他一下。"

"我看看，噢，是——'慧敏'。"

阿立脑袋"嗡"的一下，果然是老闵，别说，一定是老闵向技术部提出的——背着自己，在自己下班走后……

他又庆幸，用一个自吹自擂的假"5+"，认清了一个人，真是值得的，甚至还认清了自己的公司。

他环顾满满一大厅的人头，有些感慨，还想在这些骗子里交到朋友吗？公司规定不准谈恋爱，就是规定必须谈恋爱，自己也不会和话务部那些"人尽可夫"的妹子搞到一起去吧！呵呵，你有多高尚吗？你还不如那些妹子呢！她们起码还是自己，而你呢？连是男是女都搞不清了！怎么能说她们是自己呢？虽说她们不扮演异性，可每天却要扮演无数个不是自己的人，她们的精神难道不会错乱吗？

阿立突然看到了那身扎眼的湖蓝色西装！

旋风被领到一个空着的座位坐下，那个座位，是老闵昨天刚刚腾出来的。

阿立心里琢磨，此人果然不简单，轻轻松松就过了面试考核和层层审查！

阿立看到，旋风只在那个座位上坐了一会儿，就被叫到了培训部。他知道，旋风已经开始接受培训，开始领受任务，开始明白他的工作意味着什么，不知道他心里会不会不适应，会不会抵触，会不会有撂挑子走人的冲动，不管怎样，犹豫一阵子就好了，同原来那个工资可怜的行李员比较，这里的工资还是很诱人的。他会不会已经开始鄙视自己？可他不也出口成章地骗人吗？有什么资格鄙视自己？

一位管事儿的走到阿立面前，黑着脸问："咋啦你？老走神儿，不干活？"

阿立立刻低下头去，在键盘上噼里啪啦地打起字来，其实也是装模作样。

等旋风出来，手里多了本话术册子，看得出来，他有点儿发蔫。

旋风左顾右盼了一会儿，大概是在找阿立。

阿立埋下头去，他只不过是他的新同事罢了。甚至，再过几天，他和他连同事也不是了。阿立已经打算着何时离开了。

旋风坐在那里开始摆弄那本话术册子……

过了个把小时，阿立的手机——自己的手机——响了，他翻出来一看，是"打着旋地爱你"："谢谢你，阿立，没看到你，我已经离开了，再找份别的工作吧。我嘴笨，这活儿，我干不来。"

"你嘴笨？谁信啊？"阿立心想，可又对旋风的离开暗暗吃惊。

片刻，又是一条："阿立，我觉得你也应该离开。"

又过了一大会儿，还是他的："阿立，我觉得你必须马上离开！我知道，你是个好人！直觉告诉我，在里面多待一分钟就会多一份危险，离开！马上离开！"

紧接着又是一条："我刚刚百度了你的微信名，原来是孔子说的，所以，你一定跟他们不是一类人！"

阿立简单收拾了一下东西，把自己的手机、充电器揣到兜里，站起身。

等阿立走到楼下，这才想起给旋风回信息："我离开了。外面阳光明媚！"

刚刚发出信息，一抬头，却见旋风正迎着他走过来，远远地叫道："阿立，你也不回信息，我越想越不对劲，正赶着回去，拽也要把你拽走。"

大太阳明晃晃地照下来，没有一丝遮拦，亮就亮得刺眼，暗就暗得漆黑，明暗的边界清晰得成了一条线，人人都成了个阴阳脸。

旋风已经把湖蓝色西装脱了，搭在右手臂上，就这样，脑门上还沁出一层细密的汗珠。

阿立把领带扯掉了，解了领口的扣子，说："谢谢你！我正不想干了，不过不至于这么急吧？"

旋风说："怎么能不急？既然不想干，那就一分钟也不要多待。"

阿立故作紧张地四下张望，再轻松地笑笑，说："哥，你言重了吧？"

旋风说："这么大规模的骗子窝，说不定，警察早就盯上了！警察可不是吃白饭的。"

"我承认，我们的手段是不怎么光彩，但也没什么大不了，水至清则……"阿立想起老闵的一套理论，当然，现在他并不信老闵的这套理论。

"你真是中毒不浅啊！怎么跟你说呢？对，你说你是做销售的，可是你见过公司卖什么吗？事实是，你们公司什么都不卖！你见过有快递员来这儿收过货吗？我问了过去一起跑快递的弟兄，他们压根儿就没来这里接过单！这还不算，你工作时间不短了，可你进过销售部的门吗？销售部该是门庭若市才对啊，咋搞成了戒备森严？还有那个售后服务部问题就更大了，明明没人来——没货卖出去，当然没人来，可员工却神龙见首不见尾，偶尔出去进来还捂得严严实实，我猜他们一定是去ATM机提款的马仔……"

阿立回望一眼这幢写字楼，早已是一身冷汗。漏洞就明摆着，他不是没发现，也并非没起疑，可为什么……

晚上，旋风开车去接媳妇下课，他给她发了微信，还发了家里的视频，她没回，但他知道，她一定会看见，也一定会闹脾气，但一切都会过去的。

他把"慧敏"的微信删掉了，真是个难缠的女人，好几次发来微信，说这说那的，绝不能让媳妇发现，那会雪上加霜的。

来了条微信，是"己欲立而立人"的："哥，你真是我的救命恩人啊！就在刚才，公司已经被连窝端了，来了十几辆警车，警察一个个都荷枪实弹，抓走了好多人。有件事实在张不了口。原来的宿舍我不敢回了，就算不被警察抄，我也已经不是公司的人，怎么能回那里呢？我能去你那儿借住一宿吗？"

旋风抬头一看，媳妇正朝他的车走过来……

隐姓埋名

1

张王庄村人都知道他叫张顺。

张王庄村人眼里的张顺是个老实巴交的人，之所以说他老实巴交，是因为他跟谁也不多言语，更不会拉呱张家长李家短，顶多见面点个头，连"吃了吗"这样的问候也省略掉了。当然，说是一个村里住着，抬头不见低头总会见吧，可张顺每天早出晚归，神龙见首不见尾，真的是连个头碰头脸碰脸的机会也省略掉了。就算是谁家有个红白喜事，也是见不着张顺随礼凑份子的，也难怪，家里有个病歪歪的老婆在炕上躺着，俩闺女又都在外头念书，约莫着他也拿不出闲钱来。现在到处都在建设新农村，村委会隔三岔五地也组织村民外出参观游览，只需交个五块钱，就能免费玩一天，还管一顿不错的午饭，这是再划算不过的事儿了，可张顺还是从来没去过。本以为是舍不得，心疼那五块钱，可村里还常邀来草台班子唱个戏，耍个魔术啥的，丰富一下村民的文化生活，这可是一分钱都不用花，张顺也不去凑这个热闹。这些也就算了，人家是关门过日子，可关门过日子也得过日子啊，开门七件事，柴米油盐酱醋茶总得买吧，村头开着家小超市，其实就是个没柜台的杂货铺，自打开张，张顺就没光顾过，他家就不需要个针头线脑吗？

说来说去，张顺就住在张王庄村，可村里人却觉着压根儿就没有这么个张顺。

谁也想不起来村子里还有个张顺，是因为村子里年轻力壮些的男人和年轻貌美的女人差不多早就走光了，天南海北地去闯世界，指不定在哪里发财，或者只是做着发财的黄粱美梦。不逢年不过节的时候，村子里就只剩些上了年纪的老头老太太，一手拄着个拐杖，一手拎着个棉垫子，寻个背风向阳的地儿一坐。还有些已经没了姿色的女人，扛了锄头推了独轮车，上地里头忙活。其实地里也没有那么多可忙活的，可家里没个男人，还真不如去地里头，倒不觉得日子有多煎熬了。

只有逢年过节的时候，那些在外闯荡的人们才拎了大包小包回到村里，村子里才会有那么点儿热热乎乎的人气儿。也不是所有在外漂泊的人都能回家过年，不过村里人谁家和谁家都断不了个关系，不是沾这个亲，就是带着那个故，要是儿子闺女没回来，也许侄子外甥就回来了，年，就一样可以过得热闹些、痛快些。于是家家户户的烟囱里都冒着缓缓的青烟，家家户户的炕头儿都是滚烫滚烫的。窗玻璃上结满了浓浓的水汽，白天，窗子外看不透窗子里，窗子里也瞅不见窗子外，等到夜里，这些水汽就都变成了各色各样的冰花，隔了这美丽的冰花，还是啥也看不清。

过年的时候，张顺也没离开过张王庄村。虽说村里人难得见到他，更难得想起他，可如果有人提说起张顺，人人都知道，张顺自打来了张王庄村，就再也没有离开过。村里人的闲言碎语便说，老张家上辈子是积了大德，这辈子才交了好运，虽说老张媳妇死得早，没顾得上给老张生个带把儿的接续香火，可闺女却娶到了这么个踏实本分的姑爷。没错，大概得有二十年了吧，张顺是倒插门进的张家。没人能弄得清张顺是不是原本就姓张，反正既然是入赘，夫随妇姓也就见怪不怪了。可娶进门的媳妇也是要回娘家的啊！想他进张家的时候，大概也只是二十出头的年纪，如今一晃，已经四十多了。莫非，张顺的"娘家"已经没人了？要这么说，张顺就是个苦命的孩子了。可就算"娘家人"都没了，二十年，总也该回家上爹娘坟头儿去烧炷香，毕竟，人人都不是从石头缝里蹦出来的。

这么看来，张顺绝非孝子，可村里没人深想。人们看到的只是，老张没死那会儿，倒插门的张顺端屎端尿地小心伺候着；等老人没了，张顺又披麻戴孝地把老人送走。于是，也就更没人计较他到底是不是孝顺自己的亲爹亲娘了。就算是嚼嚼舌头，也只是说老张到底没有福气，娶了个姑爷也还是不能传宗接代，张顺老婆一连生了俩，俩都是丫头，后来，她就得了个什么病，连炕也下不了，也就再生不动了。为此，老张死都没合上眼睛。这讲老理儿的人就说什么"不孝有三，无后为大"，说说也就只是嘴上说说，没人真当回事儿的，又不是自己家的事儿，咸吃萝卜淡操心，反正张顺回不回"娘家"，或者在不在村里，村子都一如惯常。提起张顺，都知道有这么个人，可没人提，也就没人能想得起他了。

说不定，张顺就是想当个隐形人。

2

天还黑着，张顺就打开了院门。他用穿着大头棉鞋的脚拨拉开电动三轮车轮子后边挡着的多半截砖头，这才拔下还在吱吱作响的充电器，把车子推到当街，回过头来锁好院门，再次披了披棉大衣，整了整棉护膝。顶着星光，车子卷起一股尘土，像是拖着一条蓬松的尾巴，一头扎进了雾气沉沉的黑暗中。谁家的狗汪汪地叫了两声之后，村子又恢复了它本来的样子。不到天彻底黑下来，张顺是不会回来的啦。

电动三轮车爬了一个小坡，拐上了公路。时常就有几辆严重超载的货车风驰电掣般地呼啸而过，尽管有时候，那些货车的身子已经有些侧歪了，可它们还是那么理直气壮、威风凛凛。电动三轮车就在它们的身边急驶，要说速度也不慢，可怎么看，怎么还是像个受气的小媳妇。

冬天，张顺只能去批发市场批些水果，他要的都是些大陆货，苹果、梨、芦柑、脐橙，这些不爱坏，就算今天卖不了，明天还可以接着卖。一个批发商给他推荐了一种叫"山竹"的东西，说这东西是从泰国进口的，好卖，能赚钱，而且就算是烂了，也只是烂了里头，从外面看还是好好的，耽误不了卖。张顺问了问价，不禁咂了咂舌，自己这是小本生意，可碍着面子，还是批了两三斤，先试试看吧。那个批发商便白了张顺一眼，转过头去招呼别的小贩了。

张顺骑着车进了县城。街上已经热闹起来，晨练的老人稀稀拉拉慢悠悠地在街心花园里散着步打着拳，几条土狗被主人解开了链子，你闻闻我，我嗅嗅你，相互追逐打闹着，有一条公狗想爬到母狗的背上，可母狗却跑开了，回过头来冲着公狗叫唤着，可公狗并不示弱，还是不依不饶地围着母狗打转，母狗的主人便走过来把狗抱了起来，那公狗仰着头，无奈地叫了两声，又去寻找其他的母狗。向西边开的公交车站台上已经挤满了嘴里呼着白气的人群，有的干脆就站到了马路当间，他们无一例外地把头转向公交车来的东方，仔细分辨着从晨曦中开过的是不是自己要坐的那趟车。公交车已经被塞得满满的，可赶着上班的人们还是试图挤上去，先头的人把脚踩到了车上，半拉身子却还悬在车外，后面的人用手死死地把住车门上的把手，低着头趔摸下脚的空当儿。

张顺知道，西边就是城市，在他的印象中，城市里应该遍地都是黄金的，要不，这些人们干吗还要这么急着赶着地往城市里去呢？可这个印象又是模糊不清的，好些年没有去过城市了，倒不是说城市有多远，坐上一趟公交车就到了，不坐公交，骑着电动三轮车也不需要多长时间，可对于张顺来说，城市里杀机四伏，处处都是危险，与其心惊肉跳、担惊受怕，倒不如在乡野间来得逍遥自在。

唉，眼下的县城也越来越繁华了，繁华到了有越来越多的外乡人甚至外省人跑过来做生意的程度，繁华到了麦当劳、肯德基、必胜客、星巴克、家乐福这些外国的品牌连锁也纷纷安家落户的程度，繁华到了住宅楼越盖越高、越盖越密，房屋中介的门面房早就遍地开花的程度，如此的繁华，使得昔日这个落后的县城也不再安全了。

张顺把电动三轮车停在了一个小区门口。看起来，这是一个高档的小区，要不是今天车上有那么两三斤山竹，张顺是绝不会选择在这个小区停留的，这里车来车往，而且，大门口上赫然有一个可以旋转的摄像头。

张顺把车子又往远里推了推，这样，那个黑洞洞的摄像头应该就不会照到自己了——张顺这个举动完全是下意识的，这个下意识是多少年来形成的一种习惯。等把车子换了地儿，他又在心里暗暗嘲笑自己，都过去二十多年了，就算是亲爹亲娘走个头碰头，也未见得就能认得出自己，有什么好担心的呢？可还是小心些好，刘备还大意失荆州呢！

张顺把盖在三轮车上的破棉被掀开了些，让那些个苹果、梨、芦柑、脐橙稍稍露了些头，好让路人知道他是干什么的。

可山竹呢？张顺踌躇着摸出一只，放在芦柑上头，瞅了瞅，又拿起来，放到了梨上头，这回显眼多了。

张顺卖水果，从不吆喝，人家要买自然会过来买，吆喝不吆喝都会过来买；人家不买，你吆喝又有什么用？理儿是这么个理儿，可说到底，还是张顺不想惹人注意，他只想着能平平安安地早点儿把这车水果都卖完，今天是周五，按说，俩闺女都应该回家来，可哪里又说得准哩？大闺女在省城读师范，离得远不说，还找了份兼职的家教，挣个仨瓜俩枣的，起码不用自己再操心她的吃穿用度，还能补贴一下家用，毕竟她娘瘫在炕上，吃饭要花钱，吃药更要花钱，不回来也说得过去。小闺女就在这县上的中学念书，可过完年就该高考了，正是较劲的时候，就算回趟家，也是没白天没黑夜地埋在一大堆卷子中间，不回也罢。依她的成绩，考个好大学不成问题，发愁的还是钱，可再难，也得供孩子上大学不是？这些年，他再怎么苦，再怎么难，不就是为了让孩子能争口气，能有出息吗？他这辈子也只能这样窝窝囊囊的了，孩子能替他活出个人样来。好在，苦日子就快要熬出头啦。

想到半年后的一大笔开支，张顺就有些口渴。北方的天除了冷，还有干，可车里的水果是万万吃不得的。张顺解开棉大衣，从怀里掏出个大雪碧瓶子，这里头灌的是凉白开。他拧开混搭的红色可乐瓶盖，抿了一小口，就算这只是凉白开，他也只是抿了一小口，这瓶子水要支持一天哩。夏天的时候，他会带两瓶子凉白开，不光是因为出汗多，还要时不常地给水果喷点儿水，让它们鲜亮些。水虽然在怀里捂着，可还是冰凉的，好像还夹杂着冰凌碴儿。这让张顺打了个寒战，有点儿想尿尿了。

张顺四下里看了看，这个小区的门口实在干净，也敞亮，没遮没拦的，那就先憋会儿吧。

就在他张望的这么个工夫，他看到小区大门口的墙上贴着一张狗的照片，挺显眼，也挺新，看来刚贴上去不长时间。反正也没人来买水果，张顺就凑近仔细看了一眼。不看则已，这一看，吓了张顺一跳。

从照片看，这狗真没什么稀奇，一身土不拉儿的杂毛，胸口和前爪子上有两块儿白，两只耳朵一大一小，小一点儿的左耳朵好像还有个豁口，耷拉着，显得老态龙钟。让张顺感到吃惊的却是这则"寻狗启事"的内容，上面说这只"爱犬"虽然年纪大了，可正因为年纪大，才跟家里人有了感情，特别是八十六岁半瞎半聋又老年痴呆的老娘最最离不开这只心肝宝贝。当然，这些话张顺只是撩了一眼，真正让他张大了嘴巴的是最后一句话："有拾到者，愿给奖金一万元答谢。"

好家伙，一万元！到底是有钱人，一条狗丢了，就悬赏一万元，这得让自己卖多少车水果啊！还不如上街找狗划算。不过，这狗主人也算是个孝子，为的还不是他那个老娘。唉，瞧人家这个孝子当的！可想当孝子就能当得了吗？光有钱恐怕还是不够，想那老太太为啥偏偏这么稀罕一条杂毛狗呢？那肯定是儿孙们不能常常守在身边……想到这里，张顺的心里有说不出来的难受，他很久没有为此难受了，他想，娘身边会不会也有这么一条杂毛狗当儿子养着呢？娘的狗会不会走丢了呢？娘的狗走丢了也就走丢了，恐怕是连这么一张"寻狗启事"也是贴不起的吧？

张顺不愿再多想，他尽力地驱赶开脑子里闪过来闪过去的各种念头。既不能回去看一眼娘，也不可能在街上找到这条身价一万元的杂毛狗，那还想这些干啥呢？多年漂泊的经验让张顺能够以最快的速度忘掉一切的不快。张顺折回到装满水果的车子旁。

接下来，张顺有了更惊人的发现。

一个穿着红色羽绒服的女子朝小区大门的方向走去，她走得慢悠悠的，从他身边经过时，把脚步放得更慢了，还瞟了一眼车上的水果，也顺便瞟了一眼他身上那件沾满了污渍的大衣。女子把羽绒服的帽子推向后面，长头发便如瀑布般垂落下来，她左右晃了晃脑袋，也不知道她是打算继续向前走，还是停下来买水果。

就在这么一刹那间，张顺喊住了这个女子。

"买水果吗？新鲜的。"

女子转过头来。看上去，她的年纪和大闺女差不多，只是比大闺女漂亮多了，时尚多了，人靠衣裳马靠鞍，要是自己的俩闺女穿上这漂亮的衣服，也是差不到哪儿去的。张顺这么想着，可又不敢多想。卖水果，他从来不主动招呼路人，可此刻，他必须想办法叫住这个女子。不能再叫她往前走了，前面就是小区的大门口，那里就贴着"寻狗启事"哩。

因为——张顺看到了女子怀里抱着的狗！那是一条有着土不拉几颜色的杂毛狗！

张顺的心脏怦怦怦地跳得厉害，好像都已经跳到了嗓子眼儿。这些年，他的心脏很久没有这么剧烈地跳过了。

女子显得很淡定、很从容，问："多少钱一斤？"

张顺没有回答，他的嗓子眼儿那里还堵着颗心脏，上不来下不去的，而且，他也没有弄明白，眼前这位女子问的是什么的价钱。

他想起了山竹，便把破棉被再掀开了些，说："来斤山竹吧，这个最新鲜，泰国进口的。"

女子弯下腰瞅了瞅破棉被下面那可怜的二十几个山竹，这样的姿势，正好把那条杂毛狗完完全全地暴露在张顺的鼻子近前。

张顺的眼睛肆无忌惮地盯住了这条杂毛狗。他不相信，世界上竟有这么巧的事情！可这样的事情正在发生，由不得他怀疑。他看得真真的，狗的胸前有一片儿白毛，前爪子上也有一片儿白毛，右耳朵支棱着，左耳朵却趴着，有一个小小的豁口，显然是受过伤的。狗瞪着无辜的黑溜溜的大眼睛，眼巴巴地和张顺对视着。村子里这样的狗很多，平时，张顺对它们总是不理不睬的，偶尔哪条狗跟在他的车子后面狂叫，他要么是加大了马力甩开它，要么就是放慢了速度用脚踢开它。可眼前这条狗，却让他觉着那么惹人怜爱，他甚至忍不住上手捋了捋它那身并不油亮的杂毛。

女子并没有说买还是不买山竹。这其实已经不重要了。

张顺的目光始终没有离开这条狗，他需要进一步确认这条狗的"身份"。

他正思忖着怎么开口才不至于让一个打算买水果的女顾客不觉得唐突。那女子却咯咯咯地笑起来，说："看样子，你很喜欢这条狗？"

张顺点了点头，问："你这狗是从哪儿来的？"话已出口，他又觉着不妥，好像自己早就知道这条狗是走失的。

女子并没有在意，说："嗨，说实话，这狗是我捡的。"

张顺立刻把眼睛瞪得大大的，也不再看狗，而是看向了这个女子。

女子再次咯咯咯地笑了，说："有什么大惊小怪的？咱这一不是偷，二不是抢，你没见成天价大街上跑着的流浪狗吗？"

张顺心跳得更厉害了，简直要喘不上气来，他咽了口吐沫，说："这条狗可不一样！"这么一说，他都恨不得抽自己一耳光，忙又改口问："在哪儿捡的？"

女子有些意外地兴奋起来，说："大哥，你还真有眼力价，你怎么知道这条狗不一般？这还真是一条好狗，纯正的意大利名犬。"女子说了个拗口的名字，像是外语单词，张顺没听清，其实听清不听清一点儿不打紧，接下来的话才更让他心动——"我就住前边这个小区，昨天晚上在院子里遛弯的时候捡的。"——听到这儿，张顺更加深信不疑：眼前这条狗正是

"寻狗启事"上的那条狗，至于它是不是纯正，是不是名犬倒根本不重要。

看来，老天爷并不是事事处处都要刁难自己，他必须立刻把这条狗搞到手。机不可失，时不再来。也许，这女子再往前走上那么几小步，就会看见那张"寻狗启事"。

想到这里，张顺也顾不得多想了，张口就说："既然这狗是你捡来的，那不如让给我得了，我挺喜欢这狗的，也算跟这狗有缘吧。"他嘴上这么说，心里却明白，既然人家捡了这狗，就绝不会白白拱手相送，大不了花几个钱。这么一条狗，值不了几个钱，最好的办法是拿那些山竹换，他担心那几斤山竹要砸在手里。

女子却把狗往怀里收了收，再转了转身子，说："给你？那可不行。我还想让它给我传宗接代呢！"

这话怎么听怎么别扭，可也没必要深究了，女子显然有要走的意思，她这脚一迈出去，自己可就要辜负了老天的眷顾。张顺一把拉住那女子的胳膊，这动作有点儿粗鲁，女子轻轻地哎呀了一声。

张顺意识到了自己的失礼，立刻松开手，却继续挡住女子的去路，说："我没有让你白给我嘛，我买，我花钱买嘛！"

女子鼻子里哼了一声，"你买？你买得起吗？"说着，绕开张顺的纠缠，继续走她的路。

"你，你打算要多少钱？"张顺鼓起勇气问道。

女子顿了顿脚步，转过头说："五千！你出得起吗？"

张顺退缩了。不过，这退缩也就是一瞬间的事儿。他重新挡到了女子面前，说："五千就五千，我买了！"

女子好像犹豫了一下，说："那可得一手交钱，一手交货。"转而又低下头亲了亲那条小狗，喃喃自语道："乖乖，宝贝儿，我还真有点儿舍不得你。"

张顺并没有马上掏钱，他身上也没有那么多钱，他这是缓兵之计，他暗自为自己突然而至的机智有了那么一点儿小得意。"姑娘，你看我身上也没带那么多钱，不如这样，你帮我照看一下生意，我去那边的提款机去提点儿现钱。你可千万别走，我实在是中意这条小狗，我家里还有个老娘，她最喜欢这样的小狗啦，一直还念叨着让我给她弄一条意大利犬来着。"张顺也不知道为什么要这么说，他把车座子上的棉垫拿下来，使劲儿地拍了拍，端端正正地摆到马路牙子上。"姑娘，你坐这儿，我去去就回。"

女子听话地坐了下来。

走了两步，张顺又回过头冲着她乐了乐，再瞅了一眼她怀中的那条价值不菲的杂毛狗。

张顺径直走到小区门口，四下瞅瞅，没人注意，便上前一把把那张寻狗启事撕了下来，揉巴揉巴塞到了棉大衣里面。接着，他躲到了消防通道的角落里，把皱巴巴的纸掏出来，反反复复地看了又看，这才放心地走向 ATM 机。他的内衣口袋里真的有一张农村信用合作社的卡，里面只有三千多块钱了。他并不熟练地操作着 ATM 机，他的手有些发抖，很快，这张卡里就会有一万块钱了！

张顺也顾不得数这些钱了，一股脑地塞进了棉大衣口袋里。刚刚答应那女子的是五千，现在还差着两千。不过，小区门口那张惹事的寻狗启事就在他的怀里捂着，既然"皇榜"已经揭掉了，他还有什么好担心的呢？毕竟，那个女子不过是个不谙世事的孩子罢了，她敢漫天要价，那咱就来个就地还钱，反正那狗也是她不费吹灰之力捡来的。

往回走的时候，张顺又有些吃不准了，这三千块钱可是他的全部家底了。他再次拐到消防通道那里，撩开棉大衣，解开系在腰上的尼龙绳，掏出家伙什，对着墙角撒了泡尿，那尿顿时腾起一股白烟，臊得很，浇在"禁止大小便"几个字上，很解气。在外面混了这么些年，还能不明白，这几个字无疑是告诉人们：这里常常是有人大小便的。

抖落净最后几滴尿液，里三层外三层地把衣裳裤子掖好，张顺突然想到，要是这会儿自己有部手机多好，那样就可以立马给"寻狗启事"上的狗主人打个电话，再次敲定一下一万块钱的事儿，他可别反悔。可是张顺从来不敢用那玩意儿，前些年手头比较宽裕的时候，他也想过买部手机，可又一想，假设有了手机，怕是要忍不住给谁打个电话，而打了电话，也就彻底暴露了自己的行踪，今后想甩都甩不掉了。最终他打消了拥有一部手机的念头。

而眼下，这通电话还是要打的，以防万一。他重新往银行那边走去，那里路边上有一部投币电话。他抄起了脏兮兮的黄色话筒，挨个儿口袋摸过去，终于摸出了一块硬币。电话通了，那头的声音彬彬有礼，当听说狗找到了的时候，那头显得很高兴，立刻问他在哪里，狗在哪里，然后还主动地提起那一万块钱。

张顺这才把悬着的心吞进了肚子里，他摸了摸口袋里那厚厚的一沓钱，开心地笑了。

电话那头还在喋喋不休地问在哪里见面，并且说现金已经准备好，只等着一手交钱一手交狗。张顺刚想说，自己和狗就在小区门口，马上就可以交换。可又一想，狗还没到手哩，就算狗到了手，怎么也要等那个女子离开再说。他突然又想到，虽说自己怀里揣着一张"寻狗启事"，可保不齐小区里到处都贴了同样的启事，他的心又开始突突地跳起来，忙说了句："过会儿我再和你联系。"就着急忙慌地挂断了电话，掉头朝自己的车子跑去。

还好，那女子静静地坐在一车水果前面，怀里还抱着那条杂毛狗。

张顺放慢了脚步，免得让她起疑。

"回来啦？"女子抬起头问道。

"回来啦！"张顺再次看了一眼那条价值连城的杂毛狗，绝对不会错的，如此明显的特征，无论如何是看不走眼的。"姑娘，你这狗能不能再便宜些？"

女子突然瞪起了眼睛，这眼睛一瞪，却比刚才还要漂亮些。"不是说好了吗？五千，一分也不能少了，你怎么又讨价还价？

亏你还是个大老爷们！说吧，你买还是不买？"

张顺本来是准备好了一套说辞，此时却一句也没来得及说，就被女子连珠炮的话语给噎了回去。"姑娘，这狗我买，我买。不过，你看，我这做的也是小本买卖，没多少钱可赚，刚刚我把卡里的钱全取出来了，也只有三千……"

"三千？既然没钱，你还买什么狗啊？这狗我不卖了，这不是瞎耽误工夫吗？"女子抱着狗，气哼哼地站起来，拍了拍屁股，其实她屁股上挺干净的，可她还是翻过来掉过去地拍了又拍。

真是气人！张顺恨不得一把抢过来那条狗，她不过只是个弱不禁风的女子罢了，抢条无主的狗，就说是自己在路边捡的，无凭无据的，她还能把自己怎么着？

张顺下意识地回头望了一眼小区门口的监控摄像头，唉，还是忍上一时吧，他可不想惹出事来。

这么些年，自己不是一直都在忍吗？

刚出来闯世界的时候，张顺舍不得坐火车，也不敢坐火车，有时候搭上一段长途车，更多的时候就干脆靠着一双脚漫无目的地向前走。到了河北地界，他看到路边有不少修路的工棚，就向包工头打听要不要人，就这么着，他才算有了个固定的工可打，虽说工钱不高，可到底不用再风餐露宿，有了个遮风挡雨的工棚，有了个填饱肚子的饭碗。那时候他瘦小枯干，在工地上处处受人欺负，重活儿累活儿都让他干，有时候还要挨揍，有一回人家把他的牙打掉了，年轻气盛的他却丝毫不敢反抗，只能和着血水把牙吞到了肚子里。他怕还了手，会招来警察。就是从那时候开始，脾气暴躁的张顺变成了一个哑巴一样的窝囊男人。

后来实在待不下去了，张顺又跑到了胶东半岛去挖金矿。这活儿听起来挺美气，其实累得半死。老板黑呀，跟半夜鸡叫里那个周扒皮有得一拼，一天要干十六个小时，饭也不管饱，还狠心克扣工钱。别的人就都结伴跑到劳动部门去反映，反映不上去，就静坐示威，有一回还把城里的马路给堵了。张顺不敢闹，他就乖乖地在矿上待着，去城里闹事，警察不会坐视不管，还有可能抓人，被抓了去的后果不堪设想。后来，那些去静坐的人工钱涨上去了，一个月能拿五千多，可没去的张顺，还是只拿两千。哑巴亏吃就吃了，两千就两千，谁叫自己图的是个安全呢？

比起这些，眼下还有什么不能忍的呢？

"姑娘，我实在是挺喜欢这狗。"他狠了狠心，咬了咬牙，说："要不，这车里的水果你随便拿，你也看到了，今天还没开张，我就只有这三千了。"

女子瞥了一眼车里的水果，叹了口气，把声音放得和缓了些，"唉，看你是个好人，那三千就三千吧。"说着，把狗递向了张顺。

虽说就没想着给她那两千，可这结果还是让张顺有点儿感动，他小心翼翼地接过狗，过去，他还从来没有抱过狗哩。他倒不是嫌狗脏，在他四处流浪的日子里，他甚至曾经和一群流浪狗同在一个桥洞子里住过半月二十天，从此，他觉得自己就像那群流浪狗中的一只了。他厌恶自己，所以也不待见任何一条狗了。而此时，他从女子手中接过来的其实不是一条狗，而是一万块钱，不，只是七千块钱。想起这，他的心口窝不禁抽搐了一下。他甚至想抱过狗之后撒腿就跑，那女子怎么能追上自己呢？就算是警察也未必能跑得过自己。可是，背后，那个黑洞洞的摄像头说不定正对着自己呢！他可不想惹事。

张顺只得腾出一只手，把钱掏了出来，递给那女子。他想，到底是个单纯的孩子，哪里知道人心险恶呢？

女子熟练而快速地把钱点了一遍，还抽出其中的一张，在空中轻轻地甩了甩，发出清脆的声响。女子把钱麻利地塞进随身的挎包里："那咱们就两清了。"说着，把背后的帽子往头上一盖，向小区的方向走去。

"姑娘，你拿几个水果吧！"张顺随手抄起了一个梨，女子却并未回头，张顺把梨放回原地的时候才发现，那不是一个梨，却是个山竹。

突然，张顺意识到了什么：看样子，那女子是要回小区的，而小区里，也一定有一模一样的寻狗启事，如果被她看到了，她一定会气炸连肝肺，悔到肠子都青了吧！她不会回来找自己吧？张顺脑子里只这么一闪，便已经飞速地跳上车子，一溜烟地开走了。张顺觉得屁股底下凉飕飕的，这才想起，车座上的棉垫子还没顾得上拿。不过，比起怀里抱着的这条小狗，那简直算不上事了。

小狗很安生，也不叫也不闹，似乎对换了个怀抱并不介意。

拐过一条街，一个清洁工正有一下没一下地扫着马路，尘土在阳光里欢腾而起，再慢慢舞动着落到他棉袄外的黄色反光条上。张顺放慢了车速，回过头张望着，他不能跑得太远，小狗的主人就在这个小区里住着，只有在这里它才值得了那一万块钱。于是张顺也被笼罩在这布满了尘土的阳光里了。

3

县城的人们把日子过得不急不躁、不温不火——既不甚繁华，也不至于贫困；衣食无忧，也还克勤克俭，不敢奢侈；虽说不是路不拾遗、夜不闭户，但也不用安装层层的防盗门防盗窗，偶有好丢三落四的人，竟敢把家门钥匙藏到了门口的脚垫子下面。

于是县城的警察是闲在的。这种闲在，又不是说往办公室里一坐，只管喝喝茶、看看报、聊聊天。他们也忙，上班到所里换了警服，总要到辖区里转一转，有时候碰上晒太阳的大爷大娘，就随便地扯上一会儿，从这些社情民意之中，保不齐就会发现什么安全隐患和事故苗头。人们也不把警察当外人，就像邻居家的大儿子一样，有什么话都愿意找警察讲一讲，有什么事都愿意找警察帮帮忙。比如婆媳拌了嘴，要找警察评评理，比如下水道堵了，要找警察帮着给疏通疏通，比如不知谁家的装修垃圾碍着了大家出入，也要请警察侦查侦查。

忙归忙，警察们却从不推诿，他们习惯了，觉着这些事儿就是自己分内的。忙归忙，可他们的心却和县城的人们一样，是闲在的。

老王就是这样一个闲在惯了的警察，从二十出头就开始当警察，当了二十多年，没啥案子可查，总觉得自己碌碌无为的，可他还是熬成了一个派出所的所长。在他看来，这个县城也许会一直如此太平下去，他也会一直如此闲在下去。

可这天半夜，老王接到了夜班警察的电话。

老王睡得迷迷糊糊的，以为还和平常一样，是什么鸡毛蒜皮的小事，可只听了几句，便立刻从被窝里钻出来，歪着脑袋夹住电话听筒，一边嗯嗯地听着汇报，一边就把衣服稀里糊涂地套好了。

老王的老婆也被吵醒了，问："出了啥大事儿？看你急的。"

老王也顾不上答话，撂了电话，只说了一句"你先睡吧"，便急匆匆冲出家门。

老王的警车径直开到了一处桃园。因为是冬天，桃园里冷冷清清的。

案发现场就是桃园深处的一栋简易红砖房。

这房子是树上结桃子时桃农住的。说是为了防止有人偷桃子，其实，要是过路的人口渴了，顺手摘几个桃子解解渴，桃农也不会在乎。之所以还要住在里面受蚊虫叮咬，其实也就跟个稻草人差不多，让那些游手好闲之人断了无事生非的念想。

红砖房外面已经拉起了警戒线。

老王下了车，越过警戒线。几个刑警队的警察正打着侧光灯，小心翼翼地搜寻着蛛丝马迹。他们都是警校毕业的，但课本上学来的那些业务，因为缺少练手的机会，有些生疏了。

老王环顾了一下房子里面，有过打斗的痕迹，但有价值的线索不多。罪犯作案时戴着安全套，作案之后，还不忘连安全套一起带走，连个精斑也提取不到。

老王心中暗骂一句，想：难道是个老手？咱这可是太平县城，咋就出了这种事，还是个惯犯！

回到所里，老王详详细细地了解了报案人讲述的案发经过。

报案人叫小雅，昨天下班后和男友吃了个晚饭，又看了场电影，散场的时候已经快十点了。谁知怎么那么巧，就碰到了男友的前女友逛完商场出来，男友和前女友热情地聊了几句，小雅心中颇有些不爽，但也不好发作，就支使男友赶快送她回家。

可谁知，男友竟邀请前女友一同坐他的宝来。小雅家住县城西，男友家住县城东，偏偏前女友也住在县城东。男友便说先送小雅回家，然后顺路再送前女友。

小雅这个气呀，心想：先把我送到了家，然后你们孤男寡女在一起，哼，想得倒美！小雅便坚持要男友先送前女友到县城东，再送自己到县城西。这样一来，显然是绕了不少路，可这样安全，断了他们旧情复燃的机会。男友心中便也有了火，可又不得不照办。

送完前女友，就剩两个人了，男友说起话来也就有些难听，什么不相信自己啦，不体谅自己啦，任性啦，等等。小雅哪里肯示弱，憋了一肚子的气全撒了出来……末了，小雅说："你不是嫌累吗？你不是嫌远吗？你不是嫌绕吗？老娘我还不让你送了！"其实，小雅说的这也是气话。可男友倒也干脆："你不让送，我还不伺候了！"于是踩了刹车，开了车锁，小雅打开车门，拎着自己的包下了车……

听到这里，老王心中不禁骂了句："活该！可又有些自责，人民警察，怎么能这么对待人民群众呢？"

这么一折腾，已经十一点多了，这里可是小县城，公交车早没了，偶尔驶过一辆出租车，也不是空的。小雅想着男友一定不会这么撂下她走人，可朝家的方向走了三五分钟，回头一看，宝来早就跑得没了影。这深更半夜的，难不成真的要走上十几里地走回去！小雅一边走，一边试着用手机 APP 叫车。

出租车没叫来，一辆电动三轮车超过她之后，放慢速度，停到了路边。

"姑娘，去哪儿？……哦，正好顺路，我搭你一段。"

那男人四十多岁，看上去挺厚道的，这让她丧失了最后一点警惕。走投无路之下，又正在气头上，小雅想都没想就上了车。车上，小雅还低着头玩手机，在微信上同一闺密抱怨男友的绝情。那男人开着车，随口和小雅聊了几句什么。聊的都是正经话题，好像问在哪儿工作，这么晚出来不安全之类。小雅有一搭没一搭地答着话，毕竟到这时候，她还以为真碰上了热心人。

直到小雅发现，电动三轮车并没有朝她家的方向行驶，而是驶进了一处桃园……

没什么明显的相貌特征，天很黑，就算有，也看不太清。

不是本地人，听口音好像是河南那边的。

河南口音？老王终于从中发现了一点线索，而作为个案，"打一枪换个地方"流窜作案的可能性比较大。同时，也不排除偶发，这个人并非有意，只是逮着了个机会，谁叫你个单身女子大半夜地独行夜路！可他竟随身带着安全套，并且临走还不忘把盛有证据的安全套带走销毁，仅从这一点看，偶发的可能性又降低了。

刑警队的警察终于有了发现，可惜那不是精液精斑，而是几根弯弯曲曲的毛发。

4

刑警队那边调取了事发路段的监控视频。

毕竟是县城，摄像头不是很多。但功夫不负有心人，警察还是从一个路口的视频里发现了犯罪嫌疑人的身影。

据时间判断，这是在小雅上车之前大概十分钟左右，距她上车的地点刚好也是十分钟的路程，一辆红色电动三轮车自东向西开了过去。

一遍遍地回看，慢速播放，定格，放大……

可惜的是，视频太模糊，深夜灯光昏暗，又是俯拍，被悬空的密密麻麻的电线遮挡着，还只是个背影。

中年男性，穿着厚厚的棉大衣，腿上绑着护膝，戴着棉手套，顶着棉帽子。身高应该在一米七以内。体型微胖。也只能看出这些了。

老王又在心里骂了一句娘，这些算个狗屁特征，到街上一抓一大把。倒是那个河南口音，没准更有用，县城外来人口并不多。老王已经让几个警察在户籍系统里查询外来人口登记信息，可这也无异于大海捞针，不能抱什么希望。

电动三轮车就更没有什么特征了，全县没有几十万辆，也得有个十几万辆，又不上牌照，只知道是辆红车，怎么查？

可大海捞针也得捞，没法查也得查！

老王提议，调取更多的监控。

刑警队有点儿怵头，这看监控的差事可是个苦活累活，现在的电视连续剧看着看着都能把人给看睡着了，更何况这些没有任何剧情的"原生态"，有时候盯着屏幕坐上一天两天也未必能有什么发现。

老王说："那你们把能调来的都调来，把我手下的人也叫来，咱们一起看。"

于是，老王把派出所的人都叫了来，监控也陆陆续续地送了来。老王掏自己腰包，叫了外卖，大有夜战的架势。

刑警队里能用的电脑都用上了。

刑警队让老王的人负责倒推电动三轮车的来处，重点看东边各个路段的视频，时间向前回溯。刑警队自己一帮人则负责追踪电动三轮车的去向，重点看西边各个路段的视频，时间向后顺推。

老王心中暗想：这样分工看上去很合理，其实太不公平，谁不知道得先找到电动三轮车最后的落脚点，这样才能锁定犯罪嫌疑人？大家付出一样的辛苦，功劳不还得被你们捞去？

老王虽这么想，却并没这么说。能让派出所参与侦破此案已经不错了。说句私心话，身为警察，要是一辈子都赶不上亲手破一回案，也真够窝囊的。不过，咱当警察的还只能盼着天下太平，绝不能"心忧炭贱愿天寒"。

折腾了大半夜，刑警队这边一无所获，老王这边也只是逮到了一次疑似犯罪嫌疑人的电动三轮车，那是在东边三条街再向南的第二个路口，模糊得还是什么都看不清，还是个背影。一屋子警察都是筋疲力尽，个个垂头丧气的。

这一夜，看来也只能这样了。刑警队的人散了，老王却没有叫手下人离开。他说：咱们换个思路，犯罪嫌疑人不可能人间蒸发，既然西边没有，也没准儿原路返回了，咱们再看看案发后的东段视频。

这一看，老王还就真有了重大发现：案发后大概半个小时，那辆电动三轮车又出现在第一次监控出现的地方，这次刚好是个正脸。

虽然只能看得见这人是个圆脸，腮帮子鼓鼓着，其他特征无论如何也看不清了，但盯着这个模糊不清的正脸，老王就像猫见了老鼠似的兴奋。

看来，他压根儿就不是什么"顺路"，在这个路口，他就根本还没有遇到小雅，如果他家在这个路口东边，那只能说明：

他就是在路上寻找下手的目标！也就可以说：这个案子绝非偶发。

老王立刻让人调出另一个发现过疑似三轮车的监控，时间向后顺延，果然，这个男人又出现了。

刚刚大家还都无精打采的，现在却都来了劲头，也不瞌睡了，顺着这个大致方向，一路找了下去……

直到天蒙蒙亮，老王已经带领着手下画出了犯罪嫌疑人作案后的逃跑路线，这个河南口音的中年男子最后消失的地方是县城东南城乡接合部，这一带有三个村子：张王庄村、顾家村和柳甸村。

范围已经缩得很小，可以进村摸排了。

5

因为地处城乡接合部，这三个村都有外来人口租住，大都做些小买卖。刑警队和老王摸排的重点就放在河南籍的外来人口上。刑警队负责张王庄村和顾家村，老王负责柳甸村。

就这一个村，还是老王努力争取过来的。刑警队队员本来说："案发地是在你的辖区，可犯罪嫌疑人藏身地就不在你的地盘了。"老王反驳说："那现在的'猎狐行动'呢？中国警察都跑到国外抓人去了，我怎么就不能到村里抓人？这不是一个道理吗？在我的地面上犯的事，我就有权抓。"刑警队说不过老王，就把柳甸村分给了老王。

河南籍中年男子被一个个地翻了出来，可要么就是身高相貌差距太大，要么就是没有作案时间，一个个又都被排除掉了。

刑警队和老王像过筛子一样足足筛了两遍，可就是没找到这么个人。

这些办案的警察刚开始还信心十足，摩拳擦掌，准备着一鼓作气把犯罪嫌疑人抓捕归案，可几天下来，就又有些"再而衰、三而竭"了。

当然，不管怎么泄气，案子该查还得继续查。

老王带派出所的警察出去办案，也没忘留两个户籍警小李小刘继续看监控。

时间倒推到案发那天九点半钟，犯罪嫌疑人骑着电动三轮车从城乡接合部的监控下由南向北行驶，等到将近午夜，他再一次出现在这个摄像头下，这一回由北向南行驶。这就是老王那天能找到的犯罪嫌疑人最后消失的地点，老王也是据此判断出他正是藏身在这附近的三个村子。

一开始，小李小刘按着老王的要求，继续在这个监控东西南北各个方向的监控视频里搜寻，可找了几天，在这个时间段前后，再也没有发现那辆电动三轮车。

小李小刘坐那儿聊开了，说他总不是天兵天将，还能从天而降？既然他从那儿出来，又在那儿消失，也一定还会有别的时候在那儿出现。一不做二不休，他们干脆把时间接着往前倒。这一倒，还真就发现了端倪。

案发那天八点多钟，一辆电动三轮车自北向南驶过监控，虽然是个背影，但小李小刘认定，这个人正是犯罪嫌疑人。他们马上把这个情况报告给了老王。

老王正在柳甸村摸排得一筹莫展，听到这个消息，立刻开车返回了派出所。可等看过了小李小刘截取的视频，同样还是辨不清相貌，不免有些失望。可他还是鼓励了小李小刘，并继续让他们倒查倒追犯罪嫌疑人的活动轨迹，争取能查到天黑之前，进一步看清他的长相。

市公安局司法鉴定中心那边传来消息，说送到 DNA 实验室的毛发检测结果出来了，已经获取了犯罪嫌疑人的 DNA 数据，但可惜的是，通过省厅 DNA 数据库比对，仍无法找到犯罪嫌疑人。

老王叹了口气，上学那会儿，课本上讲的还是提取指纹和鞋印，现在办起案子来，却是要靠 DNA 和监控探头了，科技是进步了，但破案的关键还得是靠人。想靠几根屌毛破案，难！

6

已经吃了几天方便面，老王这胃里别提多难受啦。今天他特意给老婆打了个电话，让熬点儿小米粥，养养胃，也败败火。

可回到家一碗粥还没喝完，老王又撂下了碗，披上衣服要走。

老婆忙问："你这是咋啦？这一连好几天不着家，这也没接电话，怎么又要走？"

老王说："是我自己想起个事儿，得赶到所里确认一下，要不，这夜里也就别想睡踏实啦。"

"那啥事也得把这口粥喝完喽再说，这是福根儿哩。"

没等老婆把话说完，老王早就出了门。

所里只剩了一个警察值班。

老王径直走到小李小刘的电脑前，打开电脑，调出视频。下午回来的时候，他只顾辨认那人的相貌，却忽略了一个细节：那辆电动三轮车在八点半之前，不是空的。

老王把车子拉近，细看了一会儿，那是多半箱水果！

水果？多半箱？那应该不是自家吃的，谁会一下子买那么多水果？

原来，你是个卖水果的啊！怪不得你对桃园的情况那么熟悉！

老王又泡了碗方便面，捋了捋思路。

这些天一直跑柳甸村，村子不大，外来人口也不多，于是老王的目光就不只集中在查案上，倒是把各家各户的情况都摸透了，采用的还是平时派出所里的那一套。租住在这个村子里的外地人主要来自河北、河南、安徽三省，大多都是承揽一些装修的活儿，出行工具是清一色的电动自行车，每天一早，这些人就跟黄蜂似的呼啸着去了县城。电动三轮车村子里也有不少，多是当地农民为了种地方便，现在是冬天，没什么农活，他们偶尔也骑了车子外出赶集，可没听说有人靠卖水果维生。那么柳甸村可以暂时排除了。

剩下的张王庄村和顾家村哪个可能性更大些呢？

一定是顾家村。张王庄村比顾家村更偏一些，对外出租房屋的行情就不如顾家村了。好吧，明天争取把顾家村拿到自己手里，让刑警队去张王庄村。

第二天一早，他直接到了刑警队，把发现犯罪嫌疑人可能是卖水果的情况一说，再说了柳甸村就没有卖水果的，可以把重点放在另外两个村子。刑警队也认可了他的判断，说：那你就带人去查一下张王庄村，我们去查一下顾家村。老王说想着调换一下，可刑警队哪里肯让，这两个村的情况他们也都摸清了。老王想了想，也不再坚持，反正大家目标是一致的，都想着能早点儿抓着人，到底是谁先抓着的，倒也在其次。

　　不过，老王也多留了个心眼儿，他派小孙穿便装在那个监控探头附近蹲守。他说这叫守株待兔，既然犯罪嫌疑人多次出现在这个探头之下，那么他一定还会从这里经过，甚至是有规律的。

　　老王一进张王庄村，就后悔了。那帮刑警队的真是人精，恐怕他们早就把这里给排除掉了。正如他所料，张王庄村位置偏一些，通往村子里的路还有一段是泥土路，村子里根本没什么外来户。他没有料到的是，这村子虽说不小，却只剩下些妇女、老人和孩子，别说是河南的中年男子，就算是本地的中年男子也没有一个。这让他怎么去找犯罪嫌疑人？想拉一个替罪羊都找不到！

　　既来之，则安之吧，总还是要调查走访一圈，比如谁家男人春节回来了还没走，谁家在外面做水果生意，有没有外乡人在村子里租住等等。大爷大娘对这些问题连连摇头，不是说不知道，而是说没有。

　　一天过去了，毫无半点进展。他给守株待兔的小孙拨了个电话，问他那边情况怎么样。其实，他开车回来时就看到了小孙，可他又不能停下来问话，免得暴露小孙是个警察。

小孙直抱怨："王所，这一天蹲守下来，压根儿没见卖水果的电动三轮车，反倒是把我冻了个半死，水喝不上一口，尿也不敢去撒一泡，生怕一错身的工夫，就让他从眼皮子底下溜走了。溜走了也就溜走了，可溜走了，说不定明天我还得再蹲一天。"

老王笑了笑，说："你呀你呀，干什么都认真，就是那张嘴，牢骚太多。让我怎么说你！"

老王想顾家村那边一定会有消息的，毕竟，一个村子里能有几个外出卖水果的？可奇怪的是，刑警队也是无功而返。

第二天一切照旧，第三天还是一切照旧，大家都在原地踏步走，一个个脾气都给磨没了。最令人费解的是，犯罪嫌疑人再也没在小孙那里出现。

莫非，打草惊蛇了？想到这里，老王的心猛地一沉。虽然这次进村打着的是调查外来人口情况的旗号，可俗话说做贼心虚，犯了案的人眼见这么多警察在身边晃来晃去，还不得望风而逃啊？

想到这儿，老王赶紧和刑警队通了个气，打算把摸排的重点放在这几天失踪人口身上。

刑警队那边也窝着火，他们把顾家村翻了个底儿掉，却什么线索也没发现。此刻听了老王的建议，冷冷地问："你以为我们不知道查失踪人口吗？你那里有失踪人口吗？"

这算有还是算没有？总不能说村里的青壮年和中年的男子都失踪了吧！

受到刑警队的抢白，老王一肚子不爽。正在这时，小李打来了电话，说他和小刘在案发前几天的视频里找到了这个男人，经过截图和技术处理，可以比较清晰地看清楚此人的相貌。

老王立刻从张王庄村赶回了派出所。

没错，是那张圆脸，大腮帮子，双下巴颏，眼睛眯眯着，有个大眼袋，眉毛短得只剩了半截。

再叫来受害人小雅比对，此人正是对她实施强暴并抢走她包的人。

有了照片，就好办了！

老王正生着刑警队的气，也没把这个情况通报他们，就带了几个人，返回了张王庄村。

7

张顺已经在炕上躺了好几天，这些日子他一直发着高烧，烧得都有些迷糊了。他不记得今天是周五，不记得今天俩闺女都要回家来，甚至也不记得老婆在年前已经撇下他们三口走了。但他只记得自己绝不能去医院，不光是因为去医院得花钱。他是相信自己能闯过这一关。

张顺不是铁打的，但是他已经闯过好多回鬼门关了。人们都说春天的雨是不能淋的，有一回，他就淋了春雨，结果就发起了烧，明明浑身滚烫，可他怎么就是觉着那么冷呢？胸部疼得厉害，胃里胀得难受，没有药，哪怕能来口酒也好。人病倒了，就不能再去捡矿泉水瓶，这就等于断了每天一块钱的进账，连肚子也没法子填饱，哪里又能找来酒呢？他觉得自己就快要死了，他一直在咳，都要把心肝肺一起咳碎了再吐出来。有那么一刻，他真就想躺到哪家医院的挂号大厅里去，医院的人总不能见死不救吧？但他还是退缩了，虽然横竖都是个死，可这样病死了，也许还更体面些……不知道这样挺了多少天，他还是咳，但他终于能支撑着站起来了，他终于可以继续在别人的村子里行走了。那时候，他想，阎王爷也许不会不明不白地就收了他的。

那扇破铁门被敲得山响，自打入赘张家，张顺就不记得那扇门响过，莫非是起风了？可他实在没有力气起来去把门闩好，响就让它响吧，响一会儿就不响了。

这可不是他的风格。这么些年，他睡觉时跟狗一样，警醒着哩，甚至从来都不敢脱衣裳。老婆还没病那会儿，他和老婆亲热还是要脱光了才舒服，不过他也总是紧着忙活，时候不大，忙活完了，他还是要赶紧把衣裳穿上。老婆说他怪，他就说怕受风哩，心里却想："不怕一万，就怕万一，小心驶得万年船。"

院子里一点儿动静都没有，可门明明是从里面锁上的。老王不怕他跑，敲门之前，他早就让警察把院子四周围了个水泄不通，现在他就是瓮中之鳖，还能插上翅膀跑了不成？

老王赶紧张罗着派个警察去谁家借梯子。等梯子来了，老王第一个就冲了上去。

不等老王从墙头跳下去，他就看见了那辆熟悉的电动三轮车。

老王的嘴角露出微微的一丝笑意，他的心里也一定骂了一句："狗日的，到底是跑不出我的手掌心。"

为这次抓捕，老王做了精心的准备，虽然知道犯罪嫌疑人不可能有枪，但他还是让所有人都穿上防弹背心，把能带的枪支都带上，还装满了子弹，整得跟特警差不多，好像要去抓的人是个国际大毒枭。

唉，谁叫咱这里是太平县城呢？好不容易赶上一次抓捕，怎么也得干得漂漂亮亮，不能有半点儿闪失。干好了，刑警队也就挑不出啥理儿，干不好，那刑警队还不把咱这派出所骂得一无是处？

院子里死静死静的，难道真的没人？不过，跑得了和尚跑不了庙。

老王已经打开了院门，可还是有几个警察蹬着梯子往院里翻。这样才像是抓人嘛！

谁都没想到，抓捕行动如此顺利，被捕之人已经奄奄一息、动弹不得，哪里还能反抗？相比之下，老王他们个个荷枪实弹、精神抖擞，倒显得有点欺负人。真不过瘾！那些在战前反复演练过的踢门、举枪、摁头、抱腿、上铐、搜身的全套把式，一个也没用上。

对着不省人事的张顺，老王骂了一句娘："咋是这么一个脓包蛋！"一边骂着，一边给刑警队那边拨了个电话，他把语气放得很平淡，冷冷的。说完也不等那边的反应，就挂断了电话。

老王让囚车直接开到县医院。犯罪嫌疑人也是人，生了病也得先治病。他带着人继续留在张顺家里，寻找犯罪证据。

只一会儿工夫，老王他们就分别从厢房、北屋、杂物棚、厕所、柴火垛、菜窖里找来了各式各样大大小小新新旧旧的手提包、斜挎包，无一例外的都是女包。一清点，竟有八只之多。

老王心里很是吃了一惊。这么多包，哪儿来的呢？不会都是抢劫来吧？都说咱这县里头民风淳朴，治安好，看来，咱这太平县城可真的一点儿都不太平。

把这些女包摊了满满一地，照相取证之后，老王又让警察们挨个儿把包打开，里三层外三层地翻了个遍。包里没有钱和手机这些值钱的东西，只偶尔有些口红、面巾纸之类。最后，只找到两样东西有用：一个女人的身份证，一张歪歪扭扭地记着个电话号码的小纸条。

老王说："照相，收队！"

警察们各拎了几只包就上了车。

门口跑进来一个女孩子，学生模样。院子外的警车已经让她大吃一惊，现在又面对着满院子全副武装的警察，她的嘴和眼睛都睁到了最大。

老王问："你是谁？"

女学生把沉甸甸的书包往地下一撂，反问道："你们是谁？"

老王一脸严肃："你是谁？没看到我们是警察吗？"

女学生真是初生牛犊不怕虎，说："这是我家，就算你们是警察，你们也不能随便闯进来啊！"

老王掏出警官证，在女学生面前晃了一下，说："我们在执行公务。张顺是你什么人？"

其实老王已经猜了个八九不离十，但他既然问了，就得问出个所以然，虽然眼前这个女孩子是无辜的。

女学生说："张顺是我爸，怎么了？我爸他怎么了？"

对着说方言的警察，她用的是普通话。

老王想说：张顺犯了罪，已被依法逮捕了。可他突然不忍心这么说，显然，这个孩子还未成年，她怎么能接受眼前这个现实呢？

女学生并没有指望着这个胡子拉碴的警察叔叔会告诉她什么，她已经冲进厢房，又冲出来冲进北屋，把家里找了个遍，一边喊着"爹"，一边哭了出来。这个冬天，留给她的是什么呀！刚入冬，爹的钱被骗了，那可是给她娘治病的救命钱，紧接着，娘死了，不能说就因为少了那点儿钱，但两件事先后脚发生着，就不能说没有关联。现在，她还不能确切地知道究竟发生了什么，但显然，爹不见了。上周五她回家的时候，爹也还没回来，可今天不一样，今天满院子都是警察，他们会把爹怎么样？抓走了？可是在她的眼里，爹是一个多么好的好人啊，怎么会和警察扯上关系？打小，爹就教育她要好好学习，做一个好人，不要出去惹是生非，甚至，不要冲动。爹的话不多，可每一句话都是对她的要求，对她的批评，她甚至觉得爹根本不爱她。有一回，邻居家的倭瓜长到了自己家的院子里，她顺手摘了下来，爹罚她跪了整整一下午，连晚饭也没让她吃。还有一回，她和小朋友在池塘边玩，吵了两句嘴，她一气之下，推了那孩子一把，正好把她推到了池塘里，她慌了神，着急忙慌地喊人救起了那孩子，可是回到家里，爹把她吊在树上用皮带抽啊，那时候，她是多么恨他，心里诅咒他被警察抓了去。难道，当年的诅咒在今天应验了不成！

她不知道，警察什么时候离开的，她就一直圪蹴在院子中央……

天黑透了，姐姐从省城赶回来过周末。她们姐妹俩约好了，娘走了不久，周末再忙，也要回家陪陪爹。一进村，她就发现有些异样，明明天已经黑透了，可当街上还站着几位大爷大娘在扯闲篇儿。她本想打个招呼的，可大爷大娘远远地看见她，马上就收了声，变成了嘀嘀咕咕，还指指点点的。这让她心里很不舒服。这么些年，家里和村里人少了来往，倒也省心。就算是年前娘走了，爹也只是悄悄地把娘给埋到咱爷咱奶身边了事，谁也没惊动，不风光就不风光吧，爹的钱叫人给骗了去，哪还有钱讲排场？其实，就算家里还有钱，依爹的性格，也是不会声张的，谁叫爹是个窝囊人呢？可再窝囊，他也是咱爹，值得你们这么指手画脚吗？于是她便装作没看见村人，径直朝家走去。

院子的大门前所未有的大敞着，妹妹在院子中央圪蹴着，院子里乱七八糟。

"咋的啦，这是遭贼了吗？二丫头，你倒是说话啊！咱爹哩？爹！爹！"

姐姐搂住了妹妹。

"姐！"终于见了个亲人，妹妹这才哭出声来。"遭贼？咱家穷得叮当响，我倒是盼着贼能稀罕来咱家哩！"

听妹妹哭哭啼啼地讲述了她见到的一切，当姐的到底是当姐的，娘没了，爹也不知去向，当姐的就当着这个家哩。

"走，咱去找爹去！"

8

等张顺醒过来的时候，看管他的已经不是老王他们，而是刑警队的人，不过，他哪里分得清。在他的眼里，警察长得都是一个模样，或者说，他就根本没敢正眼看过警察长什么模样，更何况抓他的时候，他正在鬼门关那儿转悠呢！

这回他又闯过了一关。其实，就算警察不抓他，他没准儿也能挺得过来，现在可倒好，闯过了这关，未必就能闯得过那关。

"姓名？"

"张顺。"张顺老老实实地答道，不过，他这只是貌似老实罢了，他讲的是当地话，他已经确定，正在审问的警察就是当地人，是当地人就还好。

"好一个浪里白条！你再说一遍！你的真实姓名！"

在刑警队提审张顺之前，老王他们已经通过户籍管理系统查过了，县里就有六七个叫"张顺"的，但没有一个能和眼前这个张顺对得上号。根据受害人小雅所说，他是河南人，可是老王他们把河南的"张顺"也挨着个儿地翻了个遍，好像还是没有。

张顺是真的想不起自己叫什么了。二十多年了，自打他给堂上的爹娘咚咚咚磕过三个响头离开家，他始终走在外乡的路上，睡在别人家的屋檐下。没人想起来问问他姓字名谁，来自何方。一大清早，他就开始为这一天的吃食发愁，弯上无数次的腰，翻无数个垃圾桶，也未必能捡到一块钱的矿泉水瓶。有一回算他运气好，捡到了些废阀门和烂铁管，可当他到废品收购站，那人白了他一眼，问他是谁，问这些东西是从哪儿来的，结果，他吓得撒腿就跑。打那以后，为免得别人再问，他是打死也不捡这些值钱东西了。谁会在乎一个拾荒者的姓名呢？后来，他到工地上做工，总是需要个名字的，他就顺口胡诌一个，张三李四王二麻子，他说啥就是啥了，也没人深究。也有要身份证的，那就说没带着，或者说回去取，一走了之。那些工地也好像知道他用的是假名字，对于他这样来历不明见不得光的人，更是想怎么欺负就怎么欺负了。

在胶东金矿，他认识了已经死去的老婆，她当时在矿上做饭，她是第一个问自己姓名的女子，他就顺嘴说了个赵顺、钱顺、孙顺或者李顺，就图个顺呗，在外这么些年，不就盼着能顺顺当当的吗？没想到，这个女子却中意了他，看他在矿上受气，就和他商量着离开金矿，回老家成亲。他当时可没什么心思结婚成家，一个人还养活不了，哪里还敢有"老婆孩子热炕头"的奢望？可当这女子面露难色、结结巴巴、哼哧哼哧地说出成亲的条件时，他想都没想就点头应了。这个条件就是倒插门，夫随妇姓，她爹还说了，今后生了孩子不但得姓张，还得管他叫爷，管她娘叫奶。对别人，这难以接受，可对他来说，这实在是再好不过了，改姓就改姓呗，反正赵钱孙李都不是自己的姓。就这么，他就叫了张顺。这么些年，他就是张顺。大家都这么叫，叫着叫着，他就真把自己当成了张顺。

可眼下，警察却知道他不叫什么张顺。

张顺不知道怎么答对，那就什么也不说。他心里虚得慌，可和警察对峙了好久，他倒坦然起来了，警察知道他不叫张顺，可警察也不知道他叫啥。

9

刑警队把人提了走，也把那些女式包都提了走。这个案子，跟老王没多大关系了。

过去没案子可查，天天在辖区里转悠是一种常态，现在案子查了一半，却跟自己没了关系，老王便急得在派出所里直磨磨，干着急插不上手，可他还是始终打听着案情的进展。

老王知道，刑警队一时还确定不了张顺的真实身份，张顺也一直没有交代自己的犯罪行为。他琢磨着，就算张顺想交代，他也不知道该交代哪个，显然，他犯的绝不是这么一个案子，他的身上不定还藏着多少秘密哩，在他家里搜出来的女式包，除去小雅那只，还有七只是无主的。

老王听说，刑警队已经找到了那张身份证上的女子，那女子就是本地人，二十五六岁，已婚，未育，可她却一口咬定自己从来没有遭遇过不法侵犯，连包也没有丢过或被抢过，只是前些日子不小心丢了身份证，后来补办一张了事。这事让老王的气不打一处来，天下哪有这么巧的事？你丢了身份证，却恰恰被一个"采花大盗"捡了去，他捡了有毬用？可如果受害人不打算说，他又有什么办法？

不是还有一个电话吗？那张字条已经一并交给刑警队了，可刑警队好像还没顾得上查，自己正好可以顺藤摸瓜。想到这儿，老王立刻调出那张字条的照片，兴冲冲地抄起桌上的电话机，拨了过去，彩铃咿咿呀呀唱了老半天，却无人接听。老王又叫户籍警小李小刘不停地拨，可始终没人接。

10

对于警察的提问，张顺一言不发。

他平时就是个一擀面杖都打不出个屁来的主，现在他不说话，警察也拿他没办法。

说是这么说，警察怎么会没办法呢？警察早就提取了他的血样送往市公安局司法鉴定中心的 DNA 实验室，结果与现场毛发的 DNA 吻合。铁证如山，不怕他不开口。

张顺不开口也不单是因为这些年已经沉默惯了，面对警察，他恨不得马上交代，争取个坦白从宽的机会，也争取个避重就轻的机会。可他不能说，他还不知道警察究竟掌握着他哪条罪状哩。一次次被带到审讯室，整夜整夜地提审，他早就疲惫不堪了，崩溃不过是迟早的事。他突然非常感激这些年生活给他的磨砺，正因为他受的苦足够多，眼下这点儿沟沟坎坎才应付得过来。

这是一场持久战，谁都不想向对方先露出实底。

张顺是吃了秤砣铁了心不吐一个字，可刑警队的警察是轮番上阵，不厌其烦地宣讲政策，简直要磨破了嘴皮子。俗话说，言多必失，一个警察忍住没有上去扇他两个耳光，却没有忍住露出了一句"桃园"。

即使是审讯室的监控探头也没有拍下听到这两个字时张顺嘴角露出的会心的微笑。

很快，张顺彻底交代了那晚在桃园犯下的罪行。他讲的正是河南话。审讯的警察没有放过任何一个细节，包括有没有脱裤子，有没有戴安全套。当然张顺很纳闷，明明那晚是戴了安全套的，为什么警察还是能比对成功他的 DNA 呢？

第二天，刑警队带着张顺去桃园指认了现场。

天气回暖了，桃树都发了芽吐了蕾，眼看就要开花了。等开了花，这桃园一定很美。不过红艳艳的桃园张顺是再也看不见了。

刑警队松了一口气，虽说拖了些时日，可案子终于真相大白。唯一没搞清的是，这个张顺到底是谁。

11

电话是老王唯一可查的线索了，他等不及，就带了个警察跑去电信营业厅，提取了这个电话的机主登记信息和通话记录。经查，机主登记的身份证号码子虚乌有，老王毫不留情地严厉批评了营业厅的姑娘，明明规定要实名登记的，现在不是给犯罪分子留下可乘之机吗？姑娘耐心地听着，警察发了脾气，发就发去，反正这个电话号又不是自己卖出去的，销售们能多卖出去几个号就是业绩，至于登记，当然就是睁一只眼闭一只眼了。

通话记录也很奇怪，机主最近很少接听电话，也很少向外拨打。

回到所里，老王组织人力对这份不是很多的通话记录进行了分析，发现在正月的某天晚上七点多到九点多，一个山西的手机连续拨叫了该部电话，显然有什么急事，机主却始终没接，也没有回。可过了九点以后直到今天，这个山西手机就再也没有拨打过。

老王拨通了这个山西手机。一个女人接了，一口标准的山西话。

山西女人听说是警察，沉默了好一会儿，然后才说她就在县里的一家餐馆打工，对于那晚为什么拨打这个电话，她的解释是，这个电话是一个同乡姐妹的，过年回家时，说自己在这里挣了不少钱，也邀她一同来，说可以帮她找工作。她信了她，过了年，就坐火车从山西老家出来，可下了火车，她打电话找她，她却怎么也不接电话。"乡里乡亲的，这不是骗了俄（我）吗？"

老王心里琢磨着，她的那个同乡姐妹未必在这里挣到了钱，只不过是回到家里头臭显摆，没想到这个女人竟认了实，千里迢迢地来投奔，同乡姐妹哪有什么能力帮她，于是连电话也不敢接了。

说到这里，那山西女人说："电话漫游着，话费贵得很，俄（我）不跟你说啦！"

老王忙问清楚她在那家餐馆打工，山西女人支支吾吾不想说，可最终还是说了。老王开上车就奔那家餐馆去了。

他也说不准，这个山西女人跟案子有没有关系，可他手头上也实在没别的线索可查。起码先得搞清楚，张顺为什么会有她那个同乡姐妹的电话。通过她，没准儿能找到那个同乡姐妹。

12

刑警队已经取得了张顺的口供，但也没马上把案子结了——他们手上还有七个女式包没有下落呢？

张顺开始说这些包是他死去的老婆的，可警察怎么会轻易就信了他的鬼话？经过调查，他家里的经济状况并不宽裕，一个农村妇女，家里穷得叮当响，要这么些包做什么？

后来张顺又说，包也可能是他俩闺女的。他有两个女儿不假，大女儿在省城读师范，小女儿在县城读高三，刑警队其实早就掌握了。还没等找她们，她们倒自己找上门来了，但她们都说没见过这些包。

张顺会不会还有其他的犯罪事实呢？

刑警队把这些包拍成了照片，给县电视台和县报社发了过去，登出了寻物启事。只有找到这些包的主人，才能水落石出。

<h1 style="text-align:center">13</h1>

老王到了县城的那家餐馆。

还没到饭点，餐馆里还没上人，几个伙计把椅子拼在一起，躺在上边休息。

老板见是警察，忙叫正在后厨忙活的慧英停下手中的活计。

眼前的慧英二十出头，模样挺周正，虽说之前通过话了，可此时见了一身警服的老王，还是有点儿紧张。

她在围裙上反反复复地擦着手，喃喃地问："是不是她的那个同乡姐妹出事了？"又自言自语地说："怪不得不接电话哩？一定是出事了，要么怎么会惊动警察哩，到底出了个啥事？"

老王没有马上说话，他细细地揣摸着慧英的表情，多少有些不自然，好像知道些什么，却又怕说出什么。

到底出了个啥事呢？老王也不知道。他拉过一张靠窗的椅子，坐了下来，也让慧英坐下来。

慧英坐了下来，屁股却只沾着椅子的一角。

"你叫慧英？"

"嗯，慧英。"

"别紧张，没有什么大事。你说你下了火车就给她打了电话，一直没人接？"

"嗯，没人接。"

"没人接，那后来你咋办？"

"嗯，咋办？"慧英低下头，又在围裙上擦了擦手，"咋办哩？还能咋办？先找个地儿住下呗。"

"住下了？"

"嗯，住下了。"

"那住的是宾馆？"

"嗯，住的宾馆。"

"多少钱一晚？"

"多少钱？"慧英再次低头擦手，"没……没多少钱，二三十块钱吧。"

"二三十？"

"嗯，二三十。"慧英使劲地点了点头，眼睛却瞟了一眼窗外，"警察同志，我还忙着，俄（我）先忙去了哈。"不等老王答话，慧英站起身就要走。

她说了假话。她为什么要说假话呢？

"慧英，你先等会儿，我只是随口问问，那第二天哩？你找到你的同乡了吗？"

慧英停了下来，却并没有转过身来："嗯，没找到。"

"你是没找，还是没找到？"

"嗯，没找——没找到。"

"到底是没找，还是没找到？"

"嗯，这有啥不一样吗？都是没找到吗！我该去忙了哈。"

怪啊，她怎么会这么介意？

"慧英，我们查过了，你后来没有再联系过她，为什么呢？"

"嗯，为什么呢？"慧英背对着老王，又低下了头，看着自己的手在围裙上擦来擦去，"也没啥为什么，第二天，我就找着工作了，就在这儿，洗碗工，没找她的必要了么。对，我就没再找她了。"

"可是，她不是说要帮你找工作吗？她不是说她在这里挣了不少钱吗？"

"嗯，她是这么说的。"

"那你找个洗碗工就满意了？就不想再找她了？"

慧英低着头使劲地摇了摇，显然，她对自己刚才的回答不满意。"我是生她的气哩，明明说好了过年要来找她，可我大老远地来了，却怎么也联系不上她。对，我是生她的气哩。"

老王叹了口气，说："这么说倒也说得过去。"

"嗯，说得过去。"

"可仔细一想，还是说不通，也许她那天晚上出门正好忘了带手机，谁都有个忘带手机的时候，你不会那么小心眼儿吧？就算生气，也该再拨一遍试试啊。"

"嗯，我是没想到。"

"你看，你生了这么长时间的气，其实没准儿是白生这个闷气。"

"嗯，是白生。"

"想明白了就好，那你现在就给她拨个电话试试。"

"嗯。"慧英答应了，却并没有要拨电话的意思，头却埋得更低了。

老王盯着慧英一动不动的后背："怎么不打啊？"

他心里有个感觉，很强烈，很笃定，眼前这个年轻女子，一定也是受害者。但他不急，过去不查案子的时候，自己不就是在辖区里摸情况吗？既然是摸情况，那就急不得也缓不得，火候得掌握好。

慧英在围裙上再次擦了擦手，摸摸索索地掏出手机，装模作样地翻看着。"噢，警察同志，她的电话俄（我）记在一张纸条上了，我身上没带着。"

老王笑了笑，说："姑娘啊，你把纸条搁哪儿了？"

她总不会说搁在租住的房子里了吧，像她这样的洗碗工，无非就是等餐馆关了门，在这里支一张行军床，或者干脆只是打个地铺，她哪里租得起房？她的全部行头都在这个餐馆里，身上没带着，那就去拿来吧。老王知道，她是拿不来的——那张记着电话号码的纸条就在刑警队里，老王的手机里倒是有一张照片。

慧英这会儿才转过身来："警察同志，是我把那纸条搞丢了。对，我把她的电话搞丢了，找不着了，所以想打也没法打。"

老王的视线被慧英手里的手机吸引住了，这是一部最便宜的手机，也就一百来块钱，但是这部手机却是崭新崭新的。

老王现在心里是一点儿也不着急了，看来，根本不用找那个同乡姐妹了。

"丢了呀？那天晚上就丢了？"

"嗯，那天晚上就丢了。"

"噢，丢了，丢了。丢了也不要紧，你不是打过她的电话吗？总有电话记录，你翻翻看。"

慧英使劲地捏着自己的新手机，原来的手机和包都被抢了，这个新手机里哪有什么电话记录？可她不想这么说，如果警察问起来，为什么被抢了却不报警，自己怎么答对？"警察同志，通话记录我都删了。警察同志，您要没别的事，俄（我）就先去干活啦。"

慧英这次头也不回地走开了。

老王把老板叫了过来。

老板担心地问："这个慧英是不是犯了什么事？如果她犯了事，我就赶紧辞了她。"

老王摆了摆手，说："事倒没什么事，只想打听一下她的来历。"

老板压低了声音，说："她是正月十五之后过来的，当时刚过完年，店里正好缺人手，就留了下来，包吃包住，一个月六百块，这就算不少了。"

老王又问："她来的时候带了什么行李？"

老板说："什么行李都没带，也没交什么保证金，她说她被抢了，身上什么东西都没有，我看她挺可怜的，也就没非得让她交什么保证金。看上去还是个老实人。"

老王会心地笑了笑，又觉得这时候自己不应该笑啊。"那我看她那手机还挺新的。"

老板叹了口气："她不是说被抢了吗？我就先支给了她一百块工钱，让她买个手机，也好给家里人报个平安不是？出门在外，一个女子，不容易。"

老王拍了拍老板的肩膀，这样的老板还真不赖。又问："她来店里的时候穿得咋样？"

老板又是长叹一声："就现在穿的这身。不过当时脏兮兮的，扣子还缺着两颗。要不是说可怜呢！我看啊……唉！"

老王说："你看怎么了？"

老板摆了摆手，说："唉，莫瞎猜，许是被抢的时候拉扯的。莫瞎猜。"

14

"寻物启事"在电视台的广告时段轮番播出，县里的报纸也一连登了好几天。

县报社的记者还就这个案子采访了刑警队，写了篇报道，鼓励受害人或者知情人提供有价值的线索。

可即使这样，这些包还是始终没人来认领。

刑警队派去河南的两名警察也回来了，在河南警方的全力配合下，对河南籍在逃人员进行了全面摸排，可以确定，张顺并不在其中。

张顺的真实身份还是没搞清楚。也许他压根儿就是一个"黑人"，没上过户口，这种事情并不罕见。

其他的犯罪事实无凭无据，无处可查，但只要他不是逃犯就好。

刑警队决定将案子结了，移交检察院，对张顺提起公诉。

老王却跑过来阻止，一来张顺这个人到底是谁都没搞清楚，怎么能结案？二来他有了重大发现。

老王苦口婆心地劝说慧英，如果她被抢劫了，应该在第一时间报警，为什么不相信人民警察呢？现在警察来问，还要替犯罪分子遮遮掩掩打埋伏，难道就让坏人逍遥法外？如果他们受不到应得的法律制裁，不但他们还会为所欲为，要危害其他人，更严重的是助长了这种风气，说不定会有越来越多的人变成坏人。

慧英终于开了口，说她并不是不信任警察，实在是怕丢人，如果报了案，这事怎么能瞒得住人？找工作怕也是没人要？再要是让家里头知道了，以后连寻个婆家都没人要！反正身上也没带几个钱，抢了就抢了。

原来，那天傍晚，慧英下了火车，电话也联系不上同乡姐妹，天已经黑了，陌生的地方，举目无亲，她想着得寻个住处，可住店得花不少钱，她心疼着哩。她想着走到村子里去，好在老乡家借住一宿。就这样，她背着包走走歇歇，走出几里地，碰上一辆电动三轮车，一个中年男子问她去哪儿，她就说她从山西来的，是来投亲的。没承想，那男子竟是山西老乡。老乡见了老乡，自然没了太多的防备，她就实话实说了自己的境遇。那男子说看她可怜，要帮她寻下个住处，明天再介绍她到县里去打工。就这样，慧英上了那辆电动三轮车，被拉到了一个桥洞子下边……

老王对刑警队说:"我让她认过张顺的照片了,没错,就是这个张顺。包的照片她也看了,是六号那个棕色小包,也就是找出字条的那个。作案手法如出一辙,也是骑电动三轮车,也是晚上九十点钟,也是戴着安全套不留任何证据,也是在荒郊野外。"

刑警队却说:"可你刚刚还说,这个人是山西人?"

老王说:"这应该没错,我反反复复问过了,这个慧英是地地道道的山西人,她一口咬定,乡音是听不错的。你们不是到河南也没查到什么吗?说不定,是原先那个叫小雅的听岔了,她毕竟不是河南人。"

刑警队又说:"小雅能听错,可我们不会听错吧?这个张顺,满口的河南话,再说,我们也请河南人听过了。"

老王拍了拍脑袋,说:"这就怪了,那咱们县里又多出来个案件。可那包怎么解释?那包可是从张顺家里搜出来的!"

刑警队其实也相信对慧英实施犯罪的就是这个张顺,可他们不想让老王参与这个事。

可老王不依不饶:"你说,这有的人会门外语不是什么奇怪的吧?说不定张顺就是个山西人,只不过河南话是他的外语也说不定。"

刑警队说:"那我们就再跑趟山西。"

老王说:"那其他的包呢?看来,一个包就是一个案子。"

刑警队说:"包并不重要,做下两起案子,和做下七八起案子，差不多。我们会继续审他的，这你就不用操心啦。你先回，有什么情况我们再找你。"

见刑警队下了逐客令，老王也不便打扰，只得起身要走。可出了门，一琢磨，又返了回来。他问："要不，反正张顺也不认得我，你们把我关进看守所当卧底，和他关在一块儿，趁机摸清他的情况？"

刑警队笑了："有这个必要吗？你还真当成香港大片啦？"

老王心里想的还真是那些警匪片、无间道，不过人家那都是实打实地深入黑社会或者贩毒集团，现在他无非是要求把自己关进看守所，没什么风险，可那滋味也并不好受。

刑警队本不想答应，现在证据又多出来了，继续提审张顺，他们有信心。可不知谁的脑子一转，既然他想被关进去，那就关上几天呗，倒省得他跟咱抢功。

15

张顺本以为认下桃园的案子，就可以躲过一劫，事实上，他已经感觉到成功在望了，可没想到，警察并没有放过自己，提审突然又加大了密度，而且，显然他们手上已经有了新的证据。

张顺担心警察会这样无休止地查下去，与其那样，倒不如争取个主动。他已经问过警察，如果现在把什么全说出来，还算不算坦白，还能不能宽大处理，警察当然满口答应。

警察也就这么说说，这个张顺冥顽不化，要不是捏着他的犯罪事实，他哪里肯交代？不从重处理不算客气的了。可警察也只能这么说，让他多吐一些终究是好事。

张顺其实也就这么说说，他坦白，他交代，那都是有限度的，不是什么都可以说的。但既然不知道警察还掌握着他的哪宗罪，而他又必须表现出积极配合的态度，那就只好这么办了！

张顺咬了咬牙，狠了狠心，把包括山西女子在内的几桩抢劫强奸案一一都供了出来。当然他没有忘了说自己为什么要抢钱。

入冬的时候，张顺在县城里被一个女子骗了，或者说，被一条狗骗了。三千块钱，对别人也许算不得什么，心疼上几天，努努力儿也就忘了。可张顺忘不了，也没法忘。老婆又正在这个节骨眼儿上死了，要是身上有这三千块钱，没准儿老婆死不了。俩闺女也怪自己没本事，咋就那么轻易上当了呢？可张顺是个老实人，他只知道现在诈骗电话、诈骗短信多得是，可那些骗不到他，他没有手机，躲得了这个清静，却被一条活生生的狗给骗了。没钱，老婆死了，人死不能复生，可俩闺女还活得好好的，二闺女六月份就得高考，她学习好，可学习好才让他头疼，上大学得多少钱哩？

警察问："那你就去抢？"

张顺向问话的警察讨了一支烟。

张顺说他并没有想着去抢别人，他就想着找到那个穿红色羽绒服的长发女子，从她那里把钱讨要回来。那是他的钱，就算抢回来，也不能算抢。可是转悠了好些天，他再也没有碰见那个女子。

警察问："那你就去抢别人？"

张顺摆了摆手。

有天夜里，张顺正打算骑车回家，远远地就看见了一个穿红色羽绒服的长发女子站在路边打车，他就骑着车过去了。可当他和那女子面对面的时候，他觉得她就是那个骗子，一举一动都很像，可他又实在想不出骗子的模样，他不敢确定，他怕他认错了人。

警察打断了他："别把自己说得那么高尚！"

张顺把烟头在脚后跟上弄熄了。

张顺说顺路送那女子一程，他想搞清楚她到底是不是那个骗子。女子显然被张顺的老实厚道打动了，上了车。

那女子坐在车上，可张顺却还是无法判断她是不是骗子。眼看车子驶出了县城，张顺想，管她是不是骗子，自己缺钱，她的包里肯定有不少钱，先抢了她再说。张顺把车子开进了一个建筑工地。

那女子哪里是他的对手。可没想到，到手的包里竟只有区区三百多块钱，其余的都是些银行卡，还有纸巾、唇膏、眉笔、小镜子，剩下的，竟还有多半盒的安全套。

张顺老婆已经死了，就算老婆没死的时候，她也在炕上半死不活地躺着。要不是这多半盒安全套，他都快要忘了自己还有一件男人的武器。

那女子还没有跑远，张顺骑着车追上了她，把那些银行卡扔给她，只留下了那三百多块钱和那多半盒安全套。当然，那次他用了第一支。以后，他每次都用，他说他嫌那些女人脏。

张顺的话不能全信。他知道，自己的精液是不能留在女性阴道里的。那玩意儿并不比别人的金贵，但他带着自己的身份密码，一旦泄露了，实在太危险！

张顺的案情取得了重大进展，刑警队恨不得都要举杯庆祝了。

可高兴了没有多半晌，他们又一个个都发了愁。张顺虽然交代了这么些，但能够认定的却还是只有两件，除了小雅和慧英，其他的因为无法找到受害人，无法获得足够的证据形成完整的证据链，到最后可能都无法认定。

如此一个罪大恶极的惯犯，当然应该受到法律的严惩！

16

把这些罪行交代完毕，签字画押，又一一指认了现场，张顺竟有些洋洋得意起来。同一般的犯罪嫌疑人被攻破心理防线后获得精神解脱不同，张顺的轻松在于，他的心理防线并没有瓦解，他只不过是抛出了一个硕大的烟幕弹去干扰警察们的视线。他知道，虽然他什么都说了，而警察们却还是只能认定他们知道的、掌握的，这就等于他什么都没说。

回到监室，张顺竟同前几天刚进来的监友招了招手。而在此之前，张顺还没有同他搭过腔，虽然这个人很烦，总是想和他聊闲话、拉家常，但张顺却什么都不想同他说。

张顺的这个新监友，当然就是老王。

老王凑了上来："嗨，你犯的啥事吗？我都同你说过了，我是在外打架，把人家的鼻梁骨打断了，算轻伤哩。其实你看，我这身上也有伤。"

为了能够取得张顺的信任，在进看守所之前，老王还真叫手下的警察打了他。他专门叮嘱，要看起来很严重，但绝不能伤着筋骨。

老王又凑近了些："也不知道这伤害罪得叛多少年？你犯的啥事？"

按照犯罪心理学说的，张顺此刻应该很看不起老王，不过是个打架，打得再厉害，也还是打架。

张顺却并没有像教科书里写的那样炫耀自己的"本事"。

老王却看出，虽然今天张顺还是沉默不语，但又和往常大不相同，特别是和昨天大不相同，昨天他在监室里走来走去，鞋底子使劲地拖拉着地，发出巨大的噪音，而今天他的脚步竟轻快多了，坐在那里独自地怡然自得起来，身上还有一股子烟味。

老王揣摸着他是交代了。既然已经交代了，回到监室，为什么却还是什么都不肯说呢？当然，既然已经交代了，自己也就没再问的必要了。可是，既然已经交代了，刑警队为什么还不把自己放出去？虽说里面风平浪静，可没自由的滋味还真是不好受。这次"卧底"的事儿，老王没有对老婆说出真相，只说自己要出几天"差"，这"差"都已经出了好几天了，也该回家了吧！

老王哪里知道，刑警队没立刻放了他，其实也是有打算的：你不是显你能吗？那就在里面多待些日子，看你能弄出些个啥！

见张顺不理自己，老王便只能在一旁细细观察这个张顺，这么一观察又觉得什么不对劲儿。如果张顺真的竹筒倒豆子地什么都说了，那么他现在就会是发自内心的坦然，或者害怕担心即将到来的审判，或者悔恨自己犯下的罪行，但张顺的轻松却是表面上的，一眼就看得出来，就好像是故意装出来的，他装的有点儿过了，都到了高兴的程度。这是不对头的。他干吗要装呢？难道，他心里头其实更压抑了，没错，连对同监室的人都心存戒备，生怕祸从口出。既然这样，他一定没有全说，他想用自己的"表现"骗过警察。

可是老王并不知道他到底交代了些什么。刑警队也不"提审"一下自己，顺便把情况沟通一下，还可以顺便给老婆打个电话报个平安。

吃晚饭的时候，老王把一个馒头递给张顺，说："看你年轻，多吃些。"

张顺接过馒头，却连个谢也没说。

老王想：他到底在严防死守个啥？

17

刑警队又派出俩人去了趟山西，还是没有查找到张顺的真实身份，也没有查找到符合张顺特征的在逃人员。到这时，他们这才想到"提审"老王。

老王心里窝了一肚子火，可并没有发作，当初要进看守所是自己提出来的，怎好怪人家？以大局为重吧。

刑警队简单介绍了一下情况，说："你可以走了。"

老王是想着能早点儿回家哩。他赶紧给老婆打了个电话，说："老婆，出差遇到点儿情况，我还得再多待上几天，你放心吧，把孩子照顾好，学习也别逼得太紧喽，该玩让他多出去跑跑。"

等老王挂了电话，刑警队说："你可以走了。"

老王说："咋能走哩？你们说的这些我都听了，但我还是觉得可疑。刚才你们也说了，这山西也没找到这么个人，那他是从哪儿来的？还有，他说他是上当受骗了，想着把损失抢回来，可一般人会怎么做？被骗了，那一定得报警啊，对他来说三千块钱那么重要，为什么不报警？反倒要铤而走险！而且，他也没抢多少钱嘛！还有，他说他为的是钱，可却只要现金，不要银行卡，为什么？不合常理呀。把人家都强暴了，干吗不问问卡的密码？人家不说归不说，可一定会试。这些都是疑点。这些疑点其实都集中在一个问题上——张顺是谁？这个问题，他自始至终没有交代出个所以然。还有，你们问他是不是所有的罪行都交代了，他是怎么回答的？"

刑警队说："他说没了，全交代了。"

老王又问："他说的就这么干脆？"

刑警队说："是，就这么干脆。"

老王叹了口气："这不对啊，他起码应该再仔细地想一想，除非他早想好了，就只交待这么多，而其他的，他是铁了心地不说，比如，还是那个问题——他到底是谁？他到底是哪里人？他过去到底干了啥？"

刑警队递给老王支烟，老王摆了摆手，打趣道："你们真把我当成犯罪嫌疑人了？这些日子我在监室里就想了，张顺这个人最怕开口说话，他犯的案子，一个说的是河南话，一个说的是山西话，恐怕不光是为了跟老乡套近乎那么简单，他竭力要掩盖的就是自己的家乡。想明白了这个，我就总在监室里说自己想家了，想家想得受不了。这话也是真的，我是真的想家了，所以讲起来就带着真情实感。这个话题一聊开，还真打开了很多人的话匣子，有的聊自己的老婆，有的聊自己的爹娘，有的聊自己的娃娃，有的没老婆，就聊自己的初恋对象，还有的聊自己的相好。可张顺自始至终就是一个人蹲在角落里，一句话都不说，从来不接话茬儿。可看得出，他表面上装得若无其事，却一天比一天紧张、焦虑，越来越烦躁不安，过去吃两三个馒头，现在只吃一个，有时候还吃不完，过去倒头就睡，现在躺到床上翻过来掉过去地烙大饼。他越是吃不下睡不着，我就越是掐准了他的死穴，他是在想家哩。对了，昨个夜里，他还叽叽着说梦话，好像是叫娘哩。白天不说话，夜里也要说。你们给我支录音笔，等他再说梦话，我就给他录下来，回过头来好好听，他到底嘟囔些个啥，他到底说的是哪里话。"

刑警队有些哭笑不得，还能把梦话当真？将来把录的梦话作为呈堂证供，还不让法院检察院笑掉大牙？可他们还是给了老王一支录音笔，叫他藏好了。

18

家，张顺怎么能不想家呢？

身边的人都说想家、想那些个亲人，可他们哪里知道想家、想亲人的滋味？他们甚至都从没有离开过家。

张顺先是想到他的俩闺女，想到他死去的老婆，这么些年，他以为这就是他的家了。对于那个远方的家，那个有生养自己的爹娘的家，他努力地去忘记，当这种努力持续了好些年后，那个家真的慢慢地从自己的生活中消失了。他那个善良的老婆始终回避问起他的过去，就好像她早就洞悉了他的过去一样，她从不怀疑他说的那句话："爹娘早就死了，老家早没亲人了。"慢慢地，连他自己也相信这是真的了。当然，二十多年过去了，这恐怕早就已经是真的了。从家里逃出来后，他更不敢给家里打上一个电话，当然，就算是敢，他也没办法打这个电话，因为家里穷得根本装不起电话，总不能打到村支书家里吧？一条逃亡路就是一条不归路。他再也没有踏上过家乡的地界，但无论走到哪里，他总是能找到家乡的方向。过去，他常常还会登高远望，仿佛就能看到那衰老的爹娘，为自己操碎了心的爹娘，他会在山坡上朝着家的方向磕几个响头。现在呢？他真的好久没有给爹娘磕过头了。在这个闭塞的监室里，他却没有任何的方向感。也许，自己的命还能过得了这个清明，那就到时候烧些纸钱吧。如果他们还活着，就当提前给他们在阴间存上些钱。

就算他们还活着，自己这个当儿子的也无法尽孝。

无法尽孝，就从二十多年前那个血色黄昏开始。关于那个黄昏，张顺是更加努力地去忘记，但是忘记这个黄昏简直比忘记自己的家乡还要难。那个黄昏，他还不到二十岁，闲在家里无所事事，几个年轻人就商量着出去闯世界，那似乎是一个关于"理想"和"梦想"的聚会，每一个年轻脸庞上的嫩嫩的绒毛被太阳的余晖照亮，他们讲到了海南，讲到了深圳，讲到了香港，那里是如何的五光十色，那里一年四季吹着温暖的春风……但是，他们唯一发愁的就是路费。突然一个人提议，说走之前总得把跟谁谁的仇结了，顺便还可以从他那里要点儿路费。太阳暖融融的，没有一个人站出来反对，于是各自寻了家伙，相跟着就去了那个谁谁家。那个谁谁，张顺很不熟，直到他举刀一次次地砍在那人头上、胸上、背上的时候，他也没有搞清楚谁谁的名字，直到今天，他还是不知道那个谁谁到底叫个啥。张顺一直以为，血是鲜红鲜红的，可那次之后，他才知道，血其实是黑褐色的，它们飞溅了他满头满脸满身。正像搞明白了血不是鲜红的，他突然也搞明白了，自己犯下了死罪。张顺生来胆小怕事，他没有加入那些人逃往南方的队伍，他们害了自己，况且，他们的目标太大了，他要自己一个人亡命天涯。

古人说，人这一辈子，要读万卷书、行万里路。张顺没有读过万卷书，却行了不下万里路，他漫无目的地漂泊，遇山翻山，遇水涉水，他一直固执地认为，走着才是最安全的，更何况，他身上没钱，走累了，就随处找个角落睡上一晚……在路上，他几乎从不与人搭话，可他突然发现自己长了一个本事，每到一地，他只要听听当地人说话，他就能很快地学会这种方言。夜里，睡不着觉的时候，他就在嘴里嘀咕这些方言。上学那会儿，为什么就没发现自己有语言天赋？学英语是最让他头疼的事了，现在如果能走去英国，他相信他也能把 English 这门英国方言学会的。张顺心想：这些方言正是隐藏自己的最好的外衣！从此以后，他再也不说家乡话了。偶尔他会碰到家乡人，突然听到了家乡话，让他心惊肉跳，就像是听到警车呼啸而过的声音一样，他怕是老家来人寻他了。可他很快又热泪盈眶了，他多么想一把拉扯住这位乡亲，一起说说乡音、乡思、乡情。可是，他不能，他只能静静地走在乡亲身后，侧耳听一听这犹如天籁般的声音。不知道自己还会不会说了！

夜已经很深了。

张顺终于迷迷糊糊地睡着了。

在梦里，他竟回家了，村子什么也没变，枣树没有长高，却变矮了，爹娘都还活着，连家里老妹也还没长大，没嫁人。

"爹！娘！俺回来哩，俺出去这么些年，还是没学下个好，俺想过踏踏实实地做个好人，可还是没做成。爹哎！娘哎！啥都甭说，俺给你们磕个头吧！爹哎——娘哎——"

梦中的张顺已泪流满面！

老王那支录音笔的指示灯在黑暗里一闪一闪地亮着……

无处不在

1

国子睡了个懒觉，可一睁眼，右眼皮就又冷不丁地跳了一下。很多人说，左眼跳财，右眼跳灾，已经跳了好几天了，这可不是什么好兆头。他有些心烦意乱，摸过床头的手机，给六哥拨了过去。

六哥一夜没回来，他一定是出去找女人了。他这人就是这样，离不了女人。可国子并不烦六哥，因为六哥也是个有"底线"的人，他只通过社交软件结交你情我愿的女人。虽然国子知道，这样的"你情我愿"不过是一种堂而皇之的借口。

六哥却没有接。莫非，睡了一夜还没睡够，早上起来还要再忙活一通？六哥不会怪自己这不合时宜的打扰吧？

其实，这两天国子已经不止一次对六哥说过右眼皮跳的事情，他知道，就算六哥现在接了电话，也一定会重复那几句话："你怕个屁哩，咱一不偷，二不抢，凭本事吃饭，你情我愿的，哪那么多的事？你要再扯后腿，我可就不带你玩啦！"可国子真的就想听六哥说这几句话，说一说，他的心里就踏实了好些。

这右眼皮咋还跳起来没完没了哩？

国子挂断了电话，发现有一条短信，还有一个未接电话。短信说的是他的电话里有几万积分就要过期，赶紧点击下面的链接领取。国子只扫了一眼，就直接删掉了。这样的小伎俩是骗不过他的，听人说这些个链接就是"钓鱼"网站，他不明白这些网站是怎么"钓鱼"的，反正六哥说他们挣起钱来比自己要容易些。另一个未接电话显示来自南方某个城市，那个城市六哥带着他去过，不过，他可没在那里交什么朋友，更不可能会有人在半夜给自己来电话。国子知道怎么保护自己，可疑的电话一概不接，陌生的电话也一概不接，他不是个聪明人，他无法与别人斗智斗勇，把自己包裹起来，也许才能更好地避免伤害。

国子看了眼时间，该出发了。虽说六哥现在可能还和某个女人死缠烂打，但他一定不会耽误做正事的。

在地下宾馆的公共洗漱间里，国子洗了把脸。他对镜子里的自己还是满意的，浓眉大眼，方方正正，只是嘴大了些，不是一般的大，嘴唇还厚，六哥说像两根香肠，要不是这，自己还真算得上标准帅哥了。国子端详了一会儿，这样也不错，一副忠厚老实相。

右眼皮还跳，从镜子里看，倒像是左眼皮在跳了。

已经过了早高峰，可公交车上人并不见少，而且越来越多的是老人。大概儿孙们上班的上班，上学的上学，他们也便出动了。

国子本是有座的，可当一个大妈颤颤巍巍地上了车，国子还是主动站起来，甚至扶着她坐稳。国子心里暗地里嘲笑自己，装什么圣人呢？

那大妈明明觉得理所当然，却还是做出很感激的样子说："唉，人老了，不中用了。"

国子咧着大嘴笑了笑，说："怎么会呢？老话说的是，人老是一宝。"这话出自哪里，国子并不知道，他是听六哥说的，不过六哥的意思是：老人是块宝，他们就指着老人哩！

听了这话，大妈显得很高兴，便倚老卖老地说："唉，社会还真是关心老人，你看这公交车，老人就可以免费坐，还有，你看，我这是要去锦星大酒店，那里有一个公司举办感恩回馈活动，说是赚了钱要回报社会，给老年人免费送鸡蛋，我已经连着领好几天了。"

车上的好几个老人接过了大妈的话茬儿，他们有的也是去那个酒店，有的却是刚刚听到这么个消息，顿时有些捶胸顿足，后悔自己的消息咋就那么闭塞呢？

免费的？哪有那么多的好事？老人就是好占个小便宜。国子不再听他们扯什么鸡蛋，他想起了老妈，老妈会不会也和眼前这些老人似的？他的右眼皮紧着跳了起来。

他朝车厢后部走了走，拨通了老妈的电话。熟悉的评戏《花为媒》便咿咿呀呀地唱起来，唱了好半天，还没人接。国子便一遍一遍地拨过去，一遍一遍地听着"报花名"：春季里风吹万物生，花红叶绿草青青。桃花艳，梨花浓，杏花茂盛，扑人面的杨花飞满城……

终于，评戏戛然而止。

"妈，您干啥去了？咋这老半天才接？"国子压低了声音。

"三儿啊？昨个夜里刚下过雨，我……"

"您又去石边地了吧？您看看这都几点了，早饭还没吃吧？您也不想想您多大岁数了，咋还能这么卖命？我跟您说了多少遍了，那点儿石边地就别种了，咱也不差那几个钱，日子过好了，您咋就不会好好享福哩？"

"唉，我这也闲不住，就愿意到地里鼓捣，习惯了，累不着，倒是你……"

"妈，您要是不愿闲待着，那就种种菜园子，院子里的活儿您都忙不过来呢，还种什么玉米红薯！天下了雨，您得去翻地撒种，天不下雨，您又得一趟趟往石边地运水浇地。挣不了几个钱的，去年您那点玉米卖了多少钱？算下来，有两千块钱吗？您说，为给您种这点儿石边地，我给您买的电动三轮得多少钱？用坏了一辆，又给您买了一辆新的，您这地种的不是亏本吗？更别说您受的累啦！算了吧，那点儿地荒了就荒了，儿子能养活您。"国子的声音不知不觉有些大，几个人嫌恶地瞥了他一眼，又把头扭开去，多一事不如少一事。

"咋能这么说呢？人勤地不懒，不能背叛了土地不是，我只是担心你……"

国子又把声音放低了，他可不想遭人白眼。"您说您，现在家里的房也盖了，我还在县城里给您买了养老的房，您咋就不能享享清福？"

"我这辈子在村子里待惯了，进城住楼房，浑身都不自在，不接地气！再说，你在外头挣下几个钱也不容易，我住着心里头不踏实！你说你，天南海北地，倒不如回家来，钱多少算个够啊！安安生生的，多好！"

这话，妈说得多了，每次打电话说来说去，最后就会绕到这几句话上来。国子愈发地心烦意乱起来，他突然想起为什么非得现在打这个电话，这会儿正好岔开话题。

"妈，石边地的事儿，咱就不说了，也说不出个所以然，您愿意种就种，就是别累着，到了饭点儿，该吃饭吃饭。我打电话，就是想再叮嘱您几句，给您用着手机，方便是方便，可这诈骗电话也就来了，打着各种各样的旗号，老领导、老同学您是没有，骗子也骗不到您，可还有其他的，说中大奖的，说电话欠费停机的，说银行存款出了问题的，说在法院摊上了官司的，说孩子被车撞了急需用钱的……还有什么我也说不上来，反正是五花八门，防不胜防。不过，他有他的千般妙计，咱有咱的一定之规，最好的办法就是别接陌生电话，就算接了也别信，不认识的您就赶快挂，千万别透露了银行账户信息，更不要稀里糊涂地给别人转账。"

"嗯，知道啦，这些话你都给我说过好多遍了，我也接到过这样的电话，我还不糊涂，心里头明白，我不信。我就是担心你……"

"不信就好，不信就好。现在的骗子，就专拣老年人骗，我总是担心您上了岁数。我在公交车上，我就先挂了啊！"

再有两站就到了和六哥约好的地点，国子站到了后门那里，提前把卡刷了，下站再刷卡，就得多扣一块钱，一块钱也是钱，都是豁出命挣来的。

车进了站，车门刚一打开，一个身材高大的壮汉突然堵在了那里。

"对不起啦，诸位，我手机丢了，谁都别下车。"

国子下意识地看了看自己的手机，这手机可是花钱买的。小偷，应该是个年轻人吧？这车上的年轻人没几个，这让国子莫名地有些紧张和局促，可自己并不是小偷，为什么会慌张呢？他努力让自己镇静下来。

车上有些喧哗，出了小偷，谁心里都不爽，都赶紧摸摸自己的手机钱包，确认它们都"硬硬的还在"。

那壮汉有些急赤白脸，他顺手从国子手里夺过手机。

国子忙说："这个，可不是你的。"

那壮汉白了国子一眼，说："我知道，我借用一下，拨一下我的电话。"然后又补上一句谢谢。

国子心里坦然了些，由他去吧，既然是借，国子还帮着解了锁，手势密码很简单，就是个对勾。

就在这一刹那，一个瘦小枯干的男子突然从壮汉的腋下冲出去，甚至差点儿撞上一辆自行车。

人们顿时反应过来，指着那人大喊："小偷！抓小偷！"

壮汉早已经冲下车去。

国子觉得有什么不对劲儿。

是的，他的右眼皮又在不停地乱跳着。

就这么愣怔了一下，他大叫一声，也冲下车去。好在他反应够快，又好在车门还没有关上。

"妈的！手机还在那壮汉手上！老子的手机！"

可哪里还有那一对搭档？他们一定是搭档，就像他和六哥一样的搭档！

天已经燥热起来，国子跑了一身的汗。等停下脚步，他突然发现，右眼皮不跳了！他的心里也就有些释然了，他安慰自己，丢就丢了吧，破财免灾也好！

离约好的地点还有两站地，不远也不近，国子瞅了眼太阳，约莫着时间还赶趟儿，便也舍不得花一块钱去搭两站公交车，这点儿路对他一个农民来说，实在算不了什么。

2

夜里倒是下了点儿雨，连地皮也没打湿，扬汤止沸，天倒更像个蒸笼了。

早上一睁眼，国子妈是打算趁凉快去地里看看的，骑着电动三轮走了一半，见路边有一堆凿得方方正正的石头，前几天修桥用过的，桥修好了，这些石头也就撂在这儿没人管了。

国子妈下车看了看，这么好的大石头，扔在这儿真是可惜！房后厕所化粪池那里正需要垒砌起来。现在一下雨就往化粪池里灌水，把房都泃坏了。

几趟下来，就过了半晌午，国子来电话的时候，国子妈正从车上往下卸石头。大热的天，国子妈那件肥大的汗衫早就湿透了，汗水顺着脖颈子滴到石头上。

要不是国子的电话，国子妈还要再运上两趟，可现在，还是先收拾收拾做饭去吧。饿倒是还不饿，打挨饿的年月里熬过来的，这都不叫啥。天天顿顿都能吃得饱饱的，没见村子里不少乡亲都得了糖尿病、高血压这些富贵病，也是的，吃惯了粗茶淡饭的胃，怎么禁得住大鱼大肉呢！不饿，但是儿子说了，到了饭点儿要吃饭，莫累坏了身子。其实，身子累是累不坏的，累一累反倒不容易闹病。可三儿在千里之外还记挂着咱，这就是他的孝心，咱就得听儿的话不是？

国子排行老三，上头是两个姐姐，大姐嫁到了邻村，还是个农民，二姐嫁到了县城，吃上了公家粮。国子是家里的宝贝疙瘩，在当妈的眼中，就是几个孩子中最有出息的了，出去外面闯荡了好几年，钱挣下了些，只是走南闯北的在外漂着，总不是个长事，总是让当妈的牵肠挂肚。

国子刚出去头两年就挣了不少钱，一到家就嚷嚷着要把老房拆了盖新房。

国子妈起初不同意，说："这房还能将就着住，等你带媳妇回来再盖新房不迟。"

国子却说："这老房子矮，房顶还漏了雨，墙都裂了缝。再说，这院子比街面还矮着好大一截，天一下雨，别人都是往家里跑，您却得往外头跑，捅下水道，堵沙袋，要不雨水就得倒灌。"

一听这，国子妈就流了泪，过去，国子爸也一直这么叨叨着要盖新房，可没等攒够钱，就生了什么急病，没出半年就走了，治病把攒的那点儿钱也给折腾净了。国子妈真是不愿让谁再提盖房的事了。

可国子还是把新房给盖了起来。依着国子，是要起个二层楼的，国子妈死活不肯，儿子在外头挣钱不容易，今后还要娶媳妇养活孩子，到处都是用钱的地儿，怎么能可着劲儿地造呢？楼房没盖成，可国子把平房盖得也很气派，当年在村里就是最高的房了。院子也垫高了，光土就拉了几百车。其实，这么高的房住着并不很舒服，特别是冬天，采光足了，但天一黑，那点儿热乎劲儿很快就散了。可国子看着高兴，说："这房一高了，人前也觉得扬眉吐气了。"

若只是盖了新房，国子妈也还没什么，又过了两年，国子居然自作主张在县城里买了楼房，国子妈去了一打听价钱，还是倒吸了好几口冷气。儿子在外头到底做什么，能挣得下这么些钱？不吃不喝也是挣不下的呀！

这么着，国子妈心里越来越堵得慌，问国子在外头干啥，国子支支吾吾地说是做生意，倒腾点儿东西。做生意？生意是那么好做的吗？儿子是打妈肚子里出来的，当妈的心里明白儿子有几斤几两，没什么真本事，外头的钱就那么好赚吗？

更让国子妈惦记的是，国子是跟着那个关六出去的。

关六这孩子，怎么说呢？倒也不能说是什么坏孩子，就是成天价游手好闲，招猫逗狗，还有就是油嘴滑舌，油腔滑调。也不知道，三儿是什么时候就跟他混到了一起。可又一想，跟着关六就跟着关六，毕竟是乡里乡亲，也比三儿年长几岁，在外头好歹能照应一下。三儿是个老实孩子，老实孩子到哪儿都受气，上学那会儿，三儿就断不了吃个哑巴亏，要不是这，他咋就那么不愿意上学呢？

国子妈把昨晚上熬的玉米粥放到液化气灶上热着，隔了一夜，那粥有了些馊味儿，国子妈舍不得扔，馊了的粥更有味道，馒头连热一热也省了，等会粥热开了，撕一撕往粥里一泡，粥也不那么烫了。

可一坐到炕上，国子妈就觉得乏累了，手连蒲扇也要摇不动了，上眼皮沉沉地坠下来。到底是老了，想公社修水库那会儿，她用独轮车推土，一推就是一整天，也没觉出个累字，那时候，肚子还总是吃不饱。唉，那就先在炕上侧歪会儿，打个盹再吃饭也不迟，就自己一个人，自由得很哩。

睡也睡不实，蒙蒙眬眬中，国子妈想起来，一直说哪天要去庙里烧炷香，可总没去，这回一定得去了。她倒是不信佛，也不迷信，可最近这心里头老是不踏实，空落落的，吃了降压药也不管用。烧炷香，求菩萨保佑三儿吧！

盼只盼，三儿能干个正经营生。

3

国子走得很急，反正是一身臭汗了。可到了踩好点的银行门口，六哥还没有来。

六哥这是怎么了？昨天傍晚神神秘秘地说出去一会儿，结果一夜没回来，早上电话也不接，莫不是出事了？可右眼皮跳的人是自己啊！

国子心里一惊，下意识地从裤兜里掏手机却掏了个空，嘴里嘟囔了句脏话。

一个人是没法开工的。他只能等待，在一片不大的树荫里等待。天这么热，树荫里也一点儿都不凉快。前面就是银行，那里面倒是凉快，可国子是不能进去的。银行里是六哥的事。

对于国子来说，这样类似蹲守的等待并不陌生，只不过，今天等的是同伴。而在往常，他蹲守的却是"猎物"。国子的任务很简单，也很无聊，他常常要在离银行不远的地方无所事事地蹲上大半天，有时候他会掏出手机玩会儿消消乐，可又玩不踏实，时刻要留意着银行那边的动静。一旦六哥与"猎物"成功搭讪并带他离开，他必须赶到他们前头，进入一幢事先选好的老旧小区的楼道里，在某一层的拐角处扔上一包钱。这包钱看上去很像一万或者两万，其实中间夹的不过是些白纸。六哥自然会把"猎物"带进楼道。等六哥和那人捡起钱，国子再匆匆忙忙地从楼上冲下来，满脸焦急地问他们见没见到他丢的钱。当然，在六哥的带领下，"猎物"也一定会说没见到。国子这时就要一口咬定钱就掉在这里，要求对他们进行搜身。一定要先搜六哥的，六哥会很配合地掏出钱包让他验看，之后，"猎物"当然也不会反对，会乖乖地把钱包掏出来。他随便地翻一翻，然后再把这钱包交到六哥手上，继续风风火火地跑下楼去。没有导演出来喊"卡"，可他的戏就算是演完了。接下来的戏，就都是六哥的了。至于六哥的独角戏是怎么演的，他还真不太清楚，他只知道，六哥会变点儿戏法，他一定是用狸猫换了太子。很快，六哥也会跑下楼来，"猎物"的钱包和银行卡也都会被他带下来。大戏落幕，曲终人散，他们的唯一任务就是逃之夭夭，当然，还有取钱。

在这出戏里，六哥是主角，国子是配角。六哥甚至从不让国子到银行 ATM 机取钱，他总是开玩笑地说："就你那张大嘴，还有那厚嘴唇，简直让人一眼就能认出来。"可国子不明白，即使是如此这样的大热天，六哥去取款的时候，不也还是要戴上口罩吗？当然，国子并不怀疑六哥少给自己分了钱。他觉得就算是四六分成自己也占了很大的便宜，自己终究只是个配角，他甚至比"猎物"的戏份还要少！

六哥选定的"猎物"，无一例外的都是上了年纪的老人。这让国子心里很是不忍，他偶尔也对六哥透露过这样的想法，六哥骂他是"妇人之仁"。

六哥有他的道理，他说并不只是欺负老人手无缚鸡之力、行动迟缓，还因为他们能很容易地就相信了他热情的鬼话，更重要的是他们往往抵挡不住一个"贪"字，起了贪念。这贪念一起，就立刻被猪油蒙了心。

国子问："那年轻人就不会起贪念吗？"

六哥说："会。"

国子就又问："那为啥你就不敢寻个年轻人呢？这不是专拣软柿子捏吗？"

六哥说："怕倒是不怕。要是放在十年二十年前，咱们选个年轻人绝不成什么问题，可是时代不同了，这十年二十年，社会变化太快了，快得让人透不过气来，各种各样的骗术花样不断翻新，虱子多了不痒，债多了不愁，他们已经什么都不信了。他们小的时候，他们的爹妈就会告诉他们：不要和陌生人说话，不要相信任何人。你想，他什么都不信了，对任何人都保持着警惕和戒备，他们甚至根本就不搭理咱们，话都搭不上，咱们还能拿他怎么办？所以，咱们一不偷二不抢，只不过是给这些老年人也上上课。你看那满大街的学习班、培训班，他们从人们身上赚的钱并不比咱们少。"

六哥说的这些，国子未必全听得懂，可今天他有些懂了。与其说他的手机是被抢的，倒不如说是被骗的，他甚至帮着骗子解了锁。可在当时，他并没有起什么贪念，只是少了一分防备，多了一分热心。一个手机买一个教训，还免了一桩灾，也还是不错的。唉，只是，人与人之间，咋就不能互相帮个忙呢？

国子又开始惦记老妈，不行，回头还得提醒她，骗子们可都盯着老人呢！

4

国子妈只是打了个盹，粥就煳了。是手机把她给吵醒了。她一边接起电话，一边忙着去关液化气灶。

"妈啊！"电话那头叫了声妈，就已经泣不成声。

国子妈心里一惊，顿时也掉了泪。"三儿啊，咋了这是？三儿！三儿！你说话啊！三儿！正刚啊！国正刚！你这是咋啦？你这是在哪儿啊？"儿行千里母担忧，虽说三儿远在天边，可娘儿俩还是心连着心，要不，刚才咋就梦见三儿在外边惹了事，被一群人围着打哩？

电话那头再没有三儿的声音了。国子妈对着空无一人的电话不知所措，她的三儿呢？她的儿子国正刚呢？

电话那头换了个人，语气有些生硬，但还算有礼貌。"你是国正刚他妈？"

国子妈压压了哭声，这人是谁？显然不是关六，关六应该喊她"婶子"的，她有些害怕，说不定，三儿的命就攥在这个人手里呢！"是，我是国正刚他妈！请问……"她甚至用了个"请"字。

"我是广东MM派出所的警察，你儿子犯了事，现在被我们抓了……"

后面的话，国子妈已经听不清了，她第一次知道什么是

"天打五雷轰"的感觉。她早就知道得有这么一天，凭三儿的那点本事，能在外面挣下什么大钱来？！可是，为什么还是放他出去了呢？早把他关在家里，也不至于到今天！自己为什么不肯到县城里住那套房？不就是觉得那钱来路不正吗？可是，眼下这房，自己咋就越住就越心安理得了呢？

"喂！喂！你在听我们说话吗？别净忙着瞎哭啦！现在你得想想办法啊！"

对，对，是得想想办法，可我一个农村老太婆，我能想什么办法呢？别说是千里之外的广东，就是十几里地之外的县城，我一个妇道人家，也是无计可施的！

"这么着吧，看你也挺不容易，你儿子虽然这事儿非常严重非常恶劣，但是我跟我们领导汇报一下，看能不能出点钱，把人先保出去。"

国子妈的眼前出现了一根救命稻草，她一个劲儿地直点头。

对方显然有些不耐烦，追问道："到底行不行啊？"

国子妈竟咧开嘴笑了，她笑自己，点什么头啊，人家又看不见。"行！行！行！行！"随着这一声声"行"，她的头还继续点着。

"那就这样说定了，我向领导汇报一下，你不要挂机，我这就给你答复。另外，你现在就近找到一家银行，把钱准备好，我一会儿会告诉你银行账号。"

听到"银行账号"四个字，国子妈的心突然抖了一下，三儿不是说不能轻易给人汇款吗？他们会不会是骗子？可他们是警察，警察怎么会骗人呢？警察？你怎么知道他们是警察？不是警察？他们明明知道三儿的大名"国正刚"，不会有错，还有儿子的声音，最初，是三儿打来的电话啊！自己怎么老糊涂了？连三儿也怀疑！国子妈的脑子被这些乱七八糟的念头搅得一团糟，她来不及多想，好在对方的电话没挂，她颤颤巍巍地问："喂，警察同志，你们没打孩子吧？"

那边的声音很严肃，说："怎么会？现在都讲文明执法了，我们不会打人的。不过……那还要看他的认罪态度啦！"

国子妈刚刚落到肚子里的心又重新提到了嗓子眼儿。"警察同志，国正刚这孩子吧，嘴笨，不会说话，要不，您把电话给他，让我劝劝他，让他好好配合你们。"

"他呀……他已经被押下去了，你怎么事儿这么多！你赶紧去筹钱！"对方显然很不耐烦。

国子妈可不敢跟警察讨价还价，万一他们翻脸不认人，来个公事公办，可咋好啊！三儿还没娶媳妇哩。

和警察通话的这工夫，她已经从柜里摸出了存折，锁好了门，朝着村口的汽车站去了，她必须尽快赶到县里的银行，把救儿子命的钱给他们汇过去。她不知道，她的这些钱够不够，不要紧，就算不够，也要赶紧汇过去，先表示一下诚意也好。剩下的，可以在县上找二闺女要。实在不够，她还可以跟乡亲们借，她一个寡妇婆子，一辈子没找人张口借过钱，可眼下，为了救儿子，还有什么脸面舍不得呢？

电话一直接通着，那边的人没有离开吧？

"喂，警察同志，国正刚到底犯了个啥事？我能问一下吗？"

"他呀，他的罪可大了，他贩毒！"

5

小春的脑袋上重重地挨了一拳。他"哎哟"一声，下意识地挂断了电话。

他捂住了头，说："老方，你咋下手这狠！"

老方狠狠地瞪了他一眼，说："你该揍！叫你按剧本说，你就按剧本说，怎么没边没沿地胡说？！"

小春委屈地嘟囔着："剧本又不是《圣经》，再说，哪句也不是原原本本一字不差地读出来的，咋还就不能自由发挥啦？"

老方咬牙切齿地说："还嘴硬！到手的鸭子叫你给整飞了！我们钓上一个人多不易，一天打多少个电话，也未必能碰上这么一个上了套的，你偏偏跟她扯什么贩毒。"

小春争辩着："我就是看她中了圈套，想把她儿子的罪说得重些，下步好让她多汇些钱来。我难道不知道现在能信咱话的人越来越少了吗？逮着一个还不让她多出点儿血？"

老方对小春的话越来越不满，说："要不说得学点法呢！为什么咱们剧本上说她儿子只是个嫖娼？为什么？因为这个罪过不大，男人嫖娼被抓了，给点儿钱放人，这完全是在情理之中。可是贩毒是什么罪？这是杀头的死罪，公安机关怎么会收钱？怎么敢收钱？不合逻辑呀！就这么两个字，你就毁了这一桩生意。不知道今天还有没有人上当！"

老方的话听起来有些道理，可其实也完全没有道理。对于杀人放火、拐卖人口、制毒贩毒的，人民警察当然不可能收钱了事，可对于嫖客，他们又怎么会收点钱私底下放人呢！老方的逻辑，其实不过是骗子的逻辑，他口口声声说"学点法"，可学法难道是为了骗人的吗？他想过没有，若是他因诈骗被抓，警察会不会收黑钱放他一马呢？

小春嘀咕着："其实依我看，既然她已经信了，什么逻辑不逻辑，她都得信。"

6

对于国子妈来说，这已经是今天的第二个晴天霹雳了。她没有想到，三儿跟着关六，说是在外头倒腾东西，可倒腾什么不行啊，非得倒腾毒品！这该死的关六！

她现在正经过关六家的门口，她想上去敲门，可又突然打消了这个念头。去质问关六的爹妈吗？又不是他们老两口子指使孩子们走歪门邪道的，他们有什么错！再说，他们现在未必像自己一样知道儿子被抓的事。既然三儿是跟着关六出去的，那么三儿被抓了，关六也一定不能幸免。可三儿是跟着关六的，关六一定是主犯，三儿只能是个胁从。我这当妈的掏点儿钱能把三儿救出来，那主犯关六未必使钱就能救得出来了。对，三儿只是个胁从。那个关六，真该让他去挨枪子儿！

尽管国子妈心里念叨着把"胁从犯"的"犯"字省略掉了，但就是这"胁从"二字，还是把国子妈的心剐得生疼。她想：

好在，警察给指出了一条金光大道。不就是花点儿钱吗？多少钱也得花，把县城里的小产权卖了，实在不行，把这祖上留下的宅基地也卖了，咱去睡大马路！咱去拾塑料瓶！只是，把三儿救出来，就是锁也要把他锁住喽，不能叫他再出去了。外面的社会太复杂，三儿这样的蠢笨孩子，还是在家种地踏实。你不背叛土地，土地就不会背叛你的。

国子妈突然想到，也许应该给三儿去个电话，万一，这是一个骗局呢？真希望这只是一个骗局！可号码拨了一半，她浑身已经打起了寒战，手指已经按不准数字键，她抹了一把眼泪，翻出三儿来电的那个记录，回拨了过去。

好像早就知道这个结果一样，她立刻挂断了电话。三儿是真的出事了，这还错得了？要不，他怎么会关机呢？

手机在她的手里攥出了汗，她不时地瞅上两眼，警察怎么不来电话了呢？也许，他正在向领导汇报？领导会不会不答应？他不会是烦了我这么个老太婆吧？唉，自己真的不该啰唆那么多！

国子妈坐上村口停着的小公共，司机正在车下对着一棵泡桐树撒尿，女售票员乜斜了她一眼，她这才想起来，上车的时候还没刷卡，便站起来走向刷卡机。女售票员把头发一甩，扭头看窗外的景色去了。

国子妈眼睛一眨不眨地盯着手机屏幕，生怕错过了警察的再次来电。要不要拨过去呢？拨过去会不会让他们更烦？

陆陆续续的有人上了车，他们跟她打招呼，她也不知道他们说的是啥，甚至也无心去分辨张三李四。平时熟悉的乡里乡亲，现在跟她有什么关系！她只是努力装出一副镇定的样子，她可不想让他们看出来，她家里出事了，她家的三儿出事了。她怎么能让他们看自己的笑话？只要把钱付了，三儿就会回来的，回来了，就什么事也没有了！警察好像说的就是这么个意思。

车一路颠簸着朝县城方向飞驰而去。

谢天谢地！救星的电话终于来了！

7

关六醒来的时候，发现自己躺在公园草坪上。草坪是高羊茅的，这种草坪在北方比较普遍，经济实惠，但由于疏于管理，长满了杂草。这让关六觉得安全，看来，没有喷洒太多的农药。

他活动了一下四肢，胸部、后背、大腿、脚踝有几处还在隐隐作痛，但他还是长舒了一口气。他懒得去摸钱包和手机，它们肯定不在自己身上了。

这无异于抢劫！他愤愤地想着。

他坐起来，这才发现草坪里不但长满杂草，还遍布了狗屎。他脱下 T 恤，那上面果然沾了狗屎。

他骂了一句脏话，他觉得这脏话是冲着自己骂的。

真的怪不得别人。

他干脆就光着膀子，T 恤上的狗屎比撕扯出的大口子更让他难堪和恶心！

幸运的是，他们给他留下了那部只能拨打电话和发短信的手机。

他一边给国子拨电话，一边环顾四周，想确定一下身在何处，好叫国子给他送点儿钱来。

可是国子的手机居然关机！这小子！

他一遍一遍地重拨着，每拨一次，心中的烦躁就增加那么一点儿，当这烦躁累积到了一定程度，他把手机使劲地摔到了高羊茅草坪上。这个破手机，超不过一百块钱，连强盗都不要。但是他走出了几步，还是把手机捡了回来，手机居然丝毫未坏。

他相信，他的裤子上肯定也沾着狗屎，但他既然不能脱下它，那就不要去看，眼不见心不烦，就当那狗屎不存在吧！

这两天，国子始终在他耳边叨叨什么右眼皮子跳的事，妈的，没想到，这小子跳了好几天的灾，却应验到了自己身上。

路上来来往往的行人不少，有人明明远远瞥见了关六，却马上把目光移开，目不斜视地从他身边绕过去，避之唯恐不及。

关六想："我有那么狼狈吗？"

他低头瞅了一眼自己的胸肌，那是在家里种地时自然生长出来的。他就偏偏地把那两大块结实的肉挺着，光明正大地，坦坦荡荡地，迎着行人，骄傲地寻找着他和国子租住的那个地下宾馆。

他甚至觉得，这样行走在光天化日之下，比他以往任何时候，精心打扮，捂得严严实实，小心翼翼地躲避着监控探头，都要扬眉吐气！都要意气风发！

这条大街，就像是一条永无尽头的T台。他甚至想把那条沾了狗屎的裤子也脱掉！

8

饿得实在前心贴后背了，国子才进了就近的一家成都小吃，点了一碗最便宜的红烧茄子盖浇饭。等饭上来了，他又往里面倒了好些辣椒面。他一边吃一边想，也许今天真的是诸事不宜，既然六哥不来，那吃过饭，他就干脆打道回府算了。

可偏偏，当国子从成都小吃出来的时候，他看见了六哥，他的心里稍稍踏实了些。

关六向国子走过来。

这让国子很诧异，因为六哥说过，在工作时间，他们要尽量避免接触，所以，他刚刚看见了六哥，却没敢走过去同六哥打个招呼，尽管他很想这么做。

关六径直从国子身边走过，国子差点儿就要问他遇到了什么麻烦，怎么这么晚才来，可关六朝他使了个眼色，他们便互相跟着离开了。

他们就这么一前一后地走着，直到拐进一条小胡同，四下里没人，也没有任何监控设备了，关六才回过头来，说："妈的，你小子为啥关机？"

国子狠狠地骂了一句，说："丢了。"他没有实话实说。他知道，说了实话，六哥不但不会同情他，反而可能会骂他笨骂他蠢。

好在六哥没有追问手机的事。

"你那眼皮子还跳吗？"

国子没想到六哥会关心他眼皮跳的事，什么时候他这么细心了呢？"好了，不跳了。"

关六拍了一下他的脑袋，那动作有点像是扇了他一巴掌，"妈的，我就纳了闷了，你眼皮子跳，却让我倒了霉。算啦，就当是破财免灾吧！"

国子这才注意到六哥脸上青一块紫一块的，问："怎么？你挨打了？谁？"

"唉，你不知道，我是劫道的碰上了黑李逵！"关六大致把昨天晚上的事儿对国子说了一遍。

原来，关六在网络平台上约了一个叫莉莉的女孩，他准时赴约，却迟迟不见莉莉出现，等莉莉终于来了，没说几句话，却拉着他说找一家清静的咖啡馆，可以好好聊聊。他一心想着能直接开房，可也懂心急吃不了热豆腐的理儿，便百依百顺地跟着莉莉走了。事实上，莉莉带他去的却是一家红酒馆。他想，喝酒好啊，酒能助性。可红酒刚上来，一杯都没喝完，店员就跑过来叫他先买单。一看账单，他傻了眼，这分明就是一家黑店吗！自己的钱也不是大风刮来的，他便同店员理论起来。倒是莉莉更积极地张罗着他把账结了，男子汉大丈夫，能屈能伸，该软的时候软，该硬的时候硬。这时候，他可不管这女的暗示了，她跟他们肯定是串通一气的。再说，他出来泡妞，从来只带个开房钱，再多他也没有。

关六对国子吹嘘他如何如何神勇，如何如何单人PK群殴。

国子却没有傻到那个程度，他看得出来，六哥没占到什么便宜，人家敢开宰人的黑店，哪能没有几把钢刀？可他并没有戳穿六哥。

关六却越说越心虚，后来干脆打住了，拍了拍国子的后脑勺，说："你六哥以后再找女人，都他妈有心理障碍啦！走！开工！"

国子没有动，问："今天还开工？"

关六瞪了他一眼，问："你手机呢？"

国子想：六哥真是给气糊涂了，刚刚问过，怎么又问？他说："丢了。"

"那还不赶紧挣钱，去买个新的！那包钱你没整丢吧？"

国子把"道具"掏出来让六哥看了一眼。

关六说："把钱包借我使使，我的钱包也丢了。"

9

关六对数字有特殊的敏感。这不知道是不是天生的，或者只是"职业"的敏感。

站在旁边 ATM 机上取钱的老人正在输入密码，他只是不经意地瞥了一眼，便牢牢地把六位密码记到了心里。他又默念了几遍，妈的，这个老滑头，居然用的不是生日！

等老人走出自助银行不远，一个魁梧的年轻人朝他迎面走来。

当然，这个年轻人就是关六，他早已经超到了老人前面，然后折返回来，做出和老人邂逅的样子。

　　对于这一套，站在远处的国子不用看也一清二楚。他只是不知道，六哥是怎么和老人搭讪的，他问过六哥，六哥神秘地笑笑，说："你省省吧，瞧你那张笨嘴，哪里能学得来？"国子并不想从配角升级到主角，他只是纯粹的好奇。

　　"哎哟！大爷，怎么是您哪！怎么这么巧？哎哟！您还认得我吗？"

　　看着眼前的陌生人，老人有些茫然。

　　"大爷，您不认识我了？我可还记得您，您现在还干着那个呢？"

　　"嗨，早退休了。"出于礼貌，老人搭了腔，却只是应付，关六没能得出关于他过去职业的任何信息。

　　"哎呀，就是的，这都过去多少年了，瞧瞧我，您看，我现在都工作好些年了。您真的不认得我啦？我还去您家吃过饭哩。您做的那道菜，红烧肉，我最爱吃了，肥而不腻。"

　　老人竭力回忆着，他到底在哪里见过这个人，到底什么时候请他去家里吃过饭。"可是，年轻人，你认错人了吧？我不会做什么红烧肉，这辈子我都没下过厨房。"

　　"那一定是伯母做的，伯母好手艺啊！伯母身体还好吧？"

　　老人点了点头，说："还好，还好。不过，我还是想先搞清楚你是谁？人老了，记性不好，加上过去打过交道的人又太多，我是真的想不起来了，实在对不起。"

　　"不要紧，记不起来很正常，我去您家的时候，才这么高。"

关六在胸前胡乱比画了一下。

老人仔细地看着眼前的年轻人。"你和我儿子差不多大？莫非……"

哈哈！他有个儿子！"对了！我就是你儿子的同学！我叫李阳。您记起来了吗？"

"你是张勇的同学？李阳？"老人眼里的迷茫一点点地褪去。

哈哈！哈哈！他的儿子叫张勇！"张大爷，您好记性啊！张勇这小子现在在哪儿高就？好多年都没联系了。"

"他在北京。是个公务员。"

哈哈！空巢老人！哈哈！"早就说嘛，我们同学里就数张勇最有出息啦。张大爷，张勇不在您身边，家里要是有个什么事，您尽管言声，张勇再孝顺，那也是远水解不了近渴，您就把我当儿子使唤。等会儿我给您留个电话！您这退休了，没有发挥点儿余热？"

老人开始健谈起来，"颐养天年，安度晚年，多留点儿机会给年轻人，让他们折腾去吧！"

"可惜了，您有那么多朋友，有那么丰富的工作经历，应该把这些都写下来，对我们年轻人来说，这可是一笔富贵的财富。"

"嗯，是可以写写，不过，我也不大会写，而且，很懒。"

"这没关系啊，我正好认识个朋友，是个作家，他就帮人写回忆录，而且，还包出版，包销售，最关键的是，不用您出一分钱。我给他打个电话，看他在不在家。"关六说着，就掏出了那部没有摔坏的手机。幸好，他们没把这手机收了去，要不，国子的手机也丢了，现在这戏可怎么演！

老人显然动了心，可突然又笑了笑，说："这事儿不急，我再考虑考虑。"

关六的心冰凉冰凉的。国子这小子倒是安逸，他哪里知道，每一次成功的搭讪都是一次心智和脑力的比拼，他能体会那种脑子里有一张光盘在那儿转的感觉吗？

老人摆脱了关六，向前走去。

关六顾不上走神，忙又跟上老人，说："张大爷，咱们真是有缘，这城市这么大，人这么多，又过去了这么些年，咱们爷儿俩能在这里碰上，真是不容易。不如，咱们一起去喝一杯。"

老人摆了摆手，一边继续向前走，一边说："年轻人，这才几点啊，离饭点还早。省点钱吧！"

这老头真不好对付！而且，总觉得有什么不对劲！若在平时，关六也许就此打住。可是，今天遇到了这么多事，必须得开个张，冲冲晦气。

"张大爷，说实话，我也是想请您帮个忙……"关六觉着脑子里的光盘都卡了壳，但是无论如何话不能停下来，"我知道您是个热心肠……"上了年纪的人都是热心肠，就算不是，你这么夸他，他心里自然也会美滋滋的，谁不愿听两句好听的呢？"这个忙您一定得帮……"

果然，张大爷停了下来，定睛瞅着他，好像在想什么。

有戏！

"嗯，好吧，你说，什么忙？不过，我这么个七老八十的人，能帮上你什么忙？手不能提，肩不能扛的。"张大爷和蔼而又不失威严地盯着关六。

"这事儿吧，我一时半会儿……"关六突然脑中灵光一现，说："对了，听张勇说您会按摩推拿，他特佩服您，总说他小时候，您经常给他擀皮儿，有个伤风感冒什么的，您的手那么一擀，他立马就没事儿了。"虽说关六这话说得挺顺溜，可经不住细琢磨，他也是给眼前这张大爷逼到了墙角。他只知道，当过爹妈的，谁都给孩子擀过皮儿。

张大爷这会儿倒不推辞了，说："唉，张勇这小子，咋啥都跟你们吹牛啊，不过，我不知道我这手艺能帮上你什么忙？"

关六长长地舒了一口气。"能！怎么不能？太能了！我有个朋友，他颈椎不好，既然您有这门手艺，我就想着您能给他按摩按摩，不过，这话又不好开口，毕竟您看您这么大岁数了，让您屈尊降贵，实在不好意思。"关六觉得应该适当用点激将法，这让他更不好推辞。

"嗨，不过是举手之劳。那你跟他约个时间吧。"

哈哈！哈哈！接下来的话已经进入了事先设计好的套路。"不用约啦，他就住这附近，就那边那个小区。"关六生怕张大爷突然变卦，又抛出了惯用的诱饵。"当然，绝不会让您白给他按摩，他就是我说的那个作家，那个替人写传记的作家，他可有钱啦，如果您给他按好了，你们住得也不远，以后经常给他按按，他肯定不会亏待您。您的手艺可不能失传啊！"

看来，张大爷现在想不去都难！

不过，张大爷却装出一副生气的样子说："别提钱，给钱我可就不去了！你是我儿子的同学，他是你的朋友，都跟我儿子一样，我怎么能找他收钱呢？"

"好！好！咱爷儿俩不提钱！不提钱！"关六心想：只要你跟我走，你说什么就是什么了。

经过一家小超市，关六进去买了两瓶水，他递给张大爷一瓶，张大爷说他不渴，关六喝了一口，把那两瓶水都扔进了一个黑色塑料袋里。

张大爷瞅了眼那个黑色塑料袋，这家超市他来过，怎么不知道他们用的是黑色塑料袋呢？这更像是个垃圾袋。

看上去，这个张大爷腿脚不怎么利索，这让关六心中暗喜，等会儿跑的时候，根本不用费太大的力，甚至完全可以大摇大摆地走掉。关六满心欢喜，殷勤地扶住老人，这让张大爷也喜气洋洋。

10

国子从楼道里冲了出来。其实，他根本不用跑这么快，一切都按部就班，尽在掌握，他有足够的逃离时间。可他还是以风一样的速度冲出楼道，又冲出无人看守的小区。

他倒吸了一口凉气，猛地刹住脚步。

他看到小区门口正停着一辆警用摩托，摩托上端坐着一个警察！他的心怦怦跳得厉害，几乎要从嗓子眼里跳出来，他使劲地咽了口吐沫，想把心吞回肚子里去。

他下意识地低下了头，回避着警察那个方向。他的脚下又生了风，只不过，这一回他不敢再跑，他现在的姿势有点儿像运动会上的竞走运动员。

他在脑中回放着那个警察的样子，他好像披着一块黄色反光条纹披肩，可他不敢回头确定。他祈祷，那只是一个巡逻的交警，碰到他，只是一次凑巧。

可就在这时，国子的肩膀突然被人从后面按住了。完了！国子的腿一软，跌坐在地上。

这是一个年轻帅气的交警。他蹲下身子，态度和蔼地看着坐在地上的国子，问："怎么了，你！"

他们几乎脸贴着脸，国子能清楚地看到，头盔中那张稚嫩的脸上蓬勃生长着淡淡的茸毛，还有几颗青春痘。他竭力让自己镇定下来，说："被你吓了一跳。"

小交警笑了笑，问："没做亏心事，你怕什么怕？"

国子也挤出了一点笑容，试图要站起来，同时，他向小区门口张望着。这时候，六哥也应该下来了，可是那里什么动静也没有。他不知道，他是希望六哥快点儿来，还是希望他不要来。

小交警扶起国子，国子说了声谢，却发现自己的胳膊始终被他抓着。

国子觉得这时候应该理直气壮点儿会更好，可他就是理直气壮不起来。但他还是定了定神说："我该走了！我还有急事儿！"

小交警的手却并没有松开的意思。

看上去，他和他的年纪应该差不多。

国子突然有些懊恼，如果自己也能成为一名交警，得有多神气！

"什么事儿那么急？"小交警显得不急不忙的。

奇怪，六哥怎么还不来？如果六哥来了，一定有办法对付眼前这个小交警。

"松开我！"国子几乎使出全身力气来摆脱他，可话一出口，却像是在哀求。"松开我，我又没违章。"

"违章？嗯，对，你违章了！我就是抓你的违章！"小交警还是那副不急不躁的模样。

国子苦笑了一下，"我又没开车，违的哪门子章？"国子发现自己心中有了底气，说话也硬气了许多，他甚至已经挣脱开了小交警的手。

"你连电动车、自行车也没骑？只是个行人？"小交警四下里看看，那慢条斯理的劲儿真让人抓狂。"可行人就不违章了？"

国子想起来，当六哥搀着那老人从人行横道过马路的时候，他正穿过车流，身手矫健地翻越了隔离护栏。

"警察同志，我错了。我承认错误，我不该违章过马路，我认罚。"国子开始翻自己的裤兜，那里面还有点儿钱，今天是注定要破财的。

埋在头盔里的嘴角狡黠地扬了扬。小交警拦住国子递过来的钱，说："罚款就免了，你就在路口值会儿勤吧！"他递过来一个红袖箍。

六哥咋还不下来！

国子跑下楼去，关六麻利地掉了包，把张大爷的钱包收入囊中。"张大爷，这事儿我越想越来气，他凭什么说搜咱身就搜咱身？这是侵犯人权！"他把只剩着两瓶水的袋子往张大爷怀里一塞，说："这包钱您先拿好，我去找他理论理论。"说着，抽身便走。

但他突然觉得张大爷已经紧紧地攥住了他的小臂，他挣脱了一下，居然没有挣得动。这个老头，哪里来的这么大的力气？

张大爷笑了笑说："不去理他，咱们不是也没损失吗？还是赶紧把这袋子里的钱分了吧！"

关六明白，那个袋子是万万不能打开的。情急之下，他回身朝张大爷的腿下扫去，却扫了个空，一个趔趄，已经被张大爷反手按到了地上。

"张大爷，您这是干吗？"关六心中暗暗叫苦，可又动弹不得，他只能讨好地媚笑着，飞快地想着怎么把戏继续演下去。

张大爷从他的身上搜出了另一个黑塑料袋，里面装着那包钱和两个钱包，说："怎么样？咱们开始分钱吧！真可惜，这包钱里面只有些白纸！"

眼看露了馅，逞强斗狠又未必是这老人的对手，关六只能求饶，说："张大爷，这些钱都给您了，您都拿去吧！连我的钱包，您都拿去吧！"

"闭嘴！别叫我张大爷，我压根儿就不姓张！我也没什么叫张勇的儿子！你恐怕也不叫什么李阳吧！"

关六心里那个悔啊！原来，今天被骗的人一直是自己。

老人把两个黑塑料袋系在一起，反捆住了关六的手腕，慢条斯理地把自己的钱包装回兜里，打开另一个钱包，里面有一张身份证，照片上的人有一张大嘴，却是刚刚那个"丢钱"的小伙子，身份证上的名字叫"国正刚"。

老人掏出了电话。

关六绝望地哀求道："张大爷，不，我的亲大爷，您不是要报警吧？求求您，千万别报警，我错了，我真的错了，您就当放个屁那样把我放了吧，我也不容易，我上有老，下有小……"

老人瞥了他一眼："不报警？难道就这么放了你？"

关六愣了一下，马上说："大爷，我的亲大爷，您别报警，您也别放我，我听您的吩咐，听您的使唤，您叫我往东我不敢朝西……"

老人收起了手机，看了看手中的身份证，问："你的身份证呢？"

关六懊恼地说："大爷，我的亲大爷，不瞒您说，您看我脸上这伤，还有身上也是伤，昨天夜里我遇着……打劫的了。"

"噢，身份证没了？"

"嗯，一起被抢了。这可是真的，我要说假话，天打五雷轰。"

小交警叫柳春晖，此刻，他正微微眯着眼，盯着站在十字路口戴红袖箍的这个年轻人，他看来没有要逃跑的意思，他甚至好像还很满意这临时得到来的"工作"，尽职尽责地提醒闯红灯过马路的行人。

柳春晖心里还是有些犯嘀咕，他不知道是不是抓错了人。抓错了这个倒不要紧，关键是别放跑了真正的坏人。而且，他还替爷爷揪着心。虽说爷爷退休前是名刑警，放在十几年前，提起爷爷的大名"柳盛"，保管让罪犯闻风丧胆，但是，爷爷现在毕竟是上了七十的人了，面对歹徒，他会不会有危险？柳春晖不时地朝小区那边张望着。

当时，他刚刚处理了一起剐蹭事故，就接到了爷爷的电话……

国子此时已经完全沉浸在红绿灯的世界中了。他甚至有些耀武扬威。他内心里对那个小交警充满了感激，是他让自己体验到了一种全新的生活，这样的生活才是他渴望的。

但这只是一个梦。这个梦就像一个肥皂泡，在阳光的照射下发出了绚丽多彩的光，然后，破了。

11

退休刑警柳盛本也没打算把这两个骗子怎么着。一起未遂的诈骗，法律又能怎样恰如其分地惩治他们呢？

他初遇关六时，并没有马上识破他，但当关六说去他家时才十多岁那么高，他便立刻警觉了，那应该是二十年前，二十年，无论是关六还是他，得有多大的变化啊！走在大街上，怎么可能一眼就认出来呢？于是他试着抛出了一个虚构的儿子，骗子便马上露出了马脚。但即使这样，柳盛也只是想着"别被他骗了就好"，现在社会上的骗子越来越多，凭自己这一老朽，能打扫干净吗？他几次想摆脱这场骗局，可这个叫关六的小伙子没完没了地缠着自己，他只能将计就计，请君入瓮了。

经过那家超市，他趁关六去买水的时候，给孙子柳春晖打了个电话，他估摸着骗子肯定还有同伙。他真不知道刚刚当上交警的孙子能不能帮得上忙，能帮上什么忙。可没想到，孙子还真的智取了国正刚。

柳春晖当场核验完了关六和国子的真实身份，确认他们没有其他的违法犯罪记录。

柳春晖听爷爷说不打算把他们交给警察，心里很不情愿，说："爷爷，退休刑警重出江湖，小交警智擒大骗子，您把他们往刑警队一交，明天的都市报肯定是头版头条。说不定还能评我个见义勇为好市民呢！"

柳盛瞅了眼垂头丧气的关六和国子，对孙子说："别贫啦！现在正是你值勤时间，赶紧上班去吧！这两个人现在是斩了翅膀的蚂蚱，你还怕爷爷对付不了他们不成？"

柳春晖跨上摩托，冲着关六和国子说："你们都放老实点儿，现在你们是跑了和尚跑不了庙！"

关六点头哈腰，满脸赔笑："您放心，警察同志，姜是老的辣，老将出马一个顶俩，我们心甘情愿，听候老先生发落。"

柳春晖突然又一指国子，说："你那个箍还不给我！"

国子吓得一哆嗦，这才赶紧摘下胳膊上的红袖箍，恭恭敬敬地递给威风凛凛的小交警。

柳盛把捆着关六的塑料袋解开了，说："你们走吧！"

关六活动了一下手腕，半信半疑地看着这位身手不凡的老刑警，却没敢挪动半寸，他相信，事情不会就这么完了。虽然他相信这位老人跑不过他，但孙猴子再能耐，怎么能逃出如来佛的手掌心？

"怎么还不走？趁我还没改变主意，你们有多远就走多远！不过，你们要记住，只要你们今后再做坏事，总有被抓的那天！"

国子拽了拽关六的手，他觉得此时不走，更待何时。可关六没理他，对柳盛说："柳老先生，在下对您佩服得五体投地，我们哪里敢再出来行骗？我赌咒发誓，金盆洗手，改邪归正。国子，你呢？"

国子也学着关六的样子举起右手，说："我也对天发誓！"他这么说了又有些后悔，他知道关六总是满嘴跑火车，没一句真话，鬼知道他现在心里怎么想的！

不过他倒真希望关六此时说的是真话，只要关六不做了，他是万万不会做的。他最初跟关六出来的时候，在一家园林队种草皮，挣不了几个钱，但是心里头踏实。后来，关六对他说，进城种草，还不如在家里种玉米、种麦子、种红薯，倒不如想个法子赚点儿大钱。能赚大钱当然好，就这么着，他跟着关六走上了这条道儿。

柳盛干了一辈子刑警，和犯罪分子打了一辈子交道，这些鬼话他听得多了，他们说出上半句，他就能接上下半句，他哪里会信？他知道他们想的是什么，不把事情彻底抹平，他们心里就踏实不了，所以他们绝不会轻易走掉，他们在等着他提出的条件。所以他来了个欲擒故纵。

12

国子妈已经按照"派出所"的要求，把她全部存款汇到了一个指定账号。尽管银行的工作人员一再询问她，她还是坚持说她认识收款人，她告诉柜台里面那个文静的姑娘，她儿子跟她一样，也总是对她说，现在社会上骗子很多，所以，她时刻提高警惕，她谢谢她对自己善意的提醒，她请她尽快地帮她把钱汇过去……

国子妈觉得现在有些事情真的被搞坏了，不过是汇个款，却费了这么些口舌，人家也是为了大家好，最可恨的就是那些骗子，好在自己没有遇到。汇完款，她没有顺道去看看她的二闺女，她现在唯一想的就是她的三儿能很快被放出来，她深信，三儿一旦放出来，肯定会第一时间打过电话来。

当然，她已经试着拨过几次电话，三儿的手机还是关机。警察总不会说话不算数吧？不会的，绝不会的！

不会骗人的还有菩萨。

国子妈没有回家，她坐上了另外一趟公交车，那辆车的终点是她早就想去的一家香火很旺的寺庙。

13

关六带国子去了大排档。

那些烤串腾起的重重烟雾里，弥漫着诱人的味道。

关六一下子就点了一打冰镇啤酒，并排码在他和国子中间。那桌子是折叠的，被压得咯吱吱直响，国子担心它承受不住这份重量。他的心有些疼，六哥的钱被抢了，这些啤酒都得他付账，而且，他还需要买一部手机，还需要付地下宾馆的房租，更为关键的是，按照六哥对那老警察的"赌咒发誓"，明天，他们从哪里去挣钱呢？今后，他们从哪里去挣钱呢？

关六用牙咬掉瓶盖，先递给了国子。国子又有些感动了，六哥总是这么罩着自己，喝就喝吧，说不定六哥现在心里也烦着呢！

关六又咬开一瓶，一口下去了大半瓶。"国子，我在想，干咱们这行风险太大了。"

国子怎么会不知道？看来，六哥真的是倦了，怕了，他真的希望六哥能改弦更张。

关六把剩下的小半瓶啤酒倒到嘴里，却说："我现在想了，干咱们这行，一条道走到黑不行，不升级换代不行。你看那些打电话的，他们弄一个伪基站，群发短信。是，绝大多数人都不信，但肯定会有人信，架不住咱们国家有十三亿人。你看这条：我是房东，你把租金打到下面这个卡号。多么赤裸裸！可十三亿人里头肯定不止一个人正要给房东付钱，他说不定就想都不想地把钱直接打过去。你想想，这些短信背后的黑手，他们根本不用像咱们一样抛头露面，也不用费尽心机，风吹不到，雨打不到，摄像头也照不到，像姜太公似的，稳坐钓鱼台。说到'钓鱼'，还有那些'钓鱼'网站，我打听过了，有网络公司就能帮着做假网站，只要你给他钱，要什么样的网站就有什么样的网站。现在是网络时代了，咱们的手段却停留在旧社会。"

也许是啤酒太冰了，国子在这个燥热的夏夜里打了一个寒战："六哥，你还打算干啊？"

关六瞪了国子一眼，说："你还真打算从良了？咱们一没文化二没本事，不干这个，咱们喝西北风去啊？你要是怕了，我也不拦着你。你走你的阳关道，我走我的独木桥。"

"六哥，别，我说的不是那个意思！"

关六轻蔑地翘了翘嘴角，说："没出息的家伙！"

国子也把一瓶干掉了，他抢过一瓶，想用牙咬开，可他比画了几次，最后还是冲着服务员大嚷："送个起子来啊！"

"六哥，咱们先别想太远！明天，明天咱怎么办？咱去不去？"

"去啊！咱倒要看看，那老儿到底想要干啥！"

14

第二天一早，柳盛来到了锦星大酒店。

这儿还真是够热闹的，仨一群俩一伙的老人喜气盈盈地走进酒店。旋转门前，一边站着一个穿大红旗袍的礼仪小姐，她们微笑着冲每一位老人轻轻鞠躬示意。还有几个穿白衬衣黑西裤的小伙子，满脸堆笑地在门前游荡，时不时地赶上前把一个个老人扶上台阶。

在这些老人中间，柳盛一眼就看见了年轻的关六和国子，他们果然会来。

他走过去，问关六和国子怎么不进去。

关六说："柳老先生，我们也想进去领盒鸡蛋，可刚一到门口，就被人家拦了下来，说这活动只针对老年人，不让我们进去。不过，柳老先生，我就不明白了，您说给我们指一条明路，难道，就是让我们来这里免费领几个鸡蛋？"

柳盛微笑地盯着关六，轻轻地摇了摇头。

这熟悉的和蔼而威严的目光，让关六心里发毛，他忙说："柳老先生，刚才我只是开个玩笑。其实，我已经想明白了您老人家的良苦用心，您是想让我们来参观学习一下，看看人家这个公司对老人多么好，他们赚了钱，就来感恩回馈社会。我明白了，我以后也会像他们一样关心老年人，爱护老年人，等我以后挣了大钱，我也可以给老人们送鸡蛋。"

柳盛还是那么不动声色地微微笑着，耐心听关六把话讲完，说："参观学习？还是不要向他们学习了吧！你就没发现这里边有什么不对劲儿？"

国子插嘴道："他们不光送鸡蛋，还送别的礼品。"

柳盛说："除了送礼品，应该还有专家讲座。"

关六说："我明白了，他们打着免费送的旗号，然后向老人们推荐药品，让老人掏钱买。嗨，我还真当是免费的呢？我说呢，世上哪有免费的午餐？"

柳盛说："世上没有免费的午餐，说得好。不过，如果只是场促销活动也还罢了，我担心他们是一个诈骗团伙。"

关六说："柳老先生，您是被我们骗怕了吗？这倒不会，谁会下这么大的血本？你看那些老人，不都是高高兴兴地来，高高兴兴地走吗？"

柳盛说："这正是我担心的。你想，租这么个酒店就得不少钱，再一连好几天免费送这送那。哎，正是因为下了血本，才更像是藏着个天大的阴谋。古人就说，将欲取之，必先予之。我是怕这些老人们最后血本无归啊！"

关六却不以为然。

柳盛说："这样，咱们也别急着下定论，我先进去探探虚实，你们在外面候着，等他们撤场的时候，留意这些人都去了哪儿。"

关六问："他们肯定就住在这个酒店。"

柳盛摇了摇头，说："我估摸着恰恰相反，狡兔三窟，他们一定另有巢穴。"

柳盛刚踏上了酒店的台阶，立刻有一个小伙子上前扶住他。

国子看那小伙子的动作特别眼熟。他想了一会儿，终于明白，六哥每次搀扶"猎物"时，也是同样热情和体贴。这让他的心中升起了一种责任感，他觉得现在真的是在协助警方破案了，虽然还不能说退休警察是警方吧，但他感觉自己在做一件神圣和神秘的事，一件对的事，第一次。蹲守对于国子来说，太平常了，可今天的蹲守又太不平常了。生活已经向他开启了另一扇门。

柳盛左手拎一盒鸡蛋，右手抱着一个塑料绞馅机从酒店出来。他的脸上也乐呵呵的。

关六和国子凑上来，听他讲了里面的情况。

鸡蛋继续免费领，同时还有其他一些生活用品，只是要掏钱买，不过，他们承诺，今天花多少钱，明天凭小票会把钱原封不动地退给你。于是柳盛的手里就多了这么一个绞馅机。柳盛还听了讲座，那教授名头很大，讲的养生保健知识也很地道，不像现在的电视剧和娱乐节目，不出三五分钟就有一个生硬的软广告。

关六说："那你还说他们是骗子！不过也是，他们这不也骗你花了钱？"

柳盛说："你相信他们只想骗这么点钱？要真是这样，那还就不算骗了，在市场上买这么个物件也比这便宜不了。问题就出在他们明天肯定会退钱，听那些老人说，他们已经这样买了退、退了买好几天了。"

关六发了愁："柳老先生，明天，您要还来？"

柳盛笑了笑："咋能不来呢？我还等着他们明天退钱呢。不知道明天他们又会整出什么花样。你们给我盯紧点儿，记住，一定要把他们的落脚地摸清楚。"

国子使劲点了点头。

柳盛看了眼心不在焉的关六，说："这样吧，我也不会让你们白干，我一天给你们一百块的工钱。"他不是说说而已，他真的掏出了关六熟悉的那个钱包。

关六立刻拦下了他，说什么也不肯收钱，他也没这个胆量。

柳盛说："那，中午请你们吃饭。"

15

柳盛在饭桌上给关六和国子讲了一个故事。

故事发生在十八世纪的英国。一天深夜，一位绅士在回家的路上，遇到了一个蓬头垢面衣衫褴褛的小男孩，他央求绅士买他一包火柴，他说他今天什么东西还没有吃。绅士本不需要那包火柴，但他看那男孩可怜兮兮的样子，便答应买一包，可是他身上没有零钱。小男孩拿过绅士手中的一英镑，说他可以去换零钱，于是他飞快地跑开了……

国子听得很认真，从小到大，几乎没有人给他讲过这么遥远的故事：十八世纪、英国、绅士、火柴、英镑……

柳盛给国子夹了一块红烧肉，也给关六夹了一块。

国子问："那后来呢？"

关六用肩搡了国子一下，说："还用问？那小男孩肯定不会回来的。柳老先生，一英镑是多少钱？是不是比美元还贵？"

柳盛接着讲："绅士很有钱，他根本不在乎那一英镑，但他还是等着那个小男孩，因为，他相信那个小男孩一定会回来。"

关六问："小男孩回来了？"

柳盛摇了摇头，说："绅士等了很久，可小男孩再也没有回来，他只得失望地回家了。"

关六一拍大腿，说："我就说嘛！他不会回来的！"

国子制止了关六，说："柳老先生，故事还没有完吧？"

柳盛赞许地看了看国子，接着讲道："第二天，绅士正在办公室工作，仆人进来说一个小男孩给他送来了些零钱，说是昨天他买火柴的钱。"

关六有些发呆，而国子的脸上正洋溢出一种幸福的表情。

柳盛看在眼里，继续把故事讲完。"绅士赶紧走出办公室，追上了那个小男孩，出乎意料的是他并不是昨天那个卖火柴的小男孩，他比他还要矮些，穿得更破烂。这个小男孩告诉他，卖火柴的小男孩是他的哥哥，昨天，他的哥哥在换完零钱回来时，被路上飞驰的马车撞成了重伤……"

关六若有所思，国子的眼里有一滴晶莹的泪花。

柳盛说："我真的希望，我们的社会能够有这样的诚实，有这样的信任。我们本来是一个非常崇尚诚信的民族，这样的故事在我们国家更是比比皆是。在古代，商鞅变法，立木为信，使得变法成功，才有了秦国的强盛和最终一统中华。季布一诺千金，在他被汉高祖刘邦悬赏通缉的时候，才有朋友甘冒灭九族的风险保护他。这样的历史故事还有很多，以后我可以慢慢给你们讲。说个通俗的，你们肯定听过《狼来了》的故事，那个说谎的孩子为什么被狼吃掉了？就是因为假到真时真亦假。我担心，如果一个社会真到了不管谁喊狼来了，都没人再敢相信，都没人愿意出手相救的时候，那受害的是谁？是我们生活在这个社会中的每一个人。好在，眼下的情况并没有那么糟糕，骗子毕竟还只是极少数，但就是这极少数，却是一颗老鼠屎坏了一锅粥，搅得整个社会人人自危。"

国子惭愧地低下了头。他不知道关六此刻会不会和他一样，充满了对这位老人的愧疚，这愧疚不是嘴上的，而是心里的。

柳盛接着说："就拿这盒免费鸡蛋来说，我虽然领了，却感觉像是领回了一颗定时炸弹，不知道它什么时候就爆炸了。其实从他们发鸡蛋的第一天起，我就注意到了这件事，就觉得它非常可疑，但我一直劝自己，也许真的是我想多了，也许这真是一次公益慈善活动。但当我遇到你们之后，我还是决定来看一看，毕竟，不知道有多少骗子都把眼睛盯在了老人的钱包上。刚才看着那个场面，我心里很不是滋味，酒店里得有一千多位白发苍苍的老人吧。没错，老人是爱贪这么点儿小便宜，可我特别能理解我们，因为我们都是一辈子节俭惯了的人。为什么节俭？因为我们还都不富裕，也正是因为我们都不富裕，所以如果说这里头真的是个骗局，那这一千多号老人都得遭殃。"

国子再迟钝也明白了，这位老警察要阻止这场悲剧，他很庆幸自己遇到了他，他正在参与一项伟大的事！他偷眼看了一眼关六。

关六已经在向柳盛表态了："放心，柳老先生，我们绝不会让这样的事情发生的！"

这话说得国子荡气回肠，他就说不出这样的话来。

16

关六和国子很快摸清了那帮人落脚的地点。不出柳盛所料，他们没有住在锦星大酒店，而是租住在几公里开外的一家普通旅舍，比关六他们的地下宾馆强不到哪里。这让关六很是诧异，既然公司那么有钱要回馈社会，何必跑大老远地图便宜苦着自己？看来柳盛真是"老奸巨猾"，当初怎么就非跟他搭讪呢？

那帮人总共有十几个，真是做"大生意"的人。关六心中不禁艳羡，他现在已经对柳盛的话深信不疑。

柳盛出钱让关六和国子换到了这家旅舍。关六发挥他善于同人搭讪的特长，从店主那里套出了这帮人开房使用的几个身份信息，并且得知了这帮人只租住到明天，明天一早就要结账走人。看来，明天一定要发生点儿什么。

可是第二天，锦星大酒店还是同往常一样热闹，并没有丝毫撤退前的慌乱。

公司宣布：再过两天，公司就要到下一个城市做回馈活动，为感谢本市老年人的大力支持，公司特意为老人们准备了一种包治百病的神药。专家这回也不再遮遮掩掩了，他重点介绍了神药治愈顽疾的诸多病例，并从科学的角度重点论证了神药是如何达到有病治病、无病强体的疗效的。几天来，老人们已经对专家的话百依百顺，他说泡脚好就泡脚，他说梳头好就梳头，今天说神药好，老人们自然也想着要买药。而接下来的消息更让老人们欣喜若狂，公司隆重宣布：神药不用大家买，是免费送给大家的，不过，还是前几天的模式，今天买，明天退，今天买一盒，明天退一盒的钱，今天买十盒，明天就退十盒的钱。

到了这时，老人们只恨自己没带更多的钱来。

见柳盛乐呵呵地拎着一盒东西出来，关六和国子迎上去。

关六说："今天买了啥？"

柳盛说："神药！一盒八百八，今天买多少，明天退多少。可惜我只带了一千块钱。"

关六倒吸一口冷气，这帮家伙，真够黑的，就算一人一盒，今天一天，他们就能卷走一百万！"柳老先生，您老糊涂了吧，我不是已经告诉您了吗？早上他们把旅舍的账都结了，这边一散伙，他们肯定拍拍屁股走人，明天您到哪儿找他们要钱去？"

柳盛笑了笑："我可不能只考虑自己，舍不得孩子套不着狼，这个当我怎么能不上呢？再说，我买，还不是因为相信你们？相信你们做得是对的，相信你们绝不会让他们跑掉。"

关六摇了摇头，说："凭我们两个？他们那么多人！"

柳盛说："当然不止你们两个！"

等这帮人收拾停当准备逃跑的时候，突然被警察团团围住……

柳盛看了看手中那盒所谓的"神药"，说："现在这就是证据了，你们看，连个批准文号都没有。"他拎着那盒"假药"，向警察走去，他走得是那么稳，有几根稀疏的白发被微风吹乱了。

突然看到那么多警察，关六下意识地拉着国子要跑，他相信，既然已经帮着柳盛破了大案，他也不会再找他们的麻烦了。

可国子甩开了他，义无反顾地追上了柳盛。

国子本想搀住柳盛的胳膊，却觉得那样的搀扶包藏祸心。

他伏到柳盛耳边，说："爷爷，我恨骗子！昨天晚上我才知道，我妈在家也被骗子骗了。如果我不是一个骗子，如果我老老实实做人，我妈她也不会上当受骗啦！"

柳盛把胳膊递给国子，让他搀住了自己。

车　位

　　"现在的人，叫我怎么说！就说这投币吧，总有人拿着五毛
当一块往里投，还以为自己多聪明。五毛和一块能一样吗？它
重量不一样啊！一块掉里头当当的，五毛就是啪啪的，咱当了
一辈子售票员，还能连这个都听不出来？"

　　正是早高峰，难得44路外环上人不多，后面还空着个座位。
整个车厢里只听到女售票员的高门大嗓——好像是和身边的那
位女乘客聊天，又有些像自言自语。

　　也许是指桑骂槐？董希望脑子里闪回了一下，上车时他跟
在一个漂亮姑娘身后，那姑娘好像是投的币，但到底是"当当"
还是"啪啪"，他就记不得了，他也听不出。他偷偷地瞟了一眼
那个姑娘，她倒是满不在乎地站在那里。董希望心里哼了一声：

既然你那么能，那就抓个现行呗，这样抱怨半天，人家不还是无动于衷？

"你问我为什么不管？啧啧啧，俗话说，人有脸树有皮，真要是当着这么些人指出他来，他能下得了台？得饶人处且饶人，我就想着哪天他能自觉点儿，良心发现。你说说，为了五毛钱，犯得上吗？谁缺那五毛钱？也有为五毛钱拿着学生卡蒙事的，他们以为神不知鬼不觉，怎么可能呢？干什么吆喝什么，干了二十年，早练就了一双火眼金睛……"

董希望心里"咯噔"一下，现在他的身上就有两张卡，一张他自己的一卡通，另一张是女儿的学生卡，他把女儿送到学校，就用学生卡刷卡上了车。他猜想自己的脸一定是臊了个通红，那肥墩墩的售票员指桑骂槐了半天，却原来自己才是那棵"槐树"！

慌里慌张地下了车，董希望才发现，还差着一站地。他长出了口气，谢天谢地，售票员大姐知道"人有脸树有皮"，知道"得饶人处且饶人"，要不这回可就糗大了！谢天谢地，挤公交车的日子马上就要一去不复返了，就在上个月二十六号，他摇上号了，在经过四十多个月的漫长等待之后，他终于要成为有车一族了。剩下的这一站地，就磨磨腿吧，以后，这样的机会不多了。

摇号中签，这几乎是超越了金榜题名、洞房花烛的人生一大喜事，董希望却没有迫不及待地与任何人分享。独乐乐，与众乐乐，孰乐？当然是私底下偷着乐更乐！他可不想招来什么羡慕嫉妒恨，他一直就是个低调的人。

再者说，他也没有偷着乐多久，现实就冲垮了这份快乐。

首先是关于买什么车的问题。老婆说一定得买SUV，底盘高、视野好，堵起车来一点儿不憋屈。他倒不是不喜欢SUV，而是觉得用不着，天天开城市道路，不翻山不越岭的。老婆知道他心疼钱，就说要是嫌合资车太贵，就买国产的，既体面，又实惠。可他就是死活看不上那些徒有其表的SUV，还不如开辆拖拉机痛快！无奈老婆在家里一言九鼎，可这不比别的事，车还得自己开，就得自己称心如意。

好在董希望工作不忙，上班时总能找点儿空闲上网搜搜各种车辆的信息，比较来比较去，结果是越看越眼花缭乱，越看越拿不定主意，却也总结出一条颠扑不破的真理：一分价钱一分货。唉，钱到用时方恨少啊！现在就是这样，不管什么问题，如果钱能解决，那就不是问题。可弄到最后，都还是归结到这钱的问题。你说说，他还能高兴得起来吗？

吃过午饭，办公室其他人有的出去散步晒太阳了，有的找地儿睡午觉去了。

欧阳虓说："希望，你这头又该理啦。"

董希望打着哈哈说："欧阳，那就又得麻烦老同学啦！"

欧阳虓从柜子里拿出家伙什，说："嗨，这麻烦什么？要不是你，我这门子手艺，怕是早就荒废了。"

欧阳虓和董希望是大学同学，睡上下铺的兄弟。那时候大家都是穷酸学生，能自力更生的都艰苦奋斗了，唯独这理发，自己解决不了，那就互相帮助。同宿舍的八名男生凑钱买了这套理发工具。一开始你给我理，我给你理，好不热闹，结果大家的头发都成了坑坑洼洼的，干脆一不做二不休，剃光了事。一间宿舍八个光头，有好事者戏称他们是"八大金刚"。这"八大金刚"中，数欧阳虓最用心，也最耐得住性子，一来二去，其他七个都愿意叫他给理，他的手艺也就越练越精，而别人的技术没长进，结果只有他自己的头发总是乱糟糟的。欧阳虓这点儿名气不胫而走，其他宿舍的同学也都跑过来找他。再往后，大家陆陆续续谈了女朋友，就改了去光顾美容美发店，做一个时髦的发型，体验一回周到的服务，和女朋友共同消磨掉一段时光。只有董希望一直坚持让欧阳虓理发，直到大学毕业，各奔东西。欧阳虓得到的唯一好处就是：理发工具归了他，只可惜头发却还是乱糟糟。

　　欧阳虓先是考进了县文化局，他原也指望着靠这门理发技术和同事们拉近关系，可大家并不领情，现在的人可不想随随便便欠下个人情，为省十五二十的，没那个必要，免费的往往是最贵的，何苦呢？这套理发工具一放就是好几年，欧阳虓以为它们要永不见天日了。谁承想，山与山不相遇，人和人总相逢，欧阳虓考到了北京，进入现在这家单位，却偏偏和董希望坐进了一间办公室。这可真是他乡遇故知！董希望比欧阳虓早来两年，已经在单位里混得熟门熟路，对老同学自然也是知无不言、言无不尽，这让欧阳虓迅速胜任了工作，也适应了这里的生态环境。当然，董希望又有了免费的专职理发师。

两人一边理发，一边聊天，自然就聊到了最近的一个热门话题。

办公楼下的停车位有限，公车取消了，可私家车有增无减，常常搞得局领导来了都没地方停车，就算预留好了车位，可也架不住车已经停得满满当当，领导的车还是进不去。大家也怨声载道，埋怨办公楼太老太旧，埋怨办公室又破又挤，埋怨电梯既慢又不稳当，埋怨 4G 信号不好，埋怨水质太差，埋怨大气污染……这也怪不得大家，为了抢一个停车位，人们不得不起个大早，早早地把孩子送到学校，急匆匆地赶到单位，却可能又是赶了个晚集。你想想，一大清早就堵心，这一整天心情能舒畅吗？可不是想起什么就发什么牢骚吗？

为了解决这个问题，局党委开了好几次会，研究来研究去，却是巧妇难为无米之炊。

董希望摇上号却高兴不起来，也是因为停车的问题啊！现在他就有意无意地提起这事，想着从欧阳虓这里打听点儿内部消息。

欧阳虓写得一手漂亮的小楷，这也算不得什么了不起的本事，可现在人们都用电脑打字，能写一手好字实属难得，就因为此，局里开大大小小的会，常常叫了他去作记录，自然而然，他也成了局党委会议的专职记录员。在年轻人里，他成了那个离局领导层最近的人。

听董希望问这事儿，欧阳虓想着无非是发发牢骚，就顺嘴说："真是个老大难，增加车位没可能，恐怕也只有减少车辆了。"

"减少车辆？怎么减？让谁开，不让谁开啊？总不能也摇号吧？"

"唉，行政手段只能用行政思维呗，划道硬杠杠。"

"嗨，这又不是传达文件，也要按级别？副处以上？"

"按级别最简单最省事呗，也最没争议。"

"是没争议，人微言轻啊！"

关于副处级以上干部可以有一个固定车位的说法已经在局里悄悄流传，任何传闻都绝非是空穴来风，现在再加上欧阳虓模棱两可的回答，董希望的心一下子凉了。

董希望还不是副处。

他正科也好几年了，要说他一点儿也不想再进一步，那是扯淡。可在这么个局级单位干到中层，不但得有真材实料，更得付出非一般的努力。与其如此，倒不如平庸些，知足常乐也没有什么不好，什么事情，特别是职务这种自己做不了主的事情，还是不要强求的好！特别是有了孩子以后，他身上更少了些锐气和冲劲，把更多的精力都放在了家庭上，放在了女儿的成长教育上。

更令他灰心丧气的是，半路杀出了个欧阳虓。

他的这位老同学，和他一样家境贫寒，但自古寒门出贵子，从来纨绔少伟男，两人都是凭着努力和勤奋，一步步搏到了今天，说不上出人头地，也算是咸鱼翻身。非要是找什么不同的话，那就是欧阳虓还没有家庭的拖累。

董希望暗暗笑着摇摇头，什么时候把家庭当成了累赘呢？一直以来，他都为有一个还算和和美美的家庭感到自豪啊！他觉得他比老同学欧阳虓混得强，这个自信不但来源于有老婆有孩子，还来源于有那套九十平的经济适用房。那欧阳虓呢？过了而立之年，却还蜗居在单位的集体宿舍，形单影只光棍一条，也怪可怜的。

人和人，就怕比，这一比，董希望也就越来越放心，越来越知足。他从不想与欧阳虓争个你高我低，他明白，争也争不过，上学时如此，现在还是一样。事实也是如此，欧阳虓来了，大事小情干得都不错，每天上班跑跑颠颠的，很快就独当起一面，董希望也乐得坐享其成。

可现在，就不能这么不求上进了！女儿的学校离单位不远，天天跟着他挤地铁挤公交也不是回事。当初为了她能进所好学校，可没少费心思，总想着有了车，接送她能方便了，可要是上不了这个台阶，就算买了车，怎么开啊？

唉！为了车位，只能拼啦！

董希望借口下楼抽烟，给老婆拨了个电话。

铃声响了好半天，接通了，却不说话，那头好像正在开会。董希望就直接说："我今天单位有点儿事，得加个班，你去接娟娟吧？"

耐心等了一会儿，电话里终于传来老婆的声音，"好了，我出来了。我正开着会，什么时候散还不知道，等赶过去，肯定要晚了，老师又该不高兴了。你就不能把娟娟先接到单位？"

没错，过去偶尔也加班，他就是这样，坐两三站车，把娟娟接过来，放在办公室写作业。可今天不一样，他狠了狠心，说："今天真的不方便，要不，我给老师发个微信，让她把娟娟放传达室？"

显然，老婆很不高兴，可也只能这样了，两口子带孩子，总得有人做些牺牲。

女儿算不上漂亮，也算不上聪明，可那也是他的掌上明珠，董希望不想亏欠女儿一点儿。可现在不一样了，从今天开始，爸爸必须得努力，必须得上进，必须得从你身上分出更多的精力放在工作上，亏欠你这一点儿，也是为了不亏欠你更多！等咱家买了车，再有了车位，咱也就不怕刮风下雨啦，不再担心别人咳嗽打喷嚏把吐沫星子溅到你脸上啦，你再也不用把下巴贴到别人屁股后面又挤又熏喘不过气啦！

下班时间一到，欧阳虓关了电脑，把桌面简单收拾收拾，看董希望还在那儿磨磨蹭蹭，奇怪地问："怎么？还不走？不去接娟娟？"

"噢，今天你嫂子有空，她去接了，我就不着急了。你先走吧！"

欧阳虓匆匆走了，董希望叹了口气，续了杯水，看茶已经没什么颜色，就去开水间把满满一杯热水倒掉了。

正碰见张副局长也来倒茶水，"小董，准备走啦？"

张副局长也就顺嘴这么一问，可董希望却悔得肠子都青啦！干吗非得倒这茶呢？没颜色就没颜色，跟喝白开水有啥区别呢？张副局长可是分管他们处的局领导，本打算在领导面前表现一下，却弄巧成拙了。

"张局，您还没走呢？我也走不了呢，手头还有点儿活儿，您不总教导我们今日事今日闭吗？"管他信不信呢，董希望横下一条心，怎么着也得这么说！可说着说着，却变成了："这杯水是欧阳虎的，我看他走得匆忙，就帮他倒了。"说完，又很不满意，简直是画蛇添足，这种事情往往越描越黑，而且，这谎话也是漏洞百出，经不住细琢磨。可话已出口，收是收不回来了。

好在张副局长并不在意，只是敷衍着："好，很好！年轻人，是得勤奋些。"

董希望忙说："是，是，那必须的！"

回到办公室，也没什么要紧的事，就还上网看车吧。可越看心越烦，现在买什么车已经不重要了！得好好规划规划，比如，领导们都喜欢下属们加班加点，早来晚走并不是什么大难事，难的是，怎么才能让他们看见？

董希望爬了两层楼梯，上了十六层。这层有三位局领导，他希望能恰好碰见一把手，今天这个班就不算白加了，哪怕是其他哪个副局长也好。借口吗？就说去局办报个件。

楼道里静悄悄的，只有局办的门敞着。董希望犹豫了一下，拐了进去，跟局办主任打个照面也好，至于见到主任说些什么，还没想好，但这并不重要。

董希望很失望，局办只有两个年轻人，他同他们惺惺相惜地互道几句辛苦，再煞有介事地虚心请教几个关于公文格式的问题，便退了出来。待久了不好，既然是加班，哪能没事聊闲篇？

他放慢脚步，还故意咳了两声，可屋子里的领导们哪听得出是你董希望在咳！

回到办公室，董希望又安慰自己，这并不是个好办法，费时费力，就算领导们知道了，也不是说这么天天耗着就能耗到那个副处，更何况，他也耗不起，他不可能天天都让老婆绕大老远来接娟娟吧？所以，最好能弯道超车！

自打这天，董希望上班就跟打了鸡血似的。其实，工作还是那么多，过去无声无息地也就干完了，现在他把这点儿事做得风生水起，怎么绕、怎么费事、怎么张扬他就怎么来。比方说，一个电话能解决的事，他必须一溜小跑地爬楼梯，气喘吁吁地到人家办公室当面说，这个过程中，他很有可能就被哪个局领导撞见了，大家也都觉得他是个大忙人，每天每忙得不亦乐乎。

下班他也尽量走得晚些，起码也要等办公室的同事们都走了。这样一来，他赶到学校接娟娟也越来越晚，娟娟成了学校传达室的常客，保安叔叔们都能叫上她的名字来了。唉，一想到娟娟每天都在传达室里盯着那个显示屏，盼着他出现在校门口，董希望心里别提多不好受了。这天，他接了娟娟，就对她说，她的生日快到了，等到周末，带她去照艺术照。女孩子谁不爱美啊？娟娟一听，噘着的嘴顿时咧开笑了。看着娟娟蹦蹦跳跳地朝公交站台跑去，他想，有这个必要吗？看看欧阳虓，他没家没口的，每天还不是一分不差地到点撤退？

董希望暗暗给自己鼓劲，这么个精神状态是必需的。更何况，他还得到消息，局里恰巧有一个副处级干部退休，空出了一个副处调的位子。副处调不是副处长，但管他有“长”没“长”呢，给个车位就行！

于是，董希望就开始期盼着能快一点儿动干部。可是，他又觉得没有十足的把握，就又盼着能缓一缓，等把功课做足了。他那颗悬着的心更是折腾得七上八下。

偏偏在这个节骨眼儿上，干部处的王处长因为神经性头疼住了院。唉，看来，一时半会儿局里不会有什么大动作。

失望的董希望却在这里看到了一线希望。

一下班，他就直奔了医院。

在医院门口，他买了个硕大的果篮。这果篮的价格让他心疼，要是时间富裕些的话，他宁肯绕远去趟家乐福，哪怕是居民区的水果超市也好。医院门口，简直是个宰你没商量的地方。可是他哪里还顾得了这么多！

王处长正吃着晚饭，见到董希望，很是意外，愣怔了一下，忙停下筷子，喊他过来坐。

病房里乱糟糟的，董希望迟疑着走近了些，他觉着自己来得很不是时候，还不如绕一趟家乐福，买些像模像样拿得出手的营养保健品。他尴尬地把果篮放到地上，那里已经堆了不少更高大上的各色礼品。

没有地方可坐，董希望垂手而立，像个犯了错的小学生，硬着头皮说："王处，别耽误您，您接着吃，要不一会儿饭该凉了。"说完了，却还站在那里，没有离开的意思。

王处长当然知道他还有要紧的话说，他甚至能猜到他要说些什么，既然来了，这些话不说完，他是轻易不肯离开的。可这儿并不是个适合说话的场所啊！

他吃了一小口饭，一边细细嚼着，一边自嘲说："唉，不过就是加了几个班，这身体就先闹起了别扭。要我说啊，这人一上年纪就是不中用啦，得早点儿给你们让位置啦！"

"瞧您说的，您怎么就算上了年纪？人吃五谷杂粮，哪有不生病的道理？生病，就是身体给您预警，说明您身体透支啦！"

"唉，怎么不是上了年纪？我记得你今年三十二了吧？"

"对！您真是好记性！"准确说，董希望的生日是年底的，离三十二岁还差着十个月，显然，王处长只记住了他的出生年份，可他真心觉得，这已经是了不起的功夫。

"在你这个年纪，我还当秘书，那个时候写材料，常常是好几天白天黑夜连轴转。人不服老不行啊！"

"您可是正当年，您现在是领导，不光身体累，关键是心累。身体累了，睡一觉就缓过来啦，可心累就不一样，您看，您这头疼可不就是费脑子费的。"

"嗯，你说的这个我赞成，我宁肯去挑几担子水，出几身臭汗。你说心累，我这心能不累吗？说起来，干部处是个香饽饽，别人都以为有多大权力，其实，都是些吃力不讨好的差事。你也知道，咱们局这干部梯次就不合理，人才严重断档，真不知当初的人是怎么想的，要么不进人，要么一进人就是一拨一拨的，进来的时候还好说，可干部队伍是金字塔，大家怎么可能齐头并进？结果就成了一个筐里的螃蟹，你拨拉我，我拨拉你，鼓鼓着眼，吐着泡泡，干着急！等熬到退休，这一拨人呼啦一下都不见了，就好像突然来了个断崖。还有这干部档案，问题也不少，底子就没打好，管理上也是时紧时松，搞得遗留问题一大堆，现在要一下子解决，唉，怎么可能？所以说，能不操心费神吗？既要解决眼前干部的晋升，又要着眼长远建设梯次合理的队伍，还要回过头处理这些历史问题……"

董希望简直是百爪挠心，他不知道怎么才能尽快切入正题，只能闻着满屋子八四消毒液混合了咀嚼过的葱姜蒜的味道，跟随着王处长东拉西扯的话茬，在云里雾里局促不安地七拐八绕。

突然，他的右手就摸到了左手手腕上的那个琥珀手串。

一不做二不休，他摘下了手串。

"王处，您戴上这个试试。"

王处长迟疑了半秒，接过手串，摩挲着，"这琥珀不错啊！"

"处长好眼力，这是波罗的海琥珀。其他地方也产琥珀，可只有波罗的海琥珀中的琥珀酸含量高。这琥珀酸可是好东西，能增强人体免疫力，抗疲劳，保持人体酸碱平衡。从古埃及、古希腊时，就有用琥珀治病防病的记载……"董希望凭记忆转述着那个小导游的话。去年夏天，他们一家三口去了趟北欧，除了欣赏那里的自然风光之外，购物也是必不可少。幸亏买下了这条价值不菲的手串，只可惜小导游的话能记住的就这么几句啦。

"噢？没想到这琥珀还这么神奇？"

"是啊，您戴上试试。"

王处长果真把琥珀手串戴到了手腕上。

"还真合适！"董希望在心里骂自己：真贱！人的手腕和手腕能有多大差别，瞧这马屁拍的！

王处长把饭碗撂到一边，"走，陪我出去走走"，说着就要下床。

董希望忙伸手去搀，被王处长笑着推开了，"我还没老到那个程度"。董希望又忙着蹲下身，把王处长的鞋子摆到他脚前，差一点儿就给穿上了。

"您这身体，医生允许您出去吗？"

"就是散散步，要不吃完饭也不消化啊。"

天色还没有完全黑下来，董希望谦恭地跟着王处长，让出了少半个身位。他把要说的话在脑子里又过了一遍，刚要开口，王处长倒先说了话。

"小董，你和欧阳虓是同学是吧？嗯，这可真是缘分啊！同学是缘分，同事更是缘分，真是难得！你要好好配合他工作。

怎么说呢？你看啊，人家都说我们干部处管着干部任用，可事实是，我们不过是做些具体的工作，干部提拔谁不提拔谁，使用谁不使用谁，最后还得是领导班子集体决定，我们只是办事机构。"

这些话，一个字一个字地往董希望的心上砸，他颠过来倒过去地想推翻自己得出的结论，可不管他怎么推，这个结论都纹丝不动、坚如磐石。我要好好配合他工作？欧阳虓啊欧阳虓！你究竟何德何能？退一万步讲，就算你比我勤快点儿，就算你比我多干点儿，就算你比我字写得好点儿，微机熟点儿，可我比你来得早，在这么个论资排辈的地方，排辈咱们可能是一辈，论资我就该胜一筹才是。怪谁呢？怪我自己临时抱佛脚？更得怪你抢了我的风头！

"小董，这个手串，你收好。"王处长已经把手串摘下来，硬往董希望手里塞。

董希望下意识地拦住了："这个您戴着，对身体好，特别是对您的头疼，反正我身体好，用不着。"

两人拉拉扯扯一番，董希望干脆扔下王处长朝医院大门跑去，王处长紧追了几步，却越落越远，无可奈何地摇了摇头。

出了医院，董希望又开始后悔，既然人家要退，脸皮厚点儿，顺水推舟收起来也就是了，现在这不是死要面子活受罪吗？当然，今天也不是一点儿收获没有。不过，这哪里是什么"收获"，简直是噩耗！唉，如此看来，车位是彻底没戏啦！赔了夫人又折兵！我的琥珀手串啊，回家可怎么跟老婆交代！实话实说？那还不被老婆骂死！可话又说回来，出了手的东西，万万是不能再往回收的，就算这次提拔不成，难道就没有下次了吗？对对对，做得对。虽然他说什么做不了主，那也只是谦虚，只是推托，毕竟掌管的是要害部门。更何况，事在人为，不到最后关头，就都还有变数。这变数，说不定就因为这个手串。谢天谢地，关键时刻没犯糊涂！

　　同学加同事，再见面时，董希望怎么看欧阳虓怎么觉着来气。连欧阳虓烧好了水要给他续杯，都被他赌气拦住了，因为用力过猛，滚烫的水喷出来，幸亏躲得及时，溅到了两个人的鞋面上。

　　好在今天开党委会，欧阳虓上会做记录去了，大部分时间都不在办公室。眼不见，可心还烦。大家工作起来谁比谁强多少，谁比谁差多少啊？还不是因为他爱表现，天天围着领导转，领导能看得见，提拔的时候自然能想得到。

　　一整天，欧阳虓都忙忙碌碌的，可下班时间一到，他还是一如既往，放下手里的活儿，撒丫子走人。董希望心里这个不服不忿啊，人们都说领导喜欢那些个加班加点的，可什么时候见你加班了？凭什么你就顺风顺水？

　　董希望也收拾收拾准备去接女儿，在这儿耗着有个屁用！

　　突然，他瞥见欧阳虓的电脑没关，这要在过去，他就去帮着关机了事，举手之劳。可今天，他偏就不想多此一举。

　　关灯锁门，走到电梯口。等电梯的工夫，他又改了主意，推托忘了手机，折了回来。

欧阳虓的电脑不但没关，而且 OA 系统也没有退出，不但
OA 系统处于登录状态，而且他提交的党委会议纪要还没有发送
成功，系统提示"请重新提交"。

董希望嘴角不由自主地微微扬了扬。党委会议纪要，这可
是局里的核心机密！

他蹑手蹑脚走到门口，确认办公室的门已经关好，再仔细
听了听走廊里没有动静，这才重又坐到欧阳虓的位子上，浏览
起这份没提交成功的党委会议纪要。

可是，真的很无趣，并没有想象中的什么机密，无非是传
达学习文件之类。

董希望点了根烟，电脑液晶屏上便映出了他一明一灭的脸。
烟剩半截的时候，他小心翼翼地删掉了文件中某关键处的两个
字"重要"，停顿了一下，他又重新输入了这两个字的拼音，选
择栏里出现了五个候选词，他眯缝着眼，冲着这五个词悠悠然
吐出几个圆圆的烟圈，眼一闭心一横，选择了"中药"……

哥们儿，对不住啦！

接着就是周末了。

已经连着好几个周末，董希望和老婆孩子奔波于来广营、
姚家园、亦庄等处实地看车，货比三家。刚开始的时候，一家
三口都兴致勃勃，就数娟娟最新鲜最兴奋，可几个星期下来，
娟娟早像是霜打的茄子，彻底蔫了，哼哼唧唧地说："爸爸骗

人，爸爸说带我去照相的。"

董希望也已经跑不动了，车买回来还不知停哪儿呢，怎么倒把答应女儿的事忘了？更何况，女儿生日前后给她照一组艺术照这个当初暗暗的承诺，已经成了给娟娟庆生的固定项目。

事不宜迟，老婆愿意看车就让她继续看，他赶紧在手机上预订了附近一家照相馆的儿童套照，急急忙忙带着娟娟去了。

进了摄影间，董希望一下子愣住了，怎么会是他？

摄影师也愣住了，北京这么大，几千万人，邂逅熟人的概率几乎为零，偏偏这样的小概率事件就发生了。

"欧阳？你？你这是？"董希望一头雾水。

"我，我这是，嗨，这老板是我一朋友，我过来，只是来找他玩儿，顺便，顺便帮他个忙，帮个忙打打光而已，帮个忙。"欧阳虓吞吞吐吐地说，他知道，身为公职人员，在外边兼职是违规违纪的。

董希望太了解他这个老同学了，他压根儿不会说谎话。"噢，你只是帮忙？那摄影师呢？"

"我，哦，我去找，我去找找看。"

欧阳虓把董希望留在摄影间，跑到前台，问能不能再派个摄影师，他遇到点儿麻烦，可前台说周末人本来就多，已经全排满了。

欧阳虓想了想，又庆幸遇到的是董希望，老同学，倒不如实话实说好。他硬着头皮回到摄影间："希望，当着真人不说假话，我就是摄影师。"

"嗬，小子，早看出来了，还真不知道你有这两下子。你说说你，干吗藏着掖着的？还怕我占你便宜不成？"

"希望，毕竟我这是偷偷摸摸的，哪敢大张旗鼓啊？理解万岁，理解万岁啊。对了，我去问问老板，看能不能给打个折。"

欧阳虤又要转身出去，董希望一把拉住："哎，你不过是个打工的，去碰那个钉子干吗？这次知道了，下次我直接找你不就得了。"

欧阳虤这才放松了些："也好，今天咱给娟娟多照几套衣服，完事儿，我再把电子版都给你，这我能做得了主。"

摄影，可是个烧钱的事，欧阳虤这个穷小子，怎么可能会喜欢上这么个败家的爱好呢？

欧阳虤第一次接触相机，还是在县文化局工作的时候。文化局有一台笨重的单反套机，也是因为他年轻，开个会，或者举办群众文化活动、下乡慰问演出、展览剪彩仪式等等，领导就派他拍照。虽然这些照片也拍不出什么新意来，无非是场面要全、领导要突出，可讲话的领导总是戴副眼镜低头念稿，轻易不肯抬头，不讲话的领导又常常坐成了个北京瘫，拍出好照片并不是件易事。而且还受制于那个 18—105mm 的镜头，好像拍什么都行，可什么都拍不到位，总差着那么一点儿。

别人不愿意干的差事，欧阳虤倒是干得津津有味。除了公派，他还找这样那样的借口，带上相机，寻找一切可以揿下快门的机会。后来，他也不需要找什么借口了，反正这个相机只有他用。

就是这个相机，让他痴迷上了摄影。可就算有了相机，摄影也还是件奢侈的事，哪怕只是去乡下采风也需要时间、需要花钱，而时间和钱他都消费不起，他只能囊中羞涩地行走在县里的大街小巷，独具慧眼地发现那些可以用相机捕捉下来的普通人物和街头小景。当然，他还常常去县图书馆，免费借阅有关摄影的一切书籍和杂志，正是这些纸上谈兵，让他的摄影技术有了扎实的理论功底。

进京之后，现在的局里也有相机，而且和原来那个套机比起来，简直是一个天上一个地下，光镜头就有好几支。可惜局里有宣传处专管摄影，欧阳虎就只能远远看着眼馋手痒啦。

买？他舍不得。可手痒痒了怎么办？于是，他应聘到了这家照相馆，不但可以摸到更专业的相机，而且还有了一份额外的收入。他做的是兼职，晚上和周末正好也是客人最多，最需要人手的时候。

这一回，董希望终于明白，为什么一下班就数欧阳虎溜得最快啦。

"哪天，叫上嫂子，给你们拍几张全家福！"

董希望让娟娟谢过叔叔，心里却想：这小子，只知道他会理发，要是早知道他有这手，也就不用花这好几百的冤枉钱啦！

新的一周开始了。

刚上班，欧阳虤被张副局长一个电话叫去了办公室。

董希望心中窃喜，局领导直接把一个普通干部叫去的事并不多见，看来，是党委会议纪要的事了。他的心里也是的，回想着会不会露出什么马脚，又暗暗为欧阳虤捏着一把汗，毕竟，"重要"变成"中药"，这不单单是一个马虎问题，有可能会上升为一个政治问题。或许，当初该改一个不起眼的地方？可是，不起眼的地方谁又会注意到呢？没人注意得到，又怎么会影响到他的晋升呢？再说，这也怪不得我，谁叫你下班不关电脑，不退出系统账户？你这不是马虎又是什么？这也就是该着你倒霉。

时候不大，欧阳虤回来了，一屁股坐到电脑前，谁也没搭理。

董希望此地无银三百两，关心有加地问："怎么了，这么不开心？"

欧阳虤强装笑脸，说："哼，想起了个笑话。知道张好古吗？"

董希望摇了摇头，办公室还真有人知道，说："你说的，是刘宝瑞那个相声吧？"

欧阳虤说："没错，这个张好古，大字不识却进了翰林院，翰林们都当他是魏忠贤的人，对他是又敬又怕，只供着他，什么也不让他干，什么也不让他写，写好的东西还要拿给他过目，征求他意见。他不懂装懂，总是说：'好，很好！'"

说话听声，锣鼓听音，说到这里，办公室的人都心领神会啦：张副局长的口头禅就是"好，很好！"还有，张副局长也是有些来头的人。

没人知道发生了什么，也没人敢接这个话茬，欧阳虓却越说越带劲。"还记得那个对子吗？昔日曹公进九锡，今朝魏王欲受禅！就算是我写错了，可你们不是层层把关吗？你们就没看出来吗？你们就没责任吗？凭什么就怪在我一人头上？你们说说，要是魏忠贤寿辰的时候真看见了这个对子，他一定会杀人的吧？他会杀了谁？肯定只能是张好古，肯定不会是那个写对子的吧？可现在，却要拿写对子的开刀！"

唉，欧阳啊欧阳，你不是也读《曾国藩家书》吗？你不是也很喜欢那里头的一句话："好汉打落牙齿和血吞，真处逆境者之良法也。以能立能达为体，以不怨不尤为用。"怎么到了节骨眼儿上，你就全抛到脑后了呢？你的这些"怨"和"尤"，每一只耳朵都听见了，而且，董希望还用手机录了音，后来，他还把这段录音刻成了光盘，偷偷塞进了张副局长的办公室。

不过，出乎董希望意料的是，他的这些小动作并没有影响局里把欧阳虓确定为副处调的考察对象。他甚至怀疑，莫非张副局长根本就懒得打开那张光盘？

干部处的王处长一出院，就开始组织对欧阳虓的考察工作。

这是最后的机会了！老婆已经选定了车型，只等着交钱取车了。

找董希望谈话的是干部处的两个年轻同志，这让他很是失望，就算在这样的谈话中表示反对，有用吗？而且，如此刺刀见红，就算真的不提拔他欧阳虓了，组织上就会转而提拔我董希望吗?

于是,董希望从各个方面充分肯定了欧阳虓,全面,甚至还有一些拔高,但他故意省去了具体细节的支撑,只剩下些大而化之的溢美之词,就显得笼统和空洞,也就缺乏了说服力。可是,这有什么用!

考察组的同志问起欧阳虓还有什么缺点和不足,董希望装作苦思冥想了半刻,说:"人无完人,要非说有什么缺点的话,他不爱加班,这可以算一点。不过,这也正说明他工作效率高嘛。就是有时候处里事情多,非加班不可的时候,他也是能推脱的都推脱了。当然,这也不能说是什么缺点,三十多了,还没女朋友,可能是有约会什么的也说不准,年轻人嘛,八小时之外,应该有自己的支配权。"

董希望的话,给人留下了太多遐想。可是,这有什么用!连"中药"都没用,连"张好古"都没用,这些冠冕堂皇、似是而非的话,又能有什么用!

可最后的事实却是,欧阳虓的提拔问题被搁置了下来。

这让董希望又重拾希望,只是,他并不心安理得,他总是偷偷地观察着欧阳虓的一举一动。到底是吃一堑长一智,欧阳虓总是波澜不惊的,原来什么样,现在还什么样,原来什么时候下班,现在还什么时候下班,看不出什么端倪。

难道,他还不是因为兼职的事?那还会因为什么呢?

董希望心里好奇,却又不敢问——欧阳虓在照相馆兼职的事，恐怕只有他一人知道吧？

正因为只有他一人知道，他才迟迟不敢轻易揭发。更何况，他明白欧阳虓的难处：父亲身体不好，每个月都要支出不小的一笔医药费，他虽然到了北京，虽然有了个看上去安稳体面的工作，可他还没有房，没有女朋友，连一台属于自己的相机都还没有。当然，他也没有车，他甚至还没有驾照，他连去驾校考个本的念头都没有过。

唉，哥们儿，要是你也有车，要是你也需要车位，我想我是不会和你争的。咱们是无话不谈的好朋友，是同甘苦共患难的手足兄弟！想当年，咱们也曾风华正茂，咱们也曾把酒吟诵"含光混世贵无名，何用孤高比云月"，我知道，咱们藐视权贵，咱们都不是那种在意什么级别的人，对吧？兄弟，别怪我啊！要不是万不得已，我绝不会出此下策！

董希望是经历了多少内心的挣扎之后，才写下了那封匿名举报信啊！领导们不需要费多大劲儿，只要稍微占用一下晚上或周末的业余时间，按图索骥地去一趟那个照相馆，自然就会水落石出了。当然，这样的信，领导们不会知道是谁写的，可他欧阳虓肯定是心知肚明的吧！

嗨，究竟是什么起了作用并不重要，重要的是，董希望又看到了车位的希望。

不知怎的，再和欧阳虓说话的时候，特别是看着他那副若无其事的样子，董希望就抑制不住地结巴，哪怕只是简简单单地打个招呼，也能说成"吃吃吃吃吃……了吗？"他实在是发愁，跟别人说话都是好端端的，偏偏就是不能面对欧阳虓。为了不暴露自己，他很快想出了一个好主意：不管跟谁说话，他都故意结巴那么几个字。

　　结巴了的董希望买了车，同事们都感到太突然太意外了，怎么事先一点儿风声都没听到？

　　又过了些时日，买了车的董希望提任了副处调，同事们再一次感到突然和意外，怎么又是事先一点儿风声都没有听到？

　　副处调的董希望盼着局能快点儿出台关于车位管理的规定，可惜的是，这个规定再也没有了下文。于是乎，他也和大家一样，每天每起个大早送完孩子，然后把车挤进某个夹缝。因为手生，有两次他还不小心把邻车给剐蹭了。

　　倒车的时候，他顺便瞅了眼后视镜中的自己，鬓角盖住了耳朵，他想着，哪天得去趟理发店了。

　　不是欧阳虓不给董希望理发，而是他辞职了。临走的时候，他对老同学说："记着，什么时候，叫上嫂子，给你们拍全家福！"

　　"好好好好好……的，对对对对对……"

　　欧阳虓不在了，可董希望的结巴却一点儿也没见好。

北极测向站

故事发生在上个世纪末。所以，讲述起来就显得有些陈旧，略带了一丝古董的味道。可就是有这么一群人，注定一辈子默默无闻，可他们从事的却可能是轰轰烈烈的事业。就算故事过去二十年三十年甚至五十年，翻出来呈现给读者的，恐怕也只能是一个故事的边缘……

1

这已是陆奕民来北极测向站的第十五天了。

对于情报学院毕业的高才生来说，半个月，足可以掌握无线电测向这门简单的技术了。虽说测向是个不起眼的工种，可站里每个人都有自己的绝活。对别人，他们也许还互相藏着掖着，可对陆奕民，他们可真是知无不言，言无不尽，都恨不得一股脑地教给他。

怪不得张站长让他每天上午上哨跟班，一开始还以为是张站长心疼偏袒自己，免去值夜班之苦。可没过几天，他就弄清楚了，张站长的这一碗水端得真是很平。别人都是早、午、晚、夜四班倒，陆奕民以不变应万变，大家就都有机会给陆奕民当带班师傅了。

只有十个人的小站，新来的，永远是最受欢迎的，因为新鲜对大家太重要了。陆奕民又聪明又能干，人长得倍儿精神倍儿清爽，怎么看都那么顺眼，嘴儿还甜，不管跟谁聊天都让人觉得很亲。

弄清了这个，陆奕民也就不急着独立上哨了，既然大家稀罕自己，跟班就跟班吧，正好不用值夜班。二十啷当岁，正是爱睡时。

匆匆扒拉了几口早饭，陆奕民走进报房，还是晚了十来分钟。

今天他的带班师傅是少校老周，可哨位上却是熬了一夜的中尉赵光辉，"今儿是咋了？老周还没来！"

"要不，我去宿舍看看？"

"饶了我吧，这一夜把我折腾的，我得回去睡了，顺便叫老周过来。"

赵光辉走到报房门口，又折回来，指了指便笺纸上一连串的数字和一个大大的问号，说："你注意一下这个频率，夜里测向了几次，信号挺好的，可我总觉得示向度有点问题，测不准。"

陆奕民正忙着把老周的情报代号639输入测向终端机，测向任务又来了，陆奕民忙不迭地测起向来。赵光辉看一眼陆奕民熟练地操作着，放心地走了。

又过了好一会儿，老周才进了报房。这可不是老周的风格，他干什么都很积极，怎么会迟到呢？

今天的测向任务特别多，一个接一个，报房里的莫尔斯电码响个不停，好在陆奕民已经上手，动作麻利，反应迅速，竟一个漏测的都没有。

老周坐在身后，一言不发，陆奕民只当是忙得顾不上搭话。

约莫过了个把小时，陆奕民在电码声中似乎听到了粗重急促的喘气声，他下意识地回过头一看，吓了一跳。老周的额头上沁着大颗大颗的汗珠，眉头紧锁着，面目都有些狰狞了。

"怎么了你？"陆奕民的手松开了显示终端上的旋钮。

老周吃力地摆了摆手，气若游丝地说："老毛病了，没事儿。"

又一条测向任务过来了，陆奕民也顾不得接，忙搀着老周出了报房。

可是偌大个营房竟一个人都没有，陆奕民这才想起来，张站长带着大伙儿去贺老妈妈那儿了。

贺老妈妈是六十年代随丈夫所在的铁道兵部队来这里的，可没想到，丈夫把命却搭在了这儿。丈夫牺牲后，无儿无女的贺老妈妈不肯离开丈夫，就一直生活在这里，守着丈夫和他当年修建的铁路。北极测向站的官兵知道后，每周都要到贺老妈妈家里送米送菜、挑水劈柴、收拾房子。

本来今天自己也要去见见这位可爱的老妈妈，可张站长说："不急，以后有得是机会，这两天哨上事儿多，正是学习的好机会。"

幸亏没去，可没去又能怎样？报房里的莫尔斯电码搅得陆奕民心烦意乱。

老周忍住痛，说："别管我，报房不能断人。"

突然，陆奕民想到了赵光辉，就径直穿到了宿舍区。果然，赵光辉的房门一推就开了。

在站里，没人锁门。营门口有战士站岗，外人是进不来的，锁门岂不成防自己人了？统共就十个人，用大个儿的话说，谁屁股上长几颗痦子，谁屌上长几根毛都一清二楚。亲热还亲热不过来，提防个什么劲呢？

一开始，陆奕民极不习惯，可也只得入乡随俗，只是每次串门的时候，却还是象征性地敲门而入。这会儿，他倒顾不得那么多了。

赵光辉睡得正香。陆奕民连喊带拽地把他弄醒。赵光辉揉着惺忪的眼睛，搞明白了状况，一边穿着衣服，一边说："这儿有我呢，你赶紧回报房，那儿可离不了人。"

赵光辉跑到院子里一看，两辆吉普车都被站长带走了，只剩下那辆跑机要通信的三挎子。

赵光辉又折回来，跑到站长办公室，从墙上的挂钩上取下钥匙，这才扶老周上了那辆三挎子，一溜烟儿地疾驰而去。

2

陆奕民返回报房，测向终端机在那儿一直叫着，显然，有的任务漏测了，不知道北京总部会不会追究？陆奕民忙把任务接收了下来，好一阵手忙脚乱。

如果北京总部追究，陆奕民觉得自己真有点对不住老周。现在他还在实习期，没有独立的情报代号，那个639正是老周的终身代号，出了错当然得是老周的。可陆奕民知道，老周工作总是最认真的，上夜班保证不打瞌睡，而且凡是他的班，他连一口水也不肯喝。所以，639漏测，这种事情恐怕还从未发生过。

其实，北极测向站有两个哨台，可两个人值班吧，实在浪费人力；一个人值班呢，那就少不了上趟厕所开个小差什么的，漏上个把任务也在所难免。

不过，测向是一个庞大的系统，这个哨台实在是微不足道。就算在北极测向站里，它也只不过是这个小测向系统的最末一环，也就是两台测向终端机罢了。而更为复杂的还有：测向天线阵、输入匹配单元也就是通常所说的测向预处理器、测向接收机，无线电信号要经过这些关键部分，最后才到达显示终端。不过这个过程，陆奕民不用理会，所有的一切机器都会自动完成。

当然，北极测向站这套小系统也只是整个测向大系统的一个单元。要完成一个测向任务，光有一个测向站是绝对不行的。因为一个测向单元只能给出一个示向度，也就是只能在地图上画出一条线，要想准确定位无线电信号源，必须还得有其他线的配合，于是总是几个这样的小系统共同完成一次测向任务。这就需要建立通信系统等一系列工程，把几个测向站连接起来。

小学生也知道，两条线就能确定一个点，而测向大系统总是至少设三四个测向站，这是为了互相印证，避免差错，而且，无线电信号也可能会有盲区，这里听得见，那里未必就能捉得着。也就是说，如果某一个测向站漏掉个把测向任务，真的不会妨碍大局。

想到这里，陆奕民心里才踏实了点儿。可也正是想到这里，他的心里又开始难受了。

其实，这半个月，他心里一天也没有好受过。

毕业时，陆奕民被分配到了北京，这对他来说是个意外惊喜。虽说他分配到的部队总部离天安门少说还有四五十公里，就是人们常奚落的所谓北京的"边疆"，可再怎么说，这个"边疆"也是首都的"边疆"啊！和那些遍布到了真正意义的祖国边防线上的同学相比，他不知道要幸运多少、幸福多少哩！可当他兴冲冲地到部队报到后才知道，总部有规定，分配来的大学生一个不留，全部"二次分配"到基层。这不，陆奕民一下子就被打发到了祖国的最北端，这里比传说中的宁古塔还要偏远，于是这"二次分配"对他来说无异于是"充军发配"了。

不知什么时候，虎子趴到了陆奕民的脚边，一副幸福的样子。

虎子是一条纯白色的巴儿狗。陆奕民第一天来站里，就被冷不丁蹿出来的虎子吓得撒腿逃命，他生来就最怕狗了。谁知，他越是跑，虎子就越是撒了欢儿地狂追，一边追还一边汪汪地叫。这场面，直惹得众人捧腹大笑。当虎子再次扑到他的脚下，刚刚颜面尽失的陆奕民虽不敢再逃，却还是僵硬地挺着身子，一动不动地任凭它在那里又是打滚儿，又是作揖。打那以后，虎子总是寸步不离地跟在陆奕民身后，一开始，他很不习惯，可虎子死皮赖脸，怎么轰都轰不开。

唉，十个人的小站，来了个新人，连狗都欢喜得不得了啊！唉，别人觉着他还新鲜，可他对这里的人、这里的环境、这里的工作已经不再新鲜了。

3

陆奕民刚刚给出某短波频率的示向度。突然，他的脑子里灵光一闪，这不正是赵光辉提到的那个可能测错的频率吗？

他赶紧找到赵光辉留下的那张便笺纸。

没错，就是这个频率。在这张纸上，赵光辉记下了两三个不同的示向度，然后画了一连串大大小小的问号。而自己刚刚给出的示向度竟又差出去好几度。

这不合常理，信号清晰，强度不错，陆奕民自信没有测错。

说实在话，陆奕民打心眼儿是瞧不起测向的。十五天，他早就掌握了测向技术，甚至跟了一天班之后，他就敢拍着胸脯说能独立上哨了。他可是情报学院的学霸，熟练掌握三国外语，具备较强的情报综合分析研判能力，却要干这枯燥乏味、没多大技术含量的事情。"大材小用"简直比"边远艰苦"还让他憋屈。

有一回，老周有意无意地对他讲起测向的意义。"别瞧不起咱测向这个行当，情报工作一大半的功劳都在这测向。就算你密码破了，可不知道人家在哪儿，那不是干瞪眼、瞎着急吗？"

陆奕民毕业于情报学院，怎么会不知道？老周如此说，莫非是他看出了自己内心里的那份不屑？陆奕民当然不能承认，于是说："好啦，好啦，我明白了。"

在一个测向大系统中，如果几个测向站都具有优良的测向环境，装备着先进精良的设备，拥有经验丰富的测向员，那么完全可以实现测向误差小于三米，这就是说，我们也能完成精准打击杜达耶夫那样的定点清除行动。

可是现在的测向结果，误差可不止三米三十米。陆奕民开始在心里估算。按照昨天晚上几个测向站分别给出的示向度，这个无线电台应该位于东经130°、北纬34°附近。而此时，仅仅根据刚刚自己给出的示向度，假设这个电台的纬度不变，经度应该是东经123°附近。在北纬34°，七个经度大概就是——

六百公里！

陆奕民心里一惊。这误差也太离谱了吧！

他急忙跑到墙上挂着的巨幅军用地图前，东经123°、北纬

34°是一片汪洋，而东经130°、北纬34°则是——

日本九州岛西北部的佐世保海军基地！

这应该没错。根据公开消息，日本正在那里和某西方大国进行着一场模拟夺岛演习。

除非……

想到这里，陆奕民心里一惊。

如果自己没有测错的话，那么，这个电台是移动的，它应该在一艘军舰上！也就是说，这有可能是一个舰载电台！

距离第一次测向已经过去了十几个小时，就按军舰速度是三十节吧，十几个小时军舰恰好可以开出六百多公里，正应该是到东经123°附近。

再强调一遍，如果测向准确的话，现在，这个舰载电台已经无限地接近我国东海或黄海，演习中突然朝邻国领海开来，意欲何为？！

陆奕民心中不寒而栗。他好像看到一百多年前的一幕，日军吉野、松岛、扶桑、赤城船坚炮利，肆无忌惮地朝着北洋水师的舰船开来……

会是这样吗？陆奕民又把涉及该频率的几次测向结果反复核查了一遍，除了赵光辉和自己给出的几次示向度差距较大外，其他测向站的数值都还比较接近，没有反映出电台有运动的迹象。莫非真的是自己测错了吗？

现在连个请教的人都没有。他想给张站长打个电话，可事关情报，在电话里是万万不能说的，再说，赵光辉此时也一定把老周的情况向张站长汇报过了，说不定他正忙老周的事儿呢。

陆奕民再一次仔细地查看着军用地图。突然，他恍然大悟，为什么刚刚没想到呢？如果其他几个测向站给出的示向度接近，那还有一种可能，日本军舰正行驶在他们给出的那条线上！

事不宜迟，陆奕民果断地发出了再次对该频率进行测向的请求，以便能确定自己刚刚的测向结果是否准确。

这有悖常规。一般情况下，北极测向站只负责接收任务，北京总部下达指令，让测哪个频率就测哪个频率。换句话说，这里只处于从属和配合的地位，并没有侦察电台、破获情报的功能。可陆奕民管不了那么多，直接向北京总部提交了测向请求，同时，他在旁边那台赋闲休息的测向终端机上锁定了这个频率，等待着它的再次出联。

4

时间一分一秒地过去了。

可是，旁边的测向终端机上始终悄无声息。

这个舰载电台再也没有发报，用行话来讲，它进入了静默状态。

难道，这个电台已经完成了任务，结束了通联？这是不可能的，它并没有返回的迹象。那么，这个电台就是不想被人发现，把自己隐藏了起来。而这更印证了陆奕民的推测：它已经无限接近我国领海，甚至已经闯入了我国领海。

这让陆奕民心急如焚，他真想再次抓住这个电台，发挥出自己的全部能量，给出最准确的示向度。

他之所以这么想，首先是出于他的本能，学了四年情报专业，现在就连看报纸都能看出情报来，一旦具备了这样的综合分析能力，遇到事情时，头脑里自然会生发出相互关联的各种判断。虽然他知道，现在的自己不过就是学会了操作这台测向终端机而已，这对于一个普通测向员来说已经算是合格了，其他的事完全用不着操心，只需要在这个测向体制的末梢上慢慢积累些经验。但是，陆奕民是谁呀？他又怎么会甘心做一辈子测向员？他必须让别人看到自己的价值！

可没有信号，怎么测向？

陆奕民应付着一个接一个的测向任务，脑子却还在飞快地旋转着，为什么突然就消失得无影无踪了呢？它怎么才能把自己隐藏起来呢？

想到这里，陆奕民仿佛突然开了窍。

变频——教科书上说过，这是敌人为了隐藏自己所采取的最常用的技术手段。

刚才为什么没有想到呢？他连忙跑到另一台测向终端机上，解锁了频率，不停地转动着调频旋钮，每发现一个信号，就进行一次独立测向。所谓独立测向，就是不向其他测向站发送测向请求。反正他们几次测向给出的示向度都大同小异，那现在主要依靠的就是自己的测向结果了，只要找到相近示向度的无线电信号，就基本可以确定是那个向我领海驶近的舰载电台了！

仅仅十几分钟后，在一个更高的频率上，陆奕民有了发现。

凭着直觉，这个电台的音质、清晰度、发报手法几乎一模一样。对这个信号进行独立测向，示向度与原来那个频率的方向基本一致。

陆奕民再次果断地向其他测向站发出了测向请求，并标明：此频率疑似为原频率的变频，初步判断为日本海上自卫队舰载无线电台，现正向我东海、黄海海域靠近……

很快，其他测向站的结果反馈了回来。

陆奕民长长地出了一口气，他的心里不禁有些小得意。毕竟，在情报这个行当里，不管你怎么努力，你可能注定一辈子没有任何功绩。

5

午饭前，张站长他们都回来了。

张站长没有回办公室，直接进了报房。陆奕民单独值班，他没什么不放心的，谁有几斤几两，他都看在眼里，心中有数，只是老周病得突然，作为站长，他得对第一次独立值班的新人表示一下关心。

陆奕民忙站起身。又一条测向任务来了，他一边麻利地给出示向度，一边把上午侦测疑似日舰载电台的前后经过详细地跟张站长作了汇报。

张站长赞许地点点头，夸奖道："果然是高才生！刚刚我就跟他们说，留你一个人值班准没问题，没想到，还捞了条大鱼。"

陆奕民笑了笑，说："大鱼倒不指望，一开始我还以为是自己测错了。"

张站长却叹了口气，说："可惜咱们这里不能直接上报情报，又让总部那些小子们占了便宜。"略一思忖，又觉这话说得不太妥当，补充道："不过，我还是要给你向北京请功。"

陆奕民心中不禁一喜。情报这个行当，出错的机会遍地都是，立功的机会却少之又少。而且不是说你拼命干就一定能有机会立功，因为你不可能生编硬造出大情报来，只能静静地等待敌方的动静，如果敌人一动不动，你也只能劳而无获。俗话说，种瓜得瓜，点豆得豆，可搞情报的却是，敌人种瓜你得瓜，敌人点豆你得豆。

能刚上班就立功当然是件好事，可问题在于，今天是老周的班，陆奕民所做的一切，在北京总部那里只会以为是代号639所为。陆奕民想提示张站长一下，可突然想起，还是应该先问问老周的病怎么样了。

张站长说："放心，老毛病了，去医院输了糖皮质激素，这会子已经回宿舍休息了。"

"老周这是什么病，怪吓人的？"

"嗨，风湿，都是前年抗洪闹的。"

"抗洪？您指的是过水？"

"抗洪就是抗洪，你那天赶上的才是过水。过水就是上游放点儿水，借咱们这里过一下，过去就没事了。"张站长停了停，又说："其实也是一码事儿，抗洪就是特别严重的过水。"

过水，是因为北极测向站建在了一条废弃的河道里，到了夏天，山上的雪融化，若是上游再下些雨，便要从这里放水。

陆奕民来站里第一天就赶上了过水。

那天晚饭吃得特别丰盛，还上了站里自酿的小烧。陆奕民不能喝酒，但他以为是站里给自己预备的接风宴，便也硬着头皮端起了杯。一口小烧下肚，从嗓子眼儿到食道再到胃顿时就像燎着了一样，火辣辣烧得慌。好在大家并不强劝，他便可以点到为止，只看着大家尽兴畅饮，心里那种发配流放的愁绪也被冲淡了好些。虎子一直在桌下转来转去，人们不时地扔给它一块儿啃得不太干净的骨头，它便叼到一旁，歪着大方脑袋亲热地啃起来。

酒席宴间，张站长起身到外头接了一个电话，大家的神情就凝重起来，人人撂下了碗筷，等着张站长一声令下。接下来，站里所有人一起上阵，众志成城，很快就把营房四周用沙包围了个严严实实。

陆奕民记得，那天是老周值晚班，只有他没有参加"战斗"。现在看来，说不定是张站长刻意给老周调了班。

陆奕民还记得，那天"战斗"结束，张站长也顾不得满手的泥沙，高兴地拍着自己的肩膀说："小伙子，你这一来就参加战斗，回头我给你向北京请功。"

难道？

没错，张站长这可是第二次说给自己向北京请功了，莫非，这只是他顺嘴说说？

可这不一样啊！

那天，陆奕民没当回事儿，不过是扛了几袋沙包而已，在军校出公差可比这个累多了。今天就不一样了，这可是实打实的情报。看来还得盯紧着点儿。

"站长，您看我是不是该出徒啦？要不，明天您就给我单独派班吧？"

张站长微微地皱了皱眉，他也是情报老手了，怎么能听不出陆奕民的话中之话？转念又一想：这也难怪，今天的功劳明明就是他一个人的，该是谁的就是谁的，好吧，我回头会给总部说明的。

张站长刚走，大个儿就过来接班，陆奕民又把疑似日舰载电台的情况详细交代一番。

大个儿拍了拍陆奕民的肩膀，说："运气真好！不过，就算真的是军舰开过来，情报意义也不大。你想，海军那帮人也不是吃干饭的，他们能不知道啊？"

陆奕民脑子里也曾这么闪过，可当时却容不得细琢磨。这会儿听大个儿一说，还真有点儿紧张，忙问："那，这不会算是假情报吧？"

大个儿"嗨"了一声，说："你这压根儿就没情报，哪儿来的假情报？不就是报告了一个电台的位置吗？噢，还不是你一个人定位的。得啦，赶紧吃饭去吧，别尽异想天开了！"

6

张站长办公室的电视正播着新闻，是那张熟悉的国防部新闻发言人的面孔。

新闻结束，张站长把陆奕民叫到了办公室。

"这回，你能及时搜索发现变频后的信号，是件很了不起的事。"

"站长，看来海军那边儿早就知道日本的行动了，这还算得上情报吗？"陆奕民问。

"你啊，到底是新人。海军知道，那是海军的事，我们情报部门的情报又是另一回事。如果我们没有发现，倒不会有什么损失，也怪罪不到我们头上。可我们发现了，那就充分说明了我们的情报生产能力，也说明了情报部门在新时期的价值。所以，你这回是立了头功一件。说不定，总部会很快调你去北京。"

"北京？"陆奕民有点儿不相信自己的耳朵，可他看看张站长那一脸的郑重其事，心里漾起的惊喜都快要把胸口撞开了。

"当然，我说的只是可能。你想，你在这里如此有限的条件下，都能搞到这样的情报，这可不是一般的情报，一定会立刻直送中央军委和国防部。如果是在北京总部，具备更好的条件、更多的手段、更多的信息，你能发挥多大的作用？！总部缺的正是你这样的人才！"

陆奕民心里怎么会不沾沾自喜？虽然他知道，真把他放到总部的位置上，也许未必能再侦获到这样的情报。

可是，管那么多干什么？调京是第一要务。

只有到了北京总部，才能早一天考虑下一步的发展，比如交女朋友，比如结婚，比如继续深造，比如将来的转业落户，等等。

张站长继续说着："调京指标能不能有，这我决定不了，我能给你的奖励，就是让你进趟山。"张站长想的是，如果这家伙真被调走了，不进趟山，怎么算来过一趟咱北极测向站呢？可是他知道，这回他不能进山了，老周正病着，又赶上敌方演习，站里有多少事都等着他处理呢！

回到宿舍，陆奕民照例没有锁门，他一头扑到单人床上，掩面而泣，他的手使劲地拍打着枕头，他这是太高兴了！虽然现在这还只是一种可能，但是，这个"可能"便足以让他的精神振奋，让他的血液沸腾！而在此之前，他也是常常回到宿舍就扑在床上流泪。那可不是什么喜极而泣，那是真正的泪，可恶的"二次分配"，可是不服从行吗？且不说他没有这个勇气，就算有勇气，胳膊不还是拧不过大腿？况且，别说胳膊，他连个手指都不是！

7

陪陆奕民进山的是大个儿和赵光辉。

一大清早，张站长就开始亲自检查装到猎豹越野车上的各项装备，除了充气橡皮筏、电瓶、鱼叉这些捕鱼用具，更是查看了棉大衣、绒衣绒裤、作训服、皮叉子、防蚊帽这些穿戴，还有吃喝用度，包括打火机、手电筒、瑞士军刀这样的小物件也都一一检查，生怕落下了什么。

陆奕民好奇地问："这才进八月，用得着备这么些棉衣棉裤？"

大个儿嘿嘿一乐说："也是的，三伏还没出呢！哈，要不你的那套就别带了？"

陆奕民知道这是大个儿的调皮，忙说："我就这么一问。饱带干粮热带衣，还是带上吧，有备无患。我只是奇怪，山里头真有那么冷？"

来这里之前，陆奕民查过些资料，这里是北纬52°，极端最低温零下五十二度，平时最冷的一月平均温度零下三十多度，但这些只是数字，他一直想整明白，这些数字代表的究竟是什么。可要想整明白这些，恐怕还要等到冬天。当然，要是能尽快调京，那他宁愿不要等了。

张站长说："进了山，你自己体会去吧。赵光辉，你还是落了东西，快去拿几条毛巾，火机最好也多带几个。还有，从我屋里拿几盒烟。"

赵光辉答应着，连忙跑回了营房。

陆奕民说："拿烟干什么？我们几个都不抽。"

张站长一边在猎豹越野车里踅摸着，一边说："你刚不是说饱带干粮热带衣？夜里说不定用得上。"说着，他在车后座下面发现了什么，探进身子，把一杆半自动步枪掏了出来。"枪还是别带啦。"

大个儿赶紧凑上去，难得见他用撒娇的口气跟人说话："头儿，好不容易进趟山，还不让他练练枪法？这是军人起码的素质。"

张站长拎着枪，说："我知道你的心思，不过山里头早就禁猎啦，还是免了吧。想打枪，回头儿找地儿练去。"

大个儿央求说："头儿，我们又不打熊瞎子，就想着能打几只飞龙，让小陆尝个鲜。"

张站长还真犹豫了一下。

大个儿趁机就想从张站长手里夺回枪来，张站长最终还是没放手。

"行啦，走吧，路上注意安全！小陆啊，回头去给你买家养的飞龙！"

陆奕民坐到了副驾驶座上，赵光辉开车，大个儿坐后座。等车开出了河道，陆奕民才问："啥叫飞龙？"

赵光辉说："就是山里的野鸡，咱们这儿又叫树鸡，比鸽子大点儿，雌雄总是成双成对的，要是死了一个，另一个一定会孤独终老，不是有那么句话吗？叫水中鸳鸯，林中飞龙，说的就是矢志不渝的爱情。"

大个儿撇了撇嘴："你这个书呆子，说起话来文绉绉的，听起来怎么那么别扭？人家小陆就问个啥叫飞龙，你可倒好，三句话不离本行，又讲起了什么爱情。你的爱情呢？你不还是把人家甩了，这叫什么？痴心女子负心汉。"

赵光辉长叹了口气："唉，我哪里是什么负心汉！明明就是棒打鸳鸯嘛！"

大个儿乐了："这哪叫棒打鸳鸯？摆明了就是你想调京呗。"

赵光辉反驳道："你难道不想调京？谁又想留在这鬼地方！"

说话间就进了山，道路崎岖蜿蜒起来，猎豹越野车开始爬坡，车身颠簸得越来越厉害。

陆奕民忙说："没错，谁不想离开这儿呀？咱们还是专心开车吧。"

站里就这么十个人，在陆奕民看来，人和人之间是亲密无间的，但是，大家非常忌讳谈的一个话题就是"调京"，可不管谈什么事情，最终又往往会落到这个"调京"上，毕竟这是每个人心中天大的事。

陆奕民岔开了这个话题，欣赏着沿路的美景，心思却又回到了他初到站里的那天晚上。

扛完沙包，回到宿舍，关门落锁，陆奕民脱了个精光，把刚刚那一身的臭汗、臭泥洗掉，好像也不觉得那么累了。一人一个单间，洗完澡，光着身子自然风干，更是惬意得不得了。

可刚把作训服泡到水里，还没来得及洗，就有人敲门了。

他忙胡乱地套上衣服。打开门，是赵光辉。

赵光辉往里边瞅着："干什么呢？"

"光辉啊，快请进。刚洗完澡，还没睡。"陆奕民想到自己开门这么慢，一定是被赵光辉多想了，不觉有些脸红。

"其实，门没必要老锁着，咱们这站里头，连虎子都是公的。"

陆奕民嘴上答应着，心里却想，明明有锁，为什么不锁呢？锁上那道门，不就有了自己的空间吗？如果不锁门，刚刚还真就不敢一丝不挂。

"有女朋友吗？"

"还没。"

"那就好。"赵光辉说。

为什么没有女朋友就好呢？陆奕民哼哼哈哈地应付着。

"我也没有，我比你大几岁，照理说，也该交个朋友了。可这鬼地方，别说不想在这儿谈朋友，就算想，也见不着个女人。"

"也是啊。"

"其实，要想找，也不是找不到。这地儿军人本来就吃香，更何况咱们还是总部的，虽说是总部的最基层、最末梢吧，可在这里的姑娘看起来，那就和总部也没啥区别。"

"嗯。"

"也是的，有的人干几年就调到总部去了。她们光想着攀上门亲，跟着一块儿去北京享福，可她们也不想想，那些调走了的，有一个在这儿结婚生孩子了吗？看看张站长，结了婚生了孩子，这一辈子也就别想再调京啦！"

"也是。"

"唉，这样的日子，真不知道什么时候是个头！"

是啊，这样的日子，什么时候是个头呢？

"唉，所以，我就告诫你一句话，千万别接触任何当地的女孩子，她们一旦缠上你，就把你彻底毁了。"

"这个放心，我还小，不是说男孩子真正性成熟要到二十四岁吗？我还差着两年呢。"陆奕民打趣道。

"实在受不了，你就锁上门自己'打飞机'。"

这句话，又把陆奕民搞了个大红脸。可怎么解释呢？说刚刚自己锁门其实根本不是什么"打飞机"？这不是此地无银三百两吗？

"其实，我们'打飞机'也用不着锁门，大家都一样，撞见了也没啥丢人的。"

也就是那次谈话之后，陆奕民再也不敢锁门了，唉，入乡随俗吧！

那次谈话，其实赵光辉并没有完全说实话。这些日子，每个人都同陆奕民聊了许多许多站里的事。小站就这么大，事也就只有那么多，所以对赵光辉的事，大家都从不同角度或多或少地谈过，只不过版本略有不同。

赵光辉是六年前来的北极测向站。工作枯燥乏味，生活也平淡无奇，而男性荷尔蒙正盛的他，哪里耐得住这份寂寞？于是就跟当地一个女孩子处起了对象。年轻人干柴遇着烈火，时间不长，就已经如胶似漆，难分难舍了。当然，一开始这些都是背着大家伙儿的，直到那女孩子偷偷跑来营区，钻进了赵光辉的宿舍过夜……

当时的张站长还是副站长，发现了这个情况，便找来赵光辉谈话。

关于这次谈话，就有着好几种说法，不过，大体还是可以归为两类。一类是张副站长当了"王母娘娘"。他不惜以自己的婚姻为例，动之以情，晓之以理，力劝赵光辉快刀斩乱麻。

另一类是张副站长当了"月下老儿"。他还是以自己的婚姻为例，说明真爱无敌，如果遇到真心相爱的女人，那就要牢牢把握机会，但是也要做好长期扎根边疆的准备，不能是"今朝有酒今朝醉"，等一纸调令来了，就三下五除二把人家小姑娘给甩了。

两类说法似乎是完全相反的，一个劝离，一个劝和，但在情报专业的陆奕民看来，其实还是可以准确地把这次谈话概括为：张副站长第一次让赵光辉把"调京"和"恋爱"这两件事联系在了一块儿，而且让赵光辉明白了这两件事根本就是水火不容，有你没我，有我没你。

谈话后不久，赵光辉就和那个女孩子分手了。关于分手，也众说纷纭，陆奕民也概括出两个版本。第一个说的是赵光辉爱美人更爱江山，权衡轻重利弊得失，绝不肯以眼前儿的美色而耽误了将来的大好前程，于是干脆利索地把女孩子给甩了。真是比陈世美有过之而无不及，人家陈世美抛妻弃子还是等到了高中状元、入赘驸马之后，你赵光辉这还没怎么着呢！第二个则说那女孩子本想着攀龙附凤，将来跟着丈夫进京吃香喝辣去，不承想赵光辉竟说什么愿意一生一世、生生世世陪在她身边，生不是这大山的人，死却要做这大山的鬼。那你愿意守着大山就守着吧。女孩子一不做二不休，招呼也没打一个，自己倒先离开这里到外面闯世界去了，从此杳无音信。

其实谁甩了谁并不重要，重要的是他们分手的原因确是"调京"无疑。

唉，如果因为这条情报能够调到北京，那我就真是不幸中的万幸了！陆奕民想。

8

　　山上的树越来越浓密，满眼的苍翠和挺拔。

　　大个儿指指这边，说这是兴安落叶松，又指指那边，说那是樟子松，而再走一截又说这里是红松，那里是云杉。陆奕民在心里佩服他的如数家珍，这些在自己眼里都差不了多少，只有走过白桦树林和山杨树林时，他才一眼就认了出。

　　松鼠从这棵树稳稳地跳起，又稳稳地落到了远处的那棵树上，或者这落下来的根本就已经是另外一只松鼠了。偶尔有几只"飞龙"摇摇摆摆地在路边溜达着找食儿吃，见车开过来，便往密林深处逃去。甚至，他们还有幸近距离地看到了一只狍子，它正在那里悠闲地吃着灌木丛的叶子和小浆果。一开始，陆奕民还以为那是只鹿，可赵光辉马上纠正他，说是只狍子，而大个儿又接着纠正赵光辉，说是只公狍子。公狍子也发现了路边的车，愣愣地看过来，那双带着些无辜的炯炯有神的大眼睛，真是让人怜爱。公狍子和他们足足对视了好几分钟，才颠儿颠儿地跑开了。

　　就这样一路走一路停，蜿蜒穿过层层大山和密林，午后光景，终于来到了一片舒缓的河谷地带。远远看去，一道泛着亮光的淡蓝色绸带坠在谷底，有十几米宽，映着蓝天白云，两边静静的山林隔水相望。这美不能用"淡妆浓抹总相宜"这样的诗句形容，因为它是绝没有施过一点粉黛的，一切就那么浑然天成，毫不修饰，更像是个粗犷大气的男人，不修边幅，只不过，这个男人很安静，或是在熟睡，或是在沉思。

猎豹越野车直开到水边上才停了下来。

陆奕民下了车，阳光顿时暖融融地包裹住了他。这里的夏天，日照时间长，加上没有云层阻挡，太阳一览无余地从正南方斜射过来，整个空气里到处都弥漫着阳光的味道。

河水清澈得要命，河底的石头好像随着水面的波纹一起一伏，眼见着大大小小的鲤鱼、鲫鱼、狗鱼、鲶鱼、泥鳅在芦苇的根须和水草间游来游去，或成群结队，或悠然自得。甚至还可以看到几只身体透亮的冷水虾在那里张牙舞爪。

"这就要捕鱼了吗？"陆奕民一边问，一边掏出手机，对着这儿，对着那儿，不停地拍着。

大个儿却说："鱼有得是，不急着逮，咱们还是先痛痛快快地洗个澡吧！"说话间，大个儿已经先把自己剥了个精光。

穿着衣服还以为他骨瘦如柴，没想到此刻脱了衣服，却是满身的腱子肉。不光胸前瓷实紧绷着那两块健硕的胸大肌，宽肩细腰中还紧紧拥着平整匀称、起伏有致的八块腹肌，腰腹相连处的人鱼线勾勒出阳刚的线条，露着冷峻的性感，更别提那本就扎眼的紧致的翘臀和长腿了。

站里有一个健身房，里面器械一应俱全。看看眼前赤条条的大个儿，还真是不白练。回头，也得跟着他练练。陆奕民心想。

赵光辉鼻子里哼了一声，说："大个儿，你这么裸，那谁还敢脱啊？"

　　陆奕民也连忙往四周远远近近地瞅着。"大个儿，这大白天的，怎么也得穿上个内裤吧？别给人看见喽！"

　　大个儿却已经坦然地下了水，走到河中央，畅快地游起来，一边游还一边招呼："还愣着干什么，快下来啊！"

　　赵光辉纠正陆奕民："我说的不是怕人看见，这儿方圆几百里地都见不着个人影。我说的是他那一身腱子肉摆在那儿，咱们这身材本来好好的，都给比下去了。你就放心地脱吧！"说着，赵光辉已经脱了个"无牵挂"。其实他身材也算不错，肌肉匀称，又被些许脂肪盖着，若隐若现，更接近中国人的审美标准。

　　陆奕民还是警惕地四下里看着："真的没人？"慢吞吞地把短袖军装脱了，不自觉地瞅瞅上身白嫩嫩的小腩肉，比起他俩，找个好词形容自己，也只能是"阳光"或者"呆萌"了。

　　赵光辉已经光溜溜地进了河里："嗨，这一路上，你见过人吗？除了进山那儿有道哨卡。快脱光了吧！这可是难得的机会，过了这村可就没这店了。"

　　陆奕民又东瞅瞅西望望一番，这才把心一横，扭扭捏捏地脱了裤子，却还是有意无意地护住下身，蹚进河里，说着："光辉，那你还怕什么被大个儿给比下去，反正也没有裁判和观众。"

　　水里的大个儿和赵光辉都给逗乐了。

　　河水看着很浅，其实却很深，不过一点儿都不凉。它不疾不徐、平平稳稳地向东边儿流着，恰到好处地从年轻人赤裸着的身躯流过，犹如一只温暖又温柔的大手不轻不重地抚摸着他们。

"还挺暖和的。"陆奕民也已经到了河中央。有了这河水的阻挡，他不再羞涩了，只是尽情地和这透明的水亲密接触着，自由自在地。他心想，他们可倒好，还说对山里熟悉呢，这哪里就用得着绒衣绒裤甚至棉大衣？他又想起站长说老周风湿的毛病是抗洪时落下的，可洪水虽说不会如此干净，到底又会冷到哪儿去呢？

游了一会儿，大个儿走上岸，捡了散落在河滩上的三条内裤，又回到水里，扔给各人，说："洗洗吧。"

陆奕民叫道："洗了，一会儿穿什么？"

大个儿拍拍脑袋，说："唉，咋就忘了告诉你带条换洗的内裤呢？"

可内裤已经湿了，陆奕民也只好在河里搓洗着。揉搓了几下，他又问："那你们带肥皂了吗？"

大个儿说："还用得着那玩意儿？"

陆奕民低头看了看手里拿着的白色 CK 内裤，竟比刚买来时还要显得更白更干净。

赵光辉也说："这回你就知道过去的人为什么用不着洗衣粉了吧？衣服在河里涮涮就干净得不得了。不过，现在这样纯天然的河哪儿还找得着？"

陆奕民学着大个儿和赵光辉的样子，把洗好的内裤平摊在河滩几块大石头上，又贪婪地回到河里，开始洗澡。就这么用河水把身体里里外外洗得干干净净，浑身上下清清爽爽的，每个毛孔都好像在水里畅快地呼吸呢！

多么美丽的大山！多么难得的清静！

对于一个局外人来说，北极测向站也算得上是世外桃源了，这大山，那就简直是人间仙境！如果陆奕民仅仅是一个且行且走的旅游者，或者是一个采风的作家，那他一定会爱上这里的。没错，如果很快能调到北京总部，那他就是一个过客，对于一个过客来说，此行无疑是一次难忘的度假。

9

太阳平平地向西边走，赤裸的身体开始感觉到一丝凉意，内裤没有干透，三人便直接套上了秋衣秋裤。

大个儿在那里埋锅造饭，炖上了刚从河里随手摸来的几条鱼。陆奕民帮着从车上卸东西，赵光辉忙着用气筒给橡皮筏子打气。

陆奕民问："这就要漂流了吗？"

赵光辉笑了笑，说："先吃饱了再说。"

陆奕民又问："一会儿天不就黑了吗？"

赵光辉用手使劲按了按橡皮筏子，又继续猛打了几下，这才说："既然出来了，就得让你玩个痛快，你难不成还想睡觉吗？"

"睡不睡倒不要紧，可天黑了还能干吗？"陆奕民心里很纳闷，不是说要电鱼的吗？就摸了这么几条，刚刚够晚上填饱肚子的。

"不光城里有夜生活，咱们这里的夜生活更精彩，你就等着吧！"

这寂静的大山里，黑灯瞎火的，会有什么样的夜生活呢？大个儿和赵光辉始终是走到哪步说哪步，从来没有透露一句接下来的"剧情"。真不愧是搞情报工作的，嘴够严。虽说陆奕民干的也是这个，却无论如何也不能判断出，等待他的将是怎样的一次"夜生活"。

太阳继续向西边的山里倾斜，河面上泛起了更多的金色的光。

大个儿那个简易的灶火烧得很旺，小铁锅里已经开始冒出香味儿，肚子还真饿了。

大个儿抬头看看天色，跟赵光辉说："你先带他去穿外套，战斗眼看就要打响了。"

陆奕民问："什么战斗啊？不会真的有狼吧？"

赵光辉拽了他的手，说："狼倒不是，不过比狼更可怕。"

"那是什么？东北虎，还是熊瞎子？"问不出个所以然，陆奕民只能胡乱想着，胡乱地穿上厚实的作训服。

赵光辉看了看陆奕民身上，说："这么穿可不行，来，我给整整。"他蹲下身子把陆奕民秋裤裤脚拽下来掖进袜子里，再把作训裤裤口的扣子扣好，又检查了一下鞋子和裤口的接合部，确保严丝合缝。

这时大个儿也过来穿衣服了。

赵光辉站起身来，帮陆奕民把上身的秋衣仔细地掖到裤子里，然后说："把拉链拉到最上头，再扣好每一颗扣子。"又递给他一双橡皮手套："最后，再戴上这个。"

很快，三个人都把自己裹得严严实实，一丝风也吹不进来，陆奕民的后背顿时有了汗。

大个儿拿过来那顶防蚊帽，说："快，赶紧的！"

说话间，也不知从哪里传来嗡嗡声，天空顿时暗了许多，成片成片的蚊子从四面八方聚拢来，整个河谷顿时成了它们的天下。

陆奕民刚刚把帽子上的面罩拽下来，蚊子就已经包围了他们三人。

大个儿又递过来条毛巾。顿时，三条白色的毛巾在空中不停地飞舞着，每落到身上一次，都有无数的蚊子尸体落下，然后另一拨蚊子又再次发动攻击，一点儿也没见少。

陆奕民心想，这些蚊子一定是难得来一次人血大餐的，于是也觉着空气中弥漫了人体的香味儿。

尽管穿着厚厚的作训服，尽管里面还有一层秋衣秋裤，可这蚊子比常见的要大上一圈儿，那针头似的口器一定也要长上一截，于是还是有那么几只蚊子戳透了两层衣裳，刺进了陆奕民的皮肤里。

真的比狼更可怕！如果没有这些防护，恐怕自己的血会在顷刻之间被吸得一干二净了吧？恍惚间，陆奕民觉得自己成了误打误撞闯进小人国的格列佛。

"这还怎么漂流？现在连饭也没法吃了。"陆奕民几乎是带着哭腔地问。

大个儿的笑在防蚊帽后面影影绰绰："冬天来了，蚊子不就没了吗？"

陆奕民算是好脾气，可还是被大个儿的这句玩笑话气到了，说："等冬天来了，咱们也就该饿死了！"

大个儿和赵光辉隔着防蚊帽对视一眼，乐出了声。

陆奕民气鼓鼓地说："你们还顾得上乐！"可他又立刻闭了嘴，集中精力使劲地拍打着那些落到作训服上，正寻找下嘴机会的小家伙。

约莫战斗了一个小时左右，太阳眼看就要落到山后边去了，天色黯淡了下来。仿佛又是在突然之间，蚊子一下子都无影无踪了。只剩下几只残兵败将还继续不甘心地围着他们嗡嗡着，它们实在是想喝上一口鲜美的人血，哪怕只是呷摸上那么一小口就去死，也值了。可最终，它们要么被拍死了，要么也飞走了。

这些蚊子，还真有点像是步调一致的军队，鸣金收兵了，就跟当初冲锋陷阵般地呼啸而来一样，又呼啸而去，只在河滩上留下了那些顾不得收尸的同伴儿。

河谷又恢复了午后的那份宁静，没有了阳光的宁静是加了倍的，经过了人蚊大战的宁静更是翻了番的。可陆奕民仍不肯摘下那顶防蚊帽，直到大个儿把它从他头上摘了去，他还心惊肉跳地问："蚊子真的不会再回来了吗？"

大个儿打趣道："这不是冬天来了吗？"

"冬天？"陆奕民奇怪地问。

赵光辉也说："没错，冬天来了，又该添衣服了。"

刚刚与蚊大战，还真没觉出来冷，此时听赵光辉这么一说，陆奕民也发现身上那些汗已经褪去，再加上河谷里的风这么一吹，身上顿时感觉到凉了。

10

三人套上了绒衣绒裤，重新穿戴整齐，围着灶火吃起了炖鱼。

吃过晚饭，大个儿吩咐赵光辉，让他直接开车到下游的什么地方，明天早晨他们会在那里上岸会合。说的人明白，听的人也清楚，只有陆奕民不知所以，但从他们的话里也知道了"重要情报"：接下来，他将和大个儿顺流而下，而且，是整整一夜。看来，剩下来的漂流捕鱼项目就是他们所说的夜生活了。

陆奕民从大个儿手中接过棉大衣，二话不说就往身上穿。既然从中午到现在就像是从夏天到了初冬，夜里一定还会更冷。

大个儿又把一件类似雨衣的东西递了过来。陆奕民见过那些下池塘挖藕的人，他们穿的就是这种东西。

"快穿上吧，这是皮叉子。免得一会儿掉到河里，那可就真得出人命了。"

陆奕民忙学着大个儿的样子，把皮叉子套到裤子外面，系好上身的背带。看看大个儿已经不再玉树临风，也就能想象得到自己是个什么熊样了。

万事俱备，也不需要什么东风。赵光辉和大个儿一起把橡皮筏子推到河里，再把电瓶、鱼叉、划子、电筒都放到橡皮筏子里。

大个儿几乎是把陆奕民抱上了橡皮筏子，等着他在前边坐稳当了，这才蹚着水把筏子往河中央推，然后麻利地跃上去，筏子就稳稳地向下游冲去。

淡淡的星光下，陆奕民隐约看到赵光辉在河滩上向他们挥着手。

大个儿把接着蓄电池的电筒递给陆奕民，让他在前头照亮，自己则小心地舞着划子，调整着筏子的方向。

这可是真正的河，几乎没有水花，只能听到划子拨水的哗哗声，还有时不时哪里传来野鸭的一两声叫声，一定是他们惊动了它们。

大个儿也不总划水，任由橡皮筏子向下漂游着，只是偶尔筏子拐向了岸边，或者横了过来，大个儿才左划几下，右划几下，让筏子回到河中央来。

大个儿还有更重要的事儿。在河水拐弯儿的地方，他把橡皮筏子划到了泡子里。泡子一面与河相连，三面被芦苇包围着。水流累了，就躲到泡子里喘口气、歇歇脚；筏子漂累了，也静静地停在了泡子里。

不知道什么时候，大个儿已经把鱼叉尾部的电线接到了蓄电池上。他让陆奕民把电筒照向水下。

好家伙！透过清亮的河水，好大一条鱼正一动不动地在水里睡觉呢！

大个儿轻轻地把鱼叉伸进水里，那两个铁叉子尖儿已经快要挨住鱼的身体了。

陆奕民以为大个儿会猛地刺向鱼的身体，还在担心鱼会不会跑掉，大个儿却轻轻按了一下鱼叉手柄上的按钮，鱼叉便通了电，那条鱼便在睡梦中翻了翻肚皮浮到水面上来了。

陆奕民用鱼抄子捞起那条鱼，足足得有三四斤重。

"你不会把一泡子的鱼都电死了吧？"陆奕民担心地问。

大个儿轻轻地划了几下，换了个地儿，说："那还不得把我们一块儿电死了？我只用了一点点电量，刚好只够电一条鱼的，鱼也电不死，只是电晕了，明天吃，鲜得很。"

很快，在这个河泡子里就收获了四五条大鱼。

大个儿接着向下一个泡子漂去。

夜，已经深了。没有月亮，也没有云彩，星星就显得格外亮，又格外大，大到像是随时会坠下来。颜色也不全是想象中的金黄色或者银白色，还有草莓红、宝石蓝，甚至是苹果绿，它们像一颗颗多彩的宝石沉甸甸地缀在低垂着的墨蓝色幕布上。陆奕民有点儿怀疑自己的眼睛，使劲地揉了揉一双睡眼。可就这么一个空当儿，河面上已经腾起了半人多高的白雾，橡皮筏子好像不是在水里漂，而是在天上的云里游了。陆奕民明明打着电筒，可那道光却射不了多远，反而把云雾照得更白、更厚、更浓了。

这时候，陆奕民才领教了这山里头"夜"的厉害。本来，出发时穿得已经足够厚实了，起初还有点儿热，可到了现在，整个人已经被水汽从外到里地给浸透了，身子便从里到外地冷。

再说，夜色朦胧，万籁俱静，就算有点儿水声、蛙声和野鸭的叫声，那也不过是一首小夜曲或者摇篮曲罢了。困，加上这天籁之音，就不再是一般的困了。于是，筏子头的电筒灯光便一下子照到了水里。

"嘿，警醒点儿，可不能睡，睡着了，非冻死不可。"

大个儿的话不知是真是假，但的确不能睡着。豹子头林冲风雪山神庙时，还想着来壶酒暖暖身子，可现在，只能靠抖个激灵产生的那丁点儿热量维持，而为了维持却又消耗掉了更多的卡路里。

也不知道过了多久，什么时候才能耗到天亮呢？

"你不困吗？"陆奕民想，无论如何，说着点儿话总会好些，可这话也打着哆嗦，带着颤音和上下牙打架的动静。

"咋能不困？可困也不能睡呀！"说着，大个儿从兜里摸出一盒纸烟，取出两根，并排塞到嘴里。又摸出火机，啪啪地打了好几下，只飞溅出几颗星星，他停下来，使劲地摇了摇，再攒足了力气使劲按下去，黑暗立刻撕扯开一道大口子。他把火苗凑向烟，点着了。那道大口子又合拢上了，黑暗便愈发地黑了，只多出了两点扎眼的忽明忽暗的光。大个儿狠狠地吸了一口，这才把其中一点亮光递给了陆奕民。

陆奕民毫不犹豫地就接过了这根"救命稻草"。心中暗想，还是站长英明，这盒烟还真能派上大用场！

两粒火光在这混沌中交替地时明时暗着。

"聊点儿什么吧。"陆奕民提议。

"聊点儿什么呢？"小站就那么多事儿，能想到的，该聊的，大个儿觉得都给陆奕民聊过了。这也成了小站的规律：新人驾到，大家都兴奋得不得了，围住新人就会抢着把站里过去发生的一切填鸭式地告诉他。同时，人人也像侦探一样，从新人这里打探一切可以打探到的外面的故事。本来就都是搞情报的嘛！

"随便吧，只要有点动静就好。"这会儿，陆奕民的脑子似乎也被冻僵了。但仅仅过了一秒钟的工夫，他又说："要不，聊聊老周的病？他的病是怎么得的？那天可把我吓坏了，好好的一个人，怎么说倒下就倒下了呢？"

11

大个儿的讲述是东一句、西一句的，想到哪儿说到哪儿，显得有些凌乱，没有什么逻辑，可陆奕民是谁呀？情报学院的高才生！此时，他的那颗情报脑袋正好重新开启。大个儿现在讲的，再加上过去听到的只言片语，这些个零七八碎进了他的脑子，就很自然地按着一定的逻辑思路，形成了有价值的"情报"。

要说老周的病，那就避不开前年夏天的那场洪水。

北极测向站所在的那条干涸的河道，虽说不是年年过水，更难得发一次洪水，可赶上了就是了不得的事。前年，整个嫩江流域就遭遇了特大洪水，这里的河道也没有幸免于难。上游的堤坝被冲毁了，洪水就像脱了缰绳的野马，裹胁着上游的泥沙，汹涌而来。

北极测向站接到北京总部命令，撤到了山上。直到一个多星期之后，洪水退去，大家才回到营区。营院的围墙被冲垮了，整座营房就泡在齐腰深的水里，一同泡在水里的当然还有那些测向设备。

这些设备可是测向站里最宝贵的物件儿。虽说报房地势比宿舍还要高些，但还是进了水，机器被冲得七零八落，只能靠人下水去捞。

有了今天漂流的经验，陆奕民不难想象当时的水该是怎样的一种冷。中国极北之地的洪水与南方的洪水是不同的，这里除了暴雨，还有雪山上融化的雪水。现在，他就正感受着一种能掀开皮肉、直插骨缝的刺痛。想到这儿，他竟又不由自主地连打了几个寒战。

大个儿说："我们每次下水前，都得先喝上半斤小烧，从水里出来，还得再喝上几两。除了酒，食堂还熬了一大锅姜汤。就这样，还是把我们冻得直打哆嗦，嘴唇都是紫黑紫黑的，好半天身上都暖和不过来。"

陆奕民想：怪不得来站里第一天扛沙包前要喝酒哩，原来不单单是为了给我接风洗尘啊！

出了水，大家还要忙着清理那些过了水的机器，清除里里外外的污泥和杂质，检查内部有没有脱焊、短路或者锈蚀，接下来再用白炽灯明晃晃地照着，好让水分蒸发得快些。总部也派来了机器维修专家，用各种仪表检查机器的绝缘性能，出现问题的抓紧修理，实在不能修的就赶紧报给总部申请更换。

不过，大部分机器也都只是泡了水，损坏并不严重，更换的也不多。所以，这场洪水给北极测向站造成的损失并不大，测向工作很快就恢复了。

说到这里，人就不如机器了，泡了水的人反而比机器更难"修理"。

老周就是这么病倒的。

大个儿叹了口气："唉，其实老周这病也是自找的。为啥大家都下水了，偏偏病倒的就是他？"

老周比张站长还要年长一岁，可下水时却一定坚持要打头阵，用他的话说："我是南方人，打小就在水里头生水里头长，水性好，你们莫和我比。"别人在水里待上个把小时，总还要上来喝两口酒，暖和暖和，缓缓劲儿。老周可倒好，不但冲锋在前，下了水，还轻易不肯出来，一干就是俩仁小时，实在扛不住了，才上来喝口酒，不等暖和过来，又接着下去了。当时大家都忙着抢救机器，也就没在意他几乎一直泡在水里。

要是泡过水之后，能够及时休息调养，老周也未必就真的落下病根儿。可灾后恢复工作的事情本来就多，又赶上了对象国集中进行无线电变频，每个新频率都要反复测向以确定方位。

老周突然像是打了兴奋剂，干脆在报房里支了张行军床，白天黑夜地住那里了。别人劝他劳逸结合，身体是革命的本钱，他总是乐呵呵地说："工作离不开我。"

大个儿又递过来一支烟，这回，他让陆奕民自己点上了。"可用大家的话说吧，那些日子，是老周离不开工作。"

"为什么呢？"陆奕民使劲吸了口烟，努力保持不让脑子停下来。

"还不是那个三等功闹的。"

那次抗洪抢险，北极测向站荣立了集体三等功，老周也荣立了个人三等功。

"要我说，塞翁失马，焉知非福，要不是这么个三等功，老周也不至于那么拼命。"

大个儿的话，怎么听怎么满是不屑？这让陆奕民有些纳闷：老周的这些事迹，说不上感天动地吧，至少我是被感动了，换了我，我是做不来的。

"动机，问题就出在了动机上。老周的动机并不单纯，更不高尚。他不就是想趁着抗洪立功的机会，工作上再好好表现一把，然后就能顺理成章地调到北京去了。"

调京！又是调京！似乎站里的大事小情，说到最后，都要绕到调京上！

大个儿说得没错，大家都这么想也没错，可老周这么做又有什么错？他的动机也许是不单纯，但是，他在这里工作了这么些年、奉献了这么些年，怎么能不想调去总部呢？趁着立功的时机，宜将剩勇追穷寇，打铁不就得趁着这么个热乎劲儿！

如果讲动机，谁的动机纯呢？谁没有想着能调到北京呢？我不就正在想着这事吗？大个儿你就不想吗？赵光辉他就不想吗？连张站长，他已经在这里安家落户，怎么知道他就没有调京的动机呢？

这些念头在陆奕民的脑海里，不知道是飞快地一闪而过，还是只冒了一下头，便被冻住了。

手里的电筒又是一侧歪，差点儿掉到水里。

"嘿，怎么又瞌睡啦！"大个儿高门大嗓地喊道。

"哟，没有。"其实就在头歪下去的一刹那，陆奕民也恢复了神志。

夜更冷了，不光是冷，还是那种被水的寒气紧紧包裹着的浸入心肺、透进骨髓的冷。冷，正无孔不入地钻透厚厚的棉大衣，钻透作训服，钻透绒衣绒裤、秋衣秋裤，钻进他的每一个毛孔里，肌肉正一点点地失去热量，一个接一个的哆嗦也无法重新燃起哪怕是一个卡路里。

正因为冷，饿便也趁势来捣乱了。陆奕民还是第一次体会到"饿"的可怕，那是从身体最深处的某一个瘪了的细胞开始，一直弥漫到了全身。

陆奕民使劲地瞪了瞪眼睛，上眼皮却再一次一点点地朝下压来。陆奕民使出身体里仅存的那点儿力气，努力地让上眼皮抬起，一毫米，两毫米，三……他使劲地晃了晃脑袋，想把不知道什么时候钻到里面的瞌睡虫给抖搂出来。

这是夏天，还没出三伏哩，等到了三九天儿，又得有多冷呢？那些个数字，零下三十多摄氏度，零下四十多摄氏度，零下五十多摄氏度，是个什么样子呢？

　　在来这里之前，他听过这样的传说：这里有很多人都缺了耳朵或鼻子，那是因为被冻僵了，不小心伸手一摸，耳朵或鼻子便掉了下来。这是真的吗？还有人在冰天雪地里小解，撒出来的尿立刻被冻成了一根冰柱，跟溶洞里的石笋似的。听起来真有点儿匪夷所思。还有一则更可笑的，说一所小学的大门是铁皮的，本来相安无事，可校方为了学生安全，贴了一张告示，提醒学生不要用舌头舔大门。告示一出，反倒激发了小学生们强烈的好奇心，在一刻钟之内，铁皮门前就已经站了一排学生，他们的舌头都被牢牢地粘到了铁门上。会是这样吗？那他们的舌头最后怎么样了呢？是不是和那些耳朵、鼻子的命运一样，消失得无影无踪了呢？

　　"咋啦？嘿！嘿！！"大个儿用划子捅了捅陆奕民的后背。

　　"噢！"陆奕民猛地回过神来，有气无力地说："唉，差点儿又要睡着了，我真的要顶不住了，好像梦都钻进来了。"陆奕民熬过夜，可那是在温暖的房间里，也许就只穿一件舒适的纯棉居家服，若是这夏天，还可能什么都不穿，也不用开空调，只需要把窗子打开一半，让清凉下来的夜风吹一些进来就好。饿了随口吃点儿蛋糕，或者泡上一碗热气腾腾的方便面。累了就趴在桌子上打个小盹儿，甚至干脆躺到床上直直腰。困了还可以冲上一杯酽酽的雀巢，不用加糖，让鼻子凑近了闻闻那味道就能醒神。就算这一切什么都不做，起码还有暖融融的灯光。可现在呢？只有这腥腥的河水、无边无涯的黑色、无论如何都穿不透的厚厚的雾气！真是连死了的心都有。

见陆奕民这样，大个儿也慌了，这荒山野岭，又是大半夜，真出点儿事，自己可是吃不了兜着走。当初怎么跟站长拍胸脯立军令状的？不把小陆毛发无缺地带回去，就提了脑袋来见！"你咋恁熊啊？囊揣！孬包！"大个儿的话里便带了怒气。可骂过了，他也清醒了些。

<h2 style="text-align:center">12</h2>

大个儿把橡皮筏子划到了岸边。"嘿，又睡着了？走，上去烤烤火吧。"

陆奕民的身体已经快要冻僵了，像王尔德笔下那个快乐王子的雕像，心里想站起来，腿却怎么也使不上劲，只得紧紧抓住大个儿的手，才勉强给拽了起来。血液突然欢畅地奔流开，已经完全麻木掉了的腿更觉得无力支撑。已经踩到了土地上吗？可陆奕民怎么却觉着比在筏子上摇晃得还要厉害！

"快，活动活动。咱们先找点儿柴火，好生个火。记住，找干的，湿的点不着。"大个儿说着，就已经没入了灌木丛。

陆奕民也一瘸一拐地跟到了灌木丛边上。可哪里有干柴啊！这么大的水汽，所有的枝杈都被打得湿漉漉的。陆奕民也管不了那么多，随手胡乱掰着树枝，管它是干是湿，反正也看不见，看见了也分不清。

大概是几只睡梦中的野鸭被惊醒，扑棱棱飞了起来，不知道飞到哪里去了。

　　"大个儿，你在哪儿啊？"陆奕民突然有些害怕。电筒接在蓄电池上，蓄电池还放在橡皮筏子里，陆奕民不能回去拿了照亮。大个儿从黑暗里钻进了更加黑黝黝的灌木丛，他还能钻出来吗？这灌木丛里会有狼吗？大个儿不是一直说现在生态好了，山上不但有狼，还有熊，甚至连东北虎也有吗？或者只是獾，还有鲁迅先生提到的那只猹，这些都会隐藏在这黑暗里吗？它们会不会也一不留神就从自己的胯下溜走了呢？"大个儿？"陆奕民的声音里便带了颤音，可他突然又止住声，生怕惊动了那些还在睡梦中的野兽，可它们本来不就是夜里才出来活动吗？他再次压低了声音朝着大个儿消失的地方轻轻地叫着："大个儿，你在哪儿呢？"

　　这声音，就像一个石子投进了深渊，没有激起一点儿回响……

　　就这样，陆奕民在黑暗中摸索了好一会儿。

　　"嘿，小陆！"

　　明明是盼着大个儿出现，可大个儿一说话，反倒把陆奕民吓了一跳。

　　"怕了吧？我在这儿！"大个儿走近了，已是满满一抱柴火。

　　"谁怕啦？"陆奕民也算没说假话，见到了大个儿，他真的一点儿也不怕了。

　　"别怕，咱们这儿是个江心岛，没有狼，更没有熊。"大个儿把柴火扔到地上，掏出火机先引着了些枯树叶子，随后，那些柴火也开始噼里啪啦地欢唱着跳起舞来。"你的柴火呢？"

"在这儿！"陆奕民忙把手里的几根树枝往火里扔。

大个儿却一把拦住了，再一根根地拣出来撇到一边儿："嗨，怎么都是湿的？这怎么能生着火？只能用来沤烟。不是叫你拣干的吗？"

陆奕民有些委屈，喃喃地嘀咕着："都是这样的。"

大个儿说："唉，还不赶紧凑过来烤烤，柴火不会拣，火还不会烤啊？"

啊！简直是太温暖了！简直是太光明了！

守着火堆，陆奕民身上的细胞开始一点点解冻，一点点苏醒。

大个儿却起身又钻进了灌木丛。

"大个儿，你这又去哪儿啊？"火不仅给了陆奕民热量，还给了他一点儿勇气，他敢大声地喊叫了。只是他舍不得离开这火堆，甚至连头也舍不得回一下。

灌木丛里传来大个儿的声音："我得多拾点儿柴火，把你这冷冻鲜肉烤成小肉串！"

面对着火堆，从小生活在蜜罐里的陆奕民第一次体会到了什么是幸福——幸福不就是饥寒交迫时的这么几根干柴火吗？他笑着。

大个儿找来了足够的干柴，这才回到橡皮筏子上，把那些随手捞起的一拃多长的小鱼捡过来，再用一根根树枝串起来，说："你这胆小鬼，烤鱼总会吧？"

陆奕民还是那么笑着，身上暖和了，也就没那么困了。他接过串着小鱼的树枝，放到火上烤起来。

不一会儿，烤鱼的香味就弥漫了整个小岛，更浸透到陆奕民的心里。

13

老周等来的不是北京总部的一纸调令，而是无情的病魔。

入冬后不久，他患上了风湿痛，全身关节没白天没黑夜地疼着。

刚开始，老周并没有太在意，人吃五谷杂粮，哪有不生病的道理？更何况，他也存着私心，这么拼，不就是为了能调京吗？可要是总部知道自己的身体不行了，人家哪里还会考虑调你回去？谁会要个废人呢？

老周就这么挺了一个冬天，可到底没能挺得过去。他的关节开始发生病变，并一步步累及了心、肝、肾等多个脏器。

到了这个时候，瞒是瞒不住了。

张站长把老周的病情向北京总部作了汇报。

其实总部并不像老周想得那么无情。总部领导对他的病情非常关心，更何况，他这病还是在抗洪抢险中落下的，多好的事迹材料啊！可当总部联系好了三〇一医院，让老周去治病的时候，老周却说什么也不肯去了。老周疼得实在受不了了，就在附近的药房拿点儿布洛芬止痛，直到去年疼得撑不住了，这才住了几天院，用上了激素。

听着听着，陆奕民又听不明白了。老周不是一直想着能到北京去吗？现在机会终于来了，他怎么又突然变卦了呢？难道，老周并非是想借洪水之机表现一把，捞个调京名额？咱们都以小人之心度君子之腹了？

鱼烤得外焦里嫩，香酥可口，火光映照在两个年轻的脸庞上。

后来，北京总部派组织科干事到了北极测向站，这个年轻的干事在这里住了一周，张站长也带他进了山，还漂了流，只不过没把漂流安排在夜里。

陆奕民心里愤愤地想，咋不让他也受受这个罪呢？

除了玩儿，干事的任务就是采访老周，从老周的身上挖掘素材。总部是要把老周的事迹向更高的机关报告，想着能为总部争取一个"全军十大杰出青年"之类的名额。

一开始，老周很配合，主动地谈起一些内心崇高的想法。可后来，他突然又闭了口，甚至还对干事很不客气地"翻了供"，自毁了形象。干事劝，张站长也劝，站里的人都劝，但老周是任你说下大天来，就是不同意把自己树成什么典型。

干事回京的时候，装了满满一箱子榛子、野山菌之类的山货，但是，那份先进事迹材料却不在箱子里。树典型的事儿，也就一同不了了之了。

为什么呢？怎么越听越糊涂？难道老周真的无欲无求？

"你现在是不是对老周佩服得五体投地？"大个儿又递给陆

奕民两条烤好的鱼。

陆奕民心里真有那么一点儿佩服之意，不过，这感觉并不太强烈——既因为大个儿的语焉不详，也因为心中的重重疑团。但他还是点了点头。

"可你知道总部想把他树成什么典型吗？"大个儿问。

典型？还能是什么典型？陆奕民没干过宣传，但他是搞情报的啊，如果他知道了老周的这些事情，形成个什么"情报"，一定是——

"扎根边疆、无私奉献？"陆奕民试着说出来。其实，他这么一说出来，心里也就顿时明白了一大半。

"你可真神，真爱死你啦！居然一字不差。"大个儿拍了拍陆奕民的肩膀。

当老周得知总部想把他的事迹推到更高的机关，成为"扎根边疆、无私奉献"的先进典型，他就不干了。他绝不肯为这份虚荣而戴上一个虚无缥缈的光环，因为这个光环无疑更像是一个紧箍咒，一旦他被贴上这么一个标签，他再想调京可就真的是难于上青天了。

"可既然他连荣誉都不肯要了，那总部让他去北京治病，他干吗不去呢？"在陆奕民看来，这个老周的做法已经太不符合情报逻辑了。

大个儿撇了撇嘴说："调京，当然谁都盼着，不管你是不是盼着，反正我盼着。老周已经到了正营，符合随军条件，他干吗不把老婆孩子办了随军呢？还不是盼着调了京，连老婆带孩子一同去北京？不过，在老周看来，调京只是个结果。他不但想要这个结果，还想要一个方式、一个理由。"

"方式？理由？什么方式？什么理由？"陆奕民其实已经有点儿懂了。

"他是不肯让组织上只是可怜他、照顾他，而是想让总部领导看到他的存在，看到他的价值。可总部里人才济济，咱们这些个测向员，又能有什么特殊的价值呢？不，是我们这些个测向员，你当然不包括在内，你是正儿八经的情报精英，待在这里真是屈才了，要我说，你早晚都得调到北京。至于说抗洪，至于说加班加点，这对于老周来说，其实也不过是争取调京的一根救命稻草，他抓是抓住了，可不还是被淹死了？"

大个儿说的，应该和陆奕民想的是一样的。可陆奕民想的比大个儿更深，比起那些为了调京而不择手段，无所不用其极的人来说，老周不过是想能堂堂正正地调到北京去。只不过，现在看来，如此调京，对于老周来说，已经是比登天还难的事了！

要怪只能怪，这测向站建在极北苦寒之地也就算了，为什么非要建在什么河道里？

大个儿说："咱们这儿四周围都是山，除了这条河道，就没有一块平坦开阔地儿，这测向天线阵是非得建在没遮没拦的空地才行。"

"要我说，把天线阵建河道里就行了，测向站还是应该建在山上，反正天线又不怕淹。"

"当初建站的时候，也这么想过，可传输线路太远的话，一个是费钱，再一个是信号会衰减，再加上线路维护和保密等等因素，后来就这么着了。"

"我看，还是当时决策者们目光短浅。"陆奕民很少这样指责上司，但他真的不理解，甚至有些气愤。

火光渐渐暗了下来，已经看不清大个儿的脸了。

"唉，不能总拿现在的眼光去看过去的事情，当时有当时的情况，你非得让那时候的领导把今后的什么事情都预见到，这本身就不现实，你能料到几十年后的事吗？"

木柴已经烧得差不多了，使尽最后的力气发出哔哔剥剥的声音。

陆奕民叹了口气，说："别说几十年后的事，我连几天后的事都不知道。就说那天那份情报吧，站长说总部说不准会调我过去，可谁知道总部会不会给我这纸特赦令？"

"要我说，这事儿有谱。这些年总部调人总是要看看成绩，有人碰上了，那就算他好命。你除了命好，依我看还是本领高，你在咱这鬼地方多待一天，咱这情报界就得多损失一天啊！"

陆奕民不知道大个儿的话是不是在安慰自己，他更不知道，总部是不是真像大个儿所想的那样，让他堂堂正正地调到北京去。不管那么多了，此时胃里有了香喷喷的烤鱼，也不觉得那么困了。

"怎么样？小烤肉，咱们接着漂吧？"大个儿问。

夜怎么这么长啊！陆奕民抬头看了看布满星星的天空，依然是黑得彻底，只是星星没有刚才那么亮了，也许，这就是夜快要过去了？

再回到河里去，把好不容易暖和过来的身体再度投入无边的寒冷里？陆奕民真舍不得离开这个小岛，离开这个火堆。

大个儿站了起来，说："走吧，咱们离会合地还有好一段呢！"

陆奕民只得起了身。

大个儿从河里取了水，均匀地洒到火堆上。烧得通红的木炭发出嗞嗞的响声，不一会儿，就什么动静都没有了，小岛变得比刚上来的时候更黑更静了。大个儿伸手试探着摸了摸那些被水浇灭的木柴，再向不同的方向扔开，偶尔飞溅出几个火星，大个儿便追过去用脚使劲地碾灭了，又把地上的灰向四面踢开，再在上面覆了一层湿漉漉的树叶，打量了好一会儿，这才拍了拍手，带着陆奕民重新登上了橡皮筏子，向下游继续漂去。

……天色终于渐渐地透了亮儿，河上的雾气却似乎更浓了。

……终于，陆奕民看到了远远的岸上，熟悉的"猎豹"正威风凛凛地停在那里。

14

赵光辉精神焕发，显然是在车里美美睡了一觉，他一边跟大个儿运鱼，一边半带戏谑地看着瑟瑟发抖的陆奕民，问："下次还想不想漂流啊？"

陆奕民连忙摆手，说："打死我也不漂啦！"

大个儿把装了满满一编织袋的鱼放到车后备厢里，回过头来说："打死我，我也不带你漂啦！我还以为你真的回不来啦！"

陆奕民却已经钻到车后座上，身子一侧歪就躺倒了，嘴里说着："别跟我提漂流，谁提我跟谁急！"却觉着一阵天旋地转，把眼睛一闭，就不省人事了。

路上景致仍是美不胜收，陆奕民在颠簸的车上睡得很香，但他却觉得自己根本就没有睡。他好像回到了初来站里的头一天——

——陆奕民翻来覆去地睡不着。不知道是害怕即将到来的洪水，还是哀叹命运不济地被"二次分配"到了不毛之地，抑或是那本该释放出来却被深深压抑着的青春骚动……还有，赵光辉他们离开后，他不得不强迫自己不要去锁门，而如果不锁门的话，会不会有人不打招呼地直接闯进来？虎子会不会也挤进门来，跳到床上，与自己亲亲热热地同榻而眠？自打他进了站，虎子可是始终黏着他，形影不离……还有老周，午饭过后，就一直守在门口，打发走那些迫不及待找他聊天的人们，为了让他能好好洗个澡洗去一路的疲劳，美美地睡个觉解解乏……那老周下了晚班，会不会继续站在没有上锁的门外……马上就要过水了，老周的身上一定疼得要命，陆奕民仿佛都能看得见他藏在少校军服下变了形的凸起的关节，看得见他疼得扭曲了的脸……

宿舍里安静到了能够清楚地听见自己的心脏在跳，血液在流，先是静静地、缓缓地淌着，然后，由远及近地奔腾而来。

不，那不是血管里的声音，那分明是从窗户外边传过来的哗哗声，很快，这哗哗声变成了啪啪声，就像是拍打着墙壁，毫无顾忌地，越来越凶猛，越来越肆虐，越来越狰狞。

是过水了吗？

水越来越大，越来越高，从拍打着墙壁，变成拍打着窗棂，玻璃碎了一地，水一下子涌进了房间……

陆奕民想逃，他记得门明明是没锁的，此时，却怎么也打不开……

突然，陆奕民穿过房顶，升到了高空之上。

他向下看去，明明是坚不可摧的营房，却变成了汪洋中的一叶扁舟，随水飘摇。

张站长、老周、大个儿、赵光辉他们正在洪水之中，抢救那些被冲得遍地都是的测向设备……

他的宿舍里，一个和他长得一模一样的人正使尽全身力气，试图打开那道没有上锁的门……

15

回到站里已经快中午了，大家好像早就知道了信儿，三三两两地站在院子里，没等"猎豹"停稳，便围了上来，七手八脚地卸着东西。

陆奕民从梦中惊醒，觉得天昏地暗，歪斜地下了车。虎子早就扑了过来，在他的脚边上打起了滚儿，眼巴巴地望着这位消失了一天多的新朋友。

张站长赶紧扶住陆奕民，说："瞧这大个儿，也忒实诚了，一晚上就把小陆给整残废了。"

大个儿已经脱得只剩了短袖，说："头儿，这只是基本动作，要是真额外搞点儿附加动作，他就得给整报废喽。"

张站长当然明白大个儿说的基本动作和附加动作，山里好玩的多着哩，眼下这刚刚毕业的小陆，哪儿有大个儿扛造？

陆奕民也赶紧帮着大个儿说话："站长，全怪我体力不支，看来，以后我得跟大个儿好好练练。"

大个儿说："好啊，回头我给你订个健身计划，咱们可得科学锻炼。"

张站长说："这个大个儿，听风就是雨，还不赶紧让小陆回屋歇着去。就算练，也得等这口气缓过来再说。"

突然，陆奕民又想起了什么，忙问："站长，老周呢？怎么没见他？"

张站长打了一个嗨声，说："亏你这七荤八素的，还惦着他。今天上午又给送进了医院。我找院长谈过了，他们也没什么好办法。不过，院长说了，一些大城市的大医院有一种新型的血液净化技术，叫免疫吸附，说是对致病因子的清除率比较高，对身体的负面影响小。我正要跟总部那边电话汇报这个情况。唉，这个老周！"

张站长说着话，已经把陆奕民送到了房间门口："你就别操心老周了，先洗个澡吧，我让锅炉房烧了热水。"

昨天这会儿，大概正在河里洗澡吧？本来洗得清清爽爽的身上，早被几只比较强壮的蚊子叮了包，再折腾了一夜，被冷气浸了个透，刚刚在车上也没换衣服，又捂出了一身汗，这身上难受得很，正应该洗个热水澡呢！

张站长从外面掩上了门，说："食堂说话就该把鱼蒸好了，洗完澡就去吃饭，吃过饭再睡啊！"

陆奕民把外衣脱掉，本想抓紧时间洗个澡的，却一头扎到床上，动弹不得，脑子却更灵光了。

刚刚张站长讲到了老周的病，看来，老周是非得到北京才能得到好的治疗。张站长给总部汇报了，总部会怎么办？他们一定还会像上次那样安排老周进京住院吧？这张站长心里应该也是有数的。可老周呢？他是不是也一样再次拒绝掉总部的这份好意？照大个儿说的，老周想的是要堂堂正正地调到北京。可是身体都这样了，他又怎么能如愿以偿呢？怪不得张站长哀叹"这个老周"呢！大个儿都明白的事，张站长怎么会不清楚呢！除非……

除非什么呢？一个念头在陆奕民脑子里一闪而过，就像是外面窗台上忽然飞落一只小鸟，啾啾地叫了两声，还没等自己走近看清楚是只什么鸟，它便一张翅膀飞走了，只留下越来越远的叫声。

"小鸟"虽然不见了，可身影却毕竟落到过窗台上，陆奕民就无论如何再也赶不走这么个不太清楚的念头了。甚至连吃饭的时候，他也用力地抗拒着不去想它。管它是什么鸟呢！既然飞走了，就永远也别再飞回来！

吃饭的时候，陆奕民还是被那只"小鸟"折磨得心不在焉，一根鱼刺好悬扎在了上腭上，也亏了扎在上腭，要是扎到嗓子眼儿，说不定也得进医院跟老周做伴儿了。

<h1 style="text-align:center">16</h1>

开了一路车，赵光辉倒没觉着怎么累，匆匆吃过饭，胡乱地冲了冲碗碟，就敲响了张站长办公室的门。

"嗬，是你啊，光辉，平时你来我办公室可从来没敲过门，今天这是咋了？"

"站长，可不带您这么批评人的。我这不是怕您休息了吗？"赵光辉也觉着今天的自己与平时不同，心里藏着事儿，就是不那么理直气壮。

"今天你这是怎么了？说起话来还您您的。坐下说吧，什么事？"站里就这么几个人，互相之间的脾气秉性都摸得透透的。

赵光辉把心一横，都到了这个地步，说也得说，不说也得说了。"站长，我是要向您汇报一件事。那天——就是侦获日舰载电台的那天，我值的是大夜班。那个电台是我先测的向，而且，交班的时候，我给小陆做了特别交代。对，我还把几次测向的示向度写了一个纸条给他……"

听到这儿，张站长心里一沉。

站里的人少，大家亲如手足兄弟，都是你帮衬着我，我帮衬着你，有肉大家一起吃，有活儿大家一起干，不分什么彼此。可就是不能碰一件事，那就是"调京"。一旦有一个调京机会，或者只是一个传言，就会像此刻一样，你来找，他也来找，生怕这个机会被别人抢了先，占了去。当然，可不是说找找我，我想让谁去北京，谁就能去的。我要有那么大权力，还不先把自个儿给调过去？只要大家不当场闹翻了脸就好，等到尘埃落定，调京的那个走了，剩下的就都成了天涯沦落人，过去的那些明争暗抢也就都烟消云散了。

赵光辉继续一鼓作气地说着打了一路的腹稿，只是小心地避开调京的话题。在回来的路上，他听大个儿艳羡地讲起陆奕民可能会调京云云。说者无意，听者有心，按他的设想，先把自己在这件情报上的功劳确定下来，等过些日子，真有了调京机会，一切就顺理成章了。

张站长尽量耐心地听着。关于赵光辉留纸条特别交代的事，他没听陆奕民提起，是他忘掉了、忽略了，还是刻意回避了？情报生产往往都有一个连续性，很多情况下是不可能由一个人独立完成的，而最关键的环节有两个：第一个是首次侦获；第二个是准确判定。依赵光辉所讲，那么第一个环节就是他完成的，他此刻的要求也就一点儿也不过分。如果有军功章的话，这军功章里有陆奕民的一半，也有赵光辉的一半。可问题是，现在根本没有这枚军功章！就算能向总部力争到调京名额，一个已经不易，绝不可能有第二个。如果贪心不足，很可能的结果就是鸡飞蛋打。

张站长下定了决心，要主动触及一下矛盾焦点。"你都听说什么了？你认为，因为这件情报，就有可能调京？"

赵光辉没想到，张站长这么直接地把"情报"和"调京"两件事联系起来。

"站长，我知道，在这件事上，小陆比我的功劳大，但我想的也正是怎么发挥这件事的最大效益。您想，总部为什么把新同志都下放呢？还不是为了让他们在艰苦地区锻炼锻炼？小陆这才刚来几天？就算他是个情报奇才，就算他立了比这还大的功，总部怎么可能轻易就把他调回去？可换了是我，就不一样了，毕竟我在这里工作了六年多，现在有了成绩，调京的事也就水到渠成了。"

赵光辉的话不假，张站长怎么会想不到呢？正因为想到了，他才没急于向北京总部汇报这条情报是陆奕民破获的，他想沉一沉，反倒更有助于促成此事。

"再说，小陆因为这就拍拍屁股走人，也难以服众啊。干咱们这行的都知道，搞不搞得到情报，不在能力大小，完全靠机遇，碰上了就是碰上了，碰不上就是碰不上。那天，如果我坚持一直把这个电台跟踪完，而不是送老周去医院，那小陆还有这个机会吗？大家谁不是辛辛苦苦地工作，凭什么他一来就交了狗屎运？凭什么我们就只有默默无闻的份儿？"

这话张站长就不能苟同了。陆奕民不但发现了电台位置的异样，还对变了频的信号进行了搜索和侦测，从这个角度讲，情报生产的两个关键环节就是陆奕民一个人独立完成的。再者说，情报生产需要机遇不假，但更需要情报人员的能力和水平，那天要是换了赵光辉，他还真就未必能有这个本事。

想归想，他却不想把这话说出来，他还得保护大家的积极性。但他心中有数，陆奕民的功劳是别人抢不走的，该是谁的，就是谁的，要不，还不乱了套。

张站长沉默不语，赵光辉不知道这算不算默认了自己的观点，他停了停，决定再强化一下自己的主张。"站长，就算总部立马调小陆到北京去，那咱们还是吃亏的。像他们这些情报学院毕业的，迟早不还是要调回去？可我们就不一样了，我们学的就是测向，干的就是测向，丢了这次机会，熬到猴年马月才能有调京的那天啊！"

看赵光辉有些激动，张站长本想安慰几句，但这是站里每个人都必须面对的现实，讲大道理是没用的，只有自己去想，去想通、想开。他站起身来，只是说："我都知道了，你先回去吧。"

<h2 style="text-align:center">17</h2>

上腭被鱼刺扎了一下，还有些隐隐的痛。

陆奕民躺在床上，又累又乏，却怎么也睡不着。

唉，那只"小鸟"怎么又飞回来了？它们在他的脑袋边上叽叽喳喳地叫着，叫得他心烦意乱。

陆奕民现在已经清晰地看出了"小鸟"的模样——

也许……也许应该让老周……先去北京？

他病着，需要去北京治病……

他在这里干的年头比张站长还要长，奉献得已经够多了……

他的老婆孩子还在乡下，如果老周调京，孩子也能跟着去北京上学，受到良好的教育……

虽然看清楚了内心的想法，陆奕民还是被这个想法吓了一跳——

难道我不需要早些去北京工作吗？

那里是中国的首都！京畿之地！

条件好！离家近！

有施展拳脚的空间！有大显身手的舞台！

有我的未来！未来的事业、未来的爱情、未来的婚姻、未来的家庭、未来的孩子……未来的一切！

可是，这一切，不正是老周也需要的吗？甚至，他比我需要得更迫切！起码，我生命无虞，暂时还没有爱情，没有孩子。

我又不是什么救世主，我谁也救不了！我凭什么要忧他人之忧！

老周、张站长、大个儿、赵光辉……他们不是一直在苦中作乐吗？

我还年轻，吃几年苦也还能受得了吧？

老周他不是没有机会，他不过是为了一张脸面，为了他的脸面，难道要我去牺牲！

他想堂堂正正地到北京去，那就让他堂堂正正地去吧……

那，要是一旦放弃了这次机会，什么时候才能离开呢？等到了老周这个年纪？等那些掌握着我们命运的人大发慈悲？

……

18

"怎么也没睡个午觉啊？"张站长盯着敲门进来的陆奕民。

"站长，我想打听一下，就是情报那事儿，您跟总部说了吗？"

这话陆奕民问得理直气壮，因为他心里透亮得很。虽说他还没下最后的决心，但他想同张站长商量商量，看看张站长有没有什么万全之策。要不，这个想法总这么折磨自己也受不了。

可张站长听了这话，却微微地皱了皱眉。

说实话，张站长喜欢眼前的这个小伙子。他和别的大学生不一样，既没有瞧不起咱们，也没有得过且过，虽然刚来的时候有些闷闷不乐，但很快就融入了这个集体。所以他这个站长就从一开始的礼节性关照变成打心眼儿里的喜欢了。

此时，张站长想的却是：说来说去，他也不能免俗，还是与咱站里人隔着心隔着肺哩。在情报问题上，明明赵光辉对他作过交代，他却只字不提。现在，刚刚从山里头回来，累得跟什么似的，却不肯休息，进门就打听这事哩。真是迫不及待啊！唉，也可以理解，这也怪不得他，有了机会能不牢牢抓住吗？

张站长的这些想法其实不过也就在脑子里那么一闪，就好像打了个愣怔。他"嗯"了一声，说："陆奕民同志，这事我还真没顾得上跟总部说。嗨，都是老周这病闹的，这两天，来来回回地跑医院。这不，刚刚跟总部打电话，就是要谈谈老周的病，也要说说你的事，可总部那边正在开会，机关里都没有人哩。"

张站长这话说得有水分。他刚刚给总部挂了电话不假，总部机关正在开会也不假，可他却压根儿没想过要说陆奕民的事。这倒不是说他不把这事放在心上。站里头侦获了重要情报，总部知道得很清楚，照常理说，不出两天，就会通报表扬，到时候再趁热打铁、推波助澜不迟。再说，陆奕民来刚刚毕业，自己总得找到合适的时机，才能促成这桩好事。反过来，你这边紧催慢催，好像自己的人立了多大功劳，非得怎么着怎么着，倒让总部那边小瞧了，说不定人家还偏就不怎么着了。可这些话，他又不愿意给催上门来的陆奕民说，便在话里掺了水分，好先打发了他。

陆奕民却没有走的意思。

张站长便站起身来："嗨，这两天净瞎忙了，还有一个老乡的电脑等着修哩。那，你没什么事儿就回去睡个觉吧。"说着，张站长已经走到了门口。

陆奕民也只好跟着出来。张站长回身带上了门，朝机务室走去。

陆奕民就有些犹豫了，还要不要说呢？他不紧不慢地跟在张站长身后，也进了机务室。

那个由八张一头沉拼成的工作台上果然还堆着好些等着维修的机器哩。

张站长心里有些恼火，明明说了现在还没结果，怎么还甩不掉了？他手里摆弄着那台坏掉的电脑，脑子里却在想：这么看来，不追着总部问这件事是绝对正确的，要不，人家会比咱更烦。我好歹能懂你，可总部能懂咱这基层的苦？要说，总部让新大学生都下到基层，这个做法好啊，等他们回到总部，怎么也比那些没在这里待过的人明白咱基层的疾苦，做起事来也能心里偏向着咱基层。就算不偏向，起码也不会因为生疏而亏待了。现在呢？人家根本没跟咱是一条心嘛！

　　想到这里，张站长倒觉着有些后悔了。干吗当时一高兴就夸下海口，说什么要给他争取调京的机会！

　　打开电脑侧盖，原来就是电源烧掉了。这么点儿小事，却放了整整两天，人家老乡都知道不催，你陆奕民怎么还坐在这儿了呢？你也对维修机器感兴趣？

　　"来，小陆，你要不睡觉，就给我搭把手。"

　　陆奕民忙站起来，和张站长一起把墙角那几台淘汰下来的电脑主机摆开了。

　　张站长打量着，这里的每台电脑他都再熟悉不过了。他选准了一台主机，打开侧盖，比对了一下电源型号，然后把电源拆下来，换到了老乡的机器上。

　　开机，启动，一切正常。

　　张站长倒希望毛病没这么简单，本来，这点儿小活儿早就不用自己动手了，大个儿也是分分钟搞定。

　　"站长，忙完了？"陆奕民问。

　　张站长瞅了一眼心神不宁的陆奕民，想：到底还是个孩子，心里装不下事，可毕竟初来乍到，就别这么磨炼人家了，不如就实打实交个底儿？这么思忖了一下，便开口说："陆奕民同志，你这事儿，那天我一时兴奋，就把话说大了。不过，既然我说了，也总是要努力争取一下。你要做两手准备，在这儿一天，就要安安心心地干好一天，就算哪天走了，也别忘了咱北极测向站是你的根儿。"

听了这话，陆奕民知道，张站长是误以为自己在催问此事，忙说："站长，我可不是催您。我是想，那天本来是老周的班，总部一定以为 639 就是老周……"

话还没说完，就被张站长打断了："你放心，总部以为那是老周，可我会向总部说明情况的，该是你的就是你的。"

陆奕民见张站长更误会了，一急之下，竟直截了当地说："站长，我不是那个意思。现在老周身体这样，我是说，不如您就什么也不给总部解释，这情报就是老周搞到的，让总部把老周调到北京，正好可以好好治病。"话一出口，陆奕民就把肠子都悔青了。本来是要和张站长商量之后再定，可自己却说得这么果决、这么大义凛然，自己可就没有一点儿回旋余地了。

这绝对出乎张站长预料，一时还有点儿转不过筋。

陆奕民又想往回收："可刚刚听了您的话，看来这事还没个准儿，不知道总部能不能给这么个机会？"

张站长从兜里掏出盒中南海，取出两根，下意识地递给陆奕民。

陆奕民忙摆了摆手。虽说昨天夜里还跟大个儿在河里一根接一根地抽着烟，不过那的确只是为了驱赶睡意。

张站长嘴里叼了一根，把另一根塞回烟盒里，又开始在身上摸打火机。

陆奕民眼尖，看到了工作台上的火机，拿起来打着火，凑了过去。

张站长一只手拢了火，点着烟，用手轻轻地拍了拍陆奕民的手，这才开口："小陆，你，就不想着调到北京去？"

"怎么不想？"脱口而出的都是心里话，可开弓没有回头箭，"我觉着，如果能把老周调过去，这样做也值，毕竟我年轻，以后还有机会。"有没有机会他真的不知道，他这么说，也是想从张站长嘴里套套话，看看今后还能不能有这样的机会。

能不能有机会？张站长真的不知道，更不能轻易承诺。"小陆，我是怕你一时冲动，回过头再后悔。"

"这我也想了，其实刚刚我还在想要不要对您说。现在话已出口，就没有回头路了。"陆奕民微微地一笑，有什么就说什么吧，痛快。

张站长把手中的烟灰弹到一个用过的纸杯里，又往里倒了一小口水，笑了："没事儿，现在你想收回去，还可以，我就当什么也没听见。"

机务室里静极了。一个老式的康巴斯石英钟不知从哪里冒出来，在那里半死不活地嘀嗒着。陆奕民怀疑这个石英钟也是坏的，为什么它走得那么慢呢？

"就这么着吧，不收回了，以后也不后悔。"陆奕民打破了这个静默，不过他的心里却虚弱得很。

"小陆，我当初也把机会让给过别人。那时候，我还只是个机务助理，总部那边缺维修人员，便想着把我借调过去应应急。虽说那只是个借调，可也是个难得的机会。我的一个同学，一块儿分到这儿来的，他父母都病着，家里还指着他哩，到了北京，怎么说也离家近些。再加上那时候我和你嫂子谈了恋爱，心想，我就再等等，让他先去吧。后来他果真留在了北京。要说不后悔，那是假的。就算我跟你嫂子结了婚生了孩子，从根儿上断了调京的念想，可一想到这事儿啊，心里还是有那么点儿堵得慌。"张站长四下里看了看这机务室，又说，"这间小屋子，就成了我的一个精神寄托。现在想想，也挺好，这里清静，倒能真正干点儿事情。当然说这些话，全都是自我安慰，现在要有机会，我肯定还是义无反顾，说走就走。"

不知怎的，听了张站长语无伦次却又掏心窝子的话，陆奕民反倒觉得坦然了："站长，您刚刚不是也跟我说要做两手准备吗？我在这儿多干上几年，正好可以跟着大个儿练练健身，把这身上的赘肉都减掉。还可以跟您学学维修，多门手艺总不是件坏事。"

张站长把烟屁扔进纸杯，"嗞"的一声。"你累了，先去睡觉，累了困了，还是不要做任何决定吧。"

19

推开宿舍的门，大个儿正坐在他的床上。

"小陆，你不老老实实休息，跑哪儿去了？"

陆奕民不知道刚刚是不是过于冲动了，他在心里安慰自己：站长不是让自己做好两手准备吗？就算不"孔融让梨"，自己也未必吃得上这口梨吧？

"怎么了？咋愁眉苦脸的？是给累的吧？"

陆奕民使劲挤出点儿笑容，趴到了床上。他本是想关门哭上一会儿的，虽说男儿有泪不轻弹，可哭出来，总比这样憋着更好受些。

"你刚不是说要健身吗？我列了个计划，咱们今天就开始实施。"大个儿拿着一张白纸，却没有看，"深蹲、卧推、拉背这三个动作最经典，必须要重视。第一周每天先练一组，每组做十个；第二周增加为两组，每组增加到十五个或二十个；看情况再定，得慢慢来，一口可吃不了个胖子，不，是一下子练不成个瘦子。还有腹肌，也要练起来，反向卷体，触足卷体，每组可以做二十个。咱们先不负重，你刚开始练，一下子受不了，不能急于求成……"

听着大个儿在那儿一厢情愿地安排，陆奕民真不想打击他。练肌肉可不是一朝一夕的事儿，羡慕归羡慕，肌肉长在人家身上，要是吃不了那个苦，也就别眼馋。

"怎么了你？"大个儿见陆奕民一声不吭，"睡着了吗，还是不舒服？要不，你先休息，咱们缓两天再练起来？"

陆奕民不得不翻过身来。大个儿看到他的眼睛有些红肿，问："不至于吧？"

"大个儿。"陆奕民突然就抑制不住了，"我可能做了件傻事。"他把刚刚发生的事情竹筒倒豆子地对大个儿讲了。

听着听着，大个儿"噌"地站起身来："真伤心啊！我还以为早就和你是患难与共的铁哥们儿了，有这样的好事，咋就不想着自己弟兄，反倒把机会给了老周！"

陆奕民猛地坐起来，坐得太猛，头有点儿晕，差点儿碰到大个儿的腰。大个儿一伸手，把他又推倒在床上。

陆奕民心疼地想，我不是什么救世主，不可能像从泡子里捞鱼那样，把站里的每一个人都捞到北京去。可怎么跟大个儿解释呢？仅仅因为老周是个病人？就算救得了老周，岂不是要把站里所有人都得罪了吗？连大个儿都这么想！他这个毛躁脾气，不会动手打我吧？

然而，大个儿又重新坐下来，说："吓着啦？算啦，算啦，这事儿本来就跟我没多大关系，让老周去北京，也算你做了功德一件，可我咋就一点儿也不佩服你呢？你这是傻，知道吗？可这傻事既然做下了，也就没药可救了。不过，既然你留下了，还不赶紧拜我为师，我好好带你练健美。"

"我现在可没那个心情。"

"这，我还真要说说你。来了这些日子，你觉得大家为什么都想逃离这里？"

"严寒、边远、落后？还有……过水、抗洪？"这些足以让陆奕民感到恐惧了。

大个儿摇了摇头，"到底，你还是个新人啊！等到了三个月，你就不这么想了。"

"三个月？为什么又是三个月？"来到这里，陆奕民已经无数次听人说过类似的话了，可他好像并没有往心里去，只以为三个月后这里将进入冬天。进入冬天倒没有什么可怕，他正想见识见识零下四五十摄氏度是个什么景象！

大个儿看了看窗外，又看了看陆奕民："其实，站里头所有的硬件设施都不错，你都已经领教了，健身房、卡拉OK、乒乓球室、篮球场、棋牌屋，还有咱背后这大山、林海雪原、新鲜的空气、纯净的水、蓝天白云……可就是，咱们就像井里的青蛙，就这么大个地儿，就这么十来个人。你来没几天，这一切都还新鲜，可等到了三个月，天天看的都是这几张脸，天天干的就是那么点儿事，互相之间，连个聊的话题都没有了，说起话来，就好像自言自语，谁不知道谁啊！你没尝过那个滋味，哪里懂得什么叫寂寞，什么叫熬？"

封闭、单调、乏味、寂寞、熬……这些比严寒、比洪水更可怕，也更持久。

大个儿干脆并肩躺到了陆奕民的身边："你不知道，每来一个新人，大家有多开心，就好像往一潭死水里扔进一块石头激起的浪花。可是，石头总要沉底，浪花总要恢复平静啊！"

两个人都死死地盯着天花板。

"也许，我不走是对的吧。"过了好久，陆奕民才说话。

大个儿侧过身来，看着好像自言自语的陆奕民。

"我真的不能就这么走了，怎么也得让大家高兴够三个月啊！十个人的三个月就是三十个月，两年半哩。我不能把这份功劳分给每一个人，但我可以让每一个人都多些快乐，也算值了吧！"

"也许，你会给大家带来更多的快乐，但你必须首先自己快乐起来。你要做的，就是找到一个兴趣爱好，这样日子就会好熬些了。你看，张站长是喜欢修理机器，有事没事就闷在机务室，不光修站里的测向设备，还主动给老乡义务修理各种电器。还有，赵光辉，他成天价在那儿读书背英语，一门心思想着考情报大学。要我说，你就跟着我练健美，每天练得一身臭汗，保管你倒到床上就呼呼大睡，啥也不想。"

好吧，那就按大个儿说的办。

<h2 style="text-align:center">20</h2>

老周还住着院，张站长给大家派了班，轮流去照顾。

这天正是陆奕民的班。

老周见到进来的是陆奕民，眼泪一下子流了出来。

"小陆，你这是何苦呢？"老周努力坐起来，抓住陆奕民的肩头，说，"你这让我一辈子心里怎么安生啊？！"

就在昨天，陆奕民再次向张站长郑重地说明了自己的决定。看来，张站长已经把这件事告诉了老周。眼下这情景倒让他不知说什么好了。

"小陆，听老哥一句，该是谁的就是谁的，我不能踩着你去北京啊！再说，这情报跟我半毛钱关系都没有，那天我生着病，如果不说清楚，不就是欺骗组织吗？怎么能不明不白呢？"

"老周，这怎么能说是欺骗组织呢？那份情报显示的本来就是你的代号639，功劳就是你的。"说这话的时候，陆奕民很坦然，"不管你当时在不在，那天都是你带班，你是师父，我是徒弟，咱们行里的规矩，徒弟未出师，侦获的情报就是师傅的。所以，这情报本身就是你的功劳，这可假不了。"

"其实，就算我在场，我也未必有你这个水平。再者说啦，小陆，你想过没有，干咱们情报这行，有的人干了一辈子，啥大情报也没搞到。虽说你这次捞了条大鱼，可终归还是撞大运，还是巧合。你放弃了，以后就未必再有这样的机会啦。抓住这个机会，你得到的可就不只是调京的命令，还有你未来在情报界发展的资本啊！"

关于这些，陆奕民怎么能没有想过？

说实话，自打进入情报学院，教员们就一直在灌输这样的思想，甚至说：就算今后你们真成了情报奇才，一次又一次地搞到重要情报，却可能因为保密的原因，一辈子都要默默无闻，英雄是英雄，却是永远的无名英雄，没有人知道。

陆奕民也听说过一则传闻：一个和他一样的实习学员，才刚刚毕业上班没几天，就侦获到了恐怖组织策划对西方某大国进行恐怖袭击的重要情报。我国向该西方大国通报了这个情况，从而使这次阴谋破产。这个实习学员不但荣立了个人一等功，年底又提前晋升了中级职称，职务也随之到了副营，相当于连升三级，为人生之路节省下了五六年的时间。

当然，自己的这条情报还远没有那么大的价值，但是，就像老周说的，一辈子也可能只有这么一次。生产情报和生产汽车不一样，不是说组织加几个夜班，搞一次突击会战，就真能多生产出多少辆车来。有没有情报，完全不取决于我们自己。

陆奕民故作轻松地说："放心吧，这不是什么大鱼，我还想着捞更大的鱼呢！"

老周歪着脑袋，心想：这孩子还真是一根筋啊！

陆奕民接着说："您不也说，有的人干了一辈子，啥大情报也没搞到吗？我已经很幸运了，本来就是撞大运撞上的，没有了也不可惜。你能调到北京，就和我能调到北京一样开心啊。再说，我还年轻，我一定还能破获比这个更重大的情报，我相信自己，你这当师父的难道不相信徒弟吗？"

老周紧紧地握住了陆奕民的手，互相温暖着。

21

北极测向站的夏天是短暂的，就好像在河里游野游的时辰不多一样。即使，这个新人到来的夏天，让北极测向站多出来许多新鲜的故事，生活变得有趣，但是秋天还是如约而至。山上白桦树的叶子黄了，然后，又伴着秋风在林中漫天飞舞，红松和樟子松露出了它更加苍劲的颜色。山里的各种野果子熟透了，松子、榛子也熟透了，偶有闯入者随手摘一些尝个鲜，其他的都落到地上，慢慢地腐烂了。它们看上去是腐烂了，却在孕育着一次重生哩。

这里的秋天也是稍纵即逝的，不等白桦和白杨的叶子落尽，雪就纷纷扬扬地落了下来，落得漫山遍野，把刚刚变得丰富起来的金黄、火红、绛紫、苍翠统统盖成了纯粹的白色。雪停了，太阳出来了，透过玻璃窗看，还以为应该是暖洋洋的，可跑到外面，雪慵懒地躺在那里，一点儿化的意思都没有。

一场接一场的雪，把北极测向站的营房变成了一个硕大的蘑菇头。

到这时候，陆奕民才觉得大个儿逼他练健身是多么英明了。室内有暖气，只需要穿个速干背心短裤就行了，尽情地练出一身臭汗，再冲上个热水澡，不知道有多舒服、多惬意。可是想想最初，当肌肉的每一根纤维都开始充血鼓胀，浑身那股疼痛难以忍受，那时候的他是多么不情愿，多么想放弃啊！可也多亏了大个儿这位严师，不光是言语上的鼓励和鞭策，还常常摆出那一身肌肉循循善诱。当这一切都不奏效的时候，甚至不惜以动用武力相威胁，就像在夜里漂流时逼着他不能闭眼、不能打瞌睡一样。当然，严师还是注意把握节奏的，看他实在撑不住了，也会给他放个假，就像上岛烤烤火、取取暖、吃吃烤鱼那样。

这三个月下来，陆奕民身上的肌肉已经初具规模了。这不仅给了他自信，也让他真正喜欢上这项运动了。

当然，不喜欢也不行。因为，传说中的"三个月"已经过了，新人陆奕民也不再是新人了。

走了个老周，来了个陆奕民，十个人的小站还是十个人，跟陆奕民来之前好像也没什么两样。准备专升本的赵光辉仍旧抓紧一切时间读书备考，张站长还是很少回家，常常钻到机务室里捣鼓那些个电器设备，其他人常聚在一堆儿打会儿勾级。只有《新闻联播》，人人都不会错过，那是他们了解外面世界的重要窗口。等到《焦点访谈》结束，大个儿便要打开卡拉OK号上几嗓子。

大个儿也打算拉陆奕民一起K歌的，可陆奕民不肯。他不肯，倒不再是担心五音不全，反正也没人听，还怕什么跑调？他是怕自己歇斯底里，一不小心就把心里话唱出来了。

就拿大个儿K歌来说吧，明明屏幕上有词，他却未必跟着那个唱。

有一次，陆奕民听到他在唱崔健的《一无所有》，他是这么唱的："我曾经问个不休，你何时调我走？可你却总是笑我，一无所有。我也没有什么追求，我只想要调走，可你却总是笑我，一无所有。噢！你何时调我走？天上的云在走，身边的人在走，可你却总是笑我，一无所有。为何你总笑个没够？为何总是我要留？难道在你的心里，我永远一无所有？告诉你我等了很久，告诉你我早就受够，我要买张火车票，你这就调我走！这时我的手在颤抖，这时我的泪在流，没有你的那张调令，我才是真的一无所有！噢！你这就调我走！"

其实，像大个儿这样唱出来心里话，也未必有人听了去，就算听了去，谁也不会怪罪。可陆奕民是不敢面对自己的内心哩，说到底，他还是个胆小的人。

太阳义无反顾地向着南回归线进发，这里的夜也越来越长，早早地，天就黑了。

在这中国极北的偏僻之地，是没有什么夜生活的。可很快，随着近似极夜的到来，一切生活都快要成了"夜生活"。小站官兵们睡或者不睡，醒或者不醒，是不能像农民那样看着太阳行事的。

尽管是冬天，农民们不用下地忙活，可还是要趁着天亮做点儿活计。不用怎么等，天就黑了，迫不及待地爬上热炕头，钻进被窝，身子下边被炕熥得滚烫，被窝外边却还冰冰凉着。不到睡觉的点儿，摸着黑也还是睡不着，那就紧着在被窝里边跟老婆亲热吧，把攒了一天的劲儿都使到炕上。折腾累了，筋疲力尽了，自然而然地呼呼大睡起来。睡又睡不那么踏实，等到半夜，还得披上袄添灶柴火哩。

站里头通着暖气，用不着惦记着半夜爬起来烧火，不光被窝里头暖和，被窝外边也暖得很，也不用想着省电，屋子里灯火通明的，可就是缺那么个热乎劲儿。人不都说老婆孩子热炕头吗？没老婆，再怎么暖和，也觉着那炕是凉的。

更何况，炕上躺着的个顶个儿都是血气方刚的大小伙子！好在人人都有一双灵巧的手，长夜漫漫、寂寞难耐时，手可以解决一切。陆奕民也开始试着用手解决问题了。书读累了，让手陪伴一回自己，抚摸身体的每一个角落，抚慰一下饥渴的肌肤，也算是在苦日子里找点儿乐趣吧！

只不过，陆奕民的手中，是越来越发达起来的肌肉。手给了肌肉欢愉，肌肉也给了手同样的欢愉。

　　每次，陆奕民还是非常小心谨慎的。门上的锁只能是形同虚设，那他就非得等到夜深人静的时候，再悄无声息、不动声色地享受一把自己的身体。即使这样，他还总是有备无患地用被子盖住下半截小腿，就算万一有谁突然推门闯进来，也能一把拽过被子遮挡，就算闯入者心知肚明，却也不会非得揭了被子给人难堪。

　　可是，在这个冬天里，除去值班，除去健身，除去吃饭睡觉，除去指间的享乐，陆奕民还是有大把大把的时间。他开始读书。他读书和赵光辉不同，赵光辉读的都是备考的书，他读的都是闲书。他就喜欢钻了被窝，靠着枕头，舒舒服服地捧了一本厚厚的书，凑近床头灯，一页一页地翻着，翻累了，把书轻轻合上，拧灭灯光，那些书里的人物也许就活了过来，钻到了他的梦中，继续演绎着书中的故事。

　　书就得这样慢慢地读。读着读着，他就觉着生活不那么枯燥了，自己也不那么孤单了，他就觉着小站里不光有他们十个人了，还有书里的那些人，还有书里的那些事儿哩。

　　有时候，陆奕民也跟大家讲讲那些人和那些事儿。

　　就这样，大家又重新发现了小陆的新鲜，他总能讲好些个听都没听过的故事。

　　最初，陆奕民给大家原封不动地朗诵，可大家觉着照本宣科没多大意思，他们就喜欢听小陆随口讲来，因为讲着讲着，也许就跳过了那些杂七杂八没用的地方，又也许掺加了不少胡编乱造的东西，虽说和原著比，可能走了样、变了味，可从小陆嘴里讲出来，却更受用了。

因为喜欢陆奕民，大家也变着法儿地让他开心。

有人找来竹竿，架起网子，隔三岔五就有小鸟飞着飞着，一头撞到网子上，被缚了翅膀，挣脱不开了。

陆奕民常常去看看那网子，每当有小鸟扎在上面，他都小心地摘下小鸟，让它们飞走了。也有的小鸟因此受了伤，他就用急救包里的绷带包扎好，养上几天。他总在想，自己待在这里就够了，怎么能让小鸟也困在这里呢？

陆奕民这么做的时候，总是背着人。心疼归心疼，可自己到底还是新人，不能试图改变什么。

大家本就是为了给陆奕民找点儿乐子，可网子上总不见小鸟，自然知道是他起了怜香惜玉的心思，倒主动把网子撤掉了。

隔三岔五地，陆奕民还会漏一两句心中的那个疑问："这最冷的时候会冷成个啥样呢？尿出来的尿会结成冰柱吗？舔一舔铁门，舌头就会粘到上面吗？耳朵和鼻子会被冻得一胡噜就掉吗？"

他倒是盼着最冷的日子早点儿来哩。

不是有那么一句名言吗——冬天来了，春天还会远吗？

可是，冬天明明已经来了，春天却好像还远得很哩！

22

北风那个吹，雪花那个飘，雪花那个飘飘，年来到！

喜儿唱得太浪漫了！毕竟她唱的是太行山区，不是这里！要是喜儿在这里，她就什么都用不着唱了！太冷了！

今夜，冷空气过境，气温骤降十二摄氏度，就快要接近历史上的极端最低温了。

雪不是花，也不是颗粒，而是大块大块的，从天上，也从地下，被风裹胁了，横扑到窗户上，打得玻璃啪啪作响。这里平时是不怎么刮风的，可一旦刮起来，却真的要逞逞威风不行。

风停雪止，已是后半夜了。

陆奕民从被窝里爬出来，走到窗前，掀开第一层栽绒帘子，再掀开第二层棉帘子，窗玻璃已经被窗花和外面的积雪遮得严严实实，什么也看不见。"也不知外边到底冷成了个啥样？"

宿舍门突然被一把推开了，大个儿和赵光辉走了进来。陆奕民心中一惊，明明是大半夜，明明是在屋子里，他们俩却都全副武装，赵光辉手里还拎着一个暖水瓶和三只不锈钢杯子。难道是出什么事了吗？

大个儿招呼道："小陆，你不总叨叨着问咱这儿到底有多冷吗？走，为师带你去看看！"

陆奕民突然眼眶就有些热乎。一米九几的大个儿，毛毛糙糙的大个儿，心里咋能装下这么多事呢？

看着陆奕民对大个儿感激的眼神，赵光辉不免心中酸溜溜的。他瞪了一眼大个儿，说："这可是我先提议的，怎么被你抢了先？小陆，你说，大个儿哪能有这么细心？"

陆奕民正忙活着里三层外三层地穿衣服。

大个儿推了赵光辉一把，说："得了吧你，又来这套，谁叫你没抓住机会呢？上次你就跟站长说什么电台是你先侦测到的，可你侦测到了又怎么样？除了小陆，咱们谁能把这情报摸准？"

大个儿这么一说，赵光辉立刻涨红了脸，他恨不得马上跑出门去，却被捂得严严实实的陆奕民一把抓住。

"光辉，别听大个儿的，那电台本来就是你先发现了异常，我没有第一时间说明情况，倒是我的错哩。"说完，陆奕民一手拉着赵光辉，一手拉着大个儿冲出宿舍，来到营房外面的冰天雪地里。

雪后的夜静得出奇，也亮得出奇。

赵光辉倒了一杯开水，大个儿从兜里掏出两根鞋带，递给陆奕民一根，自己拿一根放到杯子里浸湿了，陆奕民照猫画虎地也浸湿了鞋带。

陆奕民学着大个儿的样子，用手旋转着这根鞋带，也就约莫转了十来圈吧，大个儿停了下来，陆奕民也跟着停了下来。两根鞋带已经冻得硬邦邦的。大个儿把那根直挺挺的鞋带朝天举着，笑着说："小陆，这个示向度应该是零吧？"

赵光辉重新倒好满满三大杯开水，递给陆奕民和大个儿一人一杯，自己也拿了一杯。

大个儿接过来就把水向空中高高地泼去，只听得细碎的像玻璃碴似的东西掉落下来，开水已经冻成冰珠了。

赵光辉责怪道："你这个急性子，说好了要一块儿泼的！来，小陆，别理他，咱们一起。"

陆奕民跟着赵光辉一起，把水向高空泼去。

奇妙的景象出现了：明明雪已经停了，可一大片一大片的雪花又从空中飞舞下来，像一个个小小的精灵，调皮地打着转，落到陆奕民睁得大大的眼睛上，冰冰凉的……

大个儿不知从哪里拿出一瓶肥皂水和几根吸管，扮了个鬼脸："这个游戏很多年不玩了吧？"

一个个硕大的肥皂泡升上天空，再悠然飘落。偶有半空中炸裂的，发出一声脆响。剩下的全都缓缓地落到松软的雪地上，原封不动地定格在那里……

一个个晶莹剔透的冰球，在这被雪地映亮的黑暗里发出五彩缤纷的绚丽的光……